W0061654

Über dieses Buch   Auch in diesem dritten, in sich abgeschlossenen Roman seines historischen Zyklus ›Die unseligen Könige‹ verstrickt Druon seine Leser wiederum in die Wirren und dramatischen Entwicklungen, die dem endgültigen Untergang des Hauses Capet vorangehen: Verbrechen, Tragödien, Familienfehden, Ränke und Liebschaften bestimmen die Politik der Jahre 1315 und 1316 in Frankreich.
Nach dem geheimnisvollen Tod Philipps des Schönen ist sein unfähiger Sohn Ludwig X. – genannt der Zänker – König von Frankreich. Skrupellos hat er seine untreue Gemahlin Margarete von Burgund in ihrem dunklen Verlies ermorden lassen, um die schöne Klementia von Ungarn zu heiraten. Doch der Fluch des Templers wirkt fort: Zu Hungersnot und Überschwemmung kommt jetzt eine erneute Rebellion der Flamen, die Ludwig noch vor seiner Vermählung zwingt, in den Krieg zu ziehen.

Der Autor   Maurice Druon wurde 1918 in Paris geboren. Während des Zweiten Weltkriegs arbeitete er in der französischen Widerstandsbewegung und wurde nach Kriegsende Journalist. Mit 21 Jahren veröffentlichte er sein erstes Theaterstück. Für seinen Roman ›Die großen Familien‹ erhielt er 1948 den ›Prix Goncourt‹.
Im Fischer Taschenbuch Verlag erschienen außerdem folgende Titel aus der Romanfolge ›Die unseligen Könige‹: ›Der Fluch aus den Flammen‹ (Bd. 8145), ›Der Mord an der Königin‹ (Bd. 8146), ›Die Macht des Gesetzes‹ (Bd. 8148).

Maurice Druon

Das Schicksal der Schwachen

Roman

Aus dem Französischen
von Emma Biber und Liselotte Julius

Fischer Taschenbuch Verlag

Ungekürzte Ausgabe
Veröffentlicht im Fischer Taschenbuch Verlag GmbH,
Frankfurt am Main, Februar 1985

Lizenzausgabe mit freundlicher Genehmigung des
S. Fischer Verlages GmbH, Frankfurt am Main
Titel der Originalausgabe: ›Les rois maudits‹
© 1957 Editions Mondiales, Paris
Die deutsche Neuausgabe erschien unter dem Titel
›Das Schicksal der Schwachen‹
als Band 2, Teil 1, der Romanfolge ›Die unseligen Könige‹
© 1977 Wolfgang Krüger Verlag GmbH, Frankfurt am Main
Umschlaggestaltung: Rambow, Lienemeyer, van de Sand
Umschlagabbildung: Archiv für Kunst und Geschichte, Berlin
Druck und Bindung: Clausen & Bosse, Leck
Printed in Germany
780-ISBN-3-596-28147-4

Inhalt

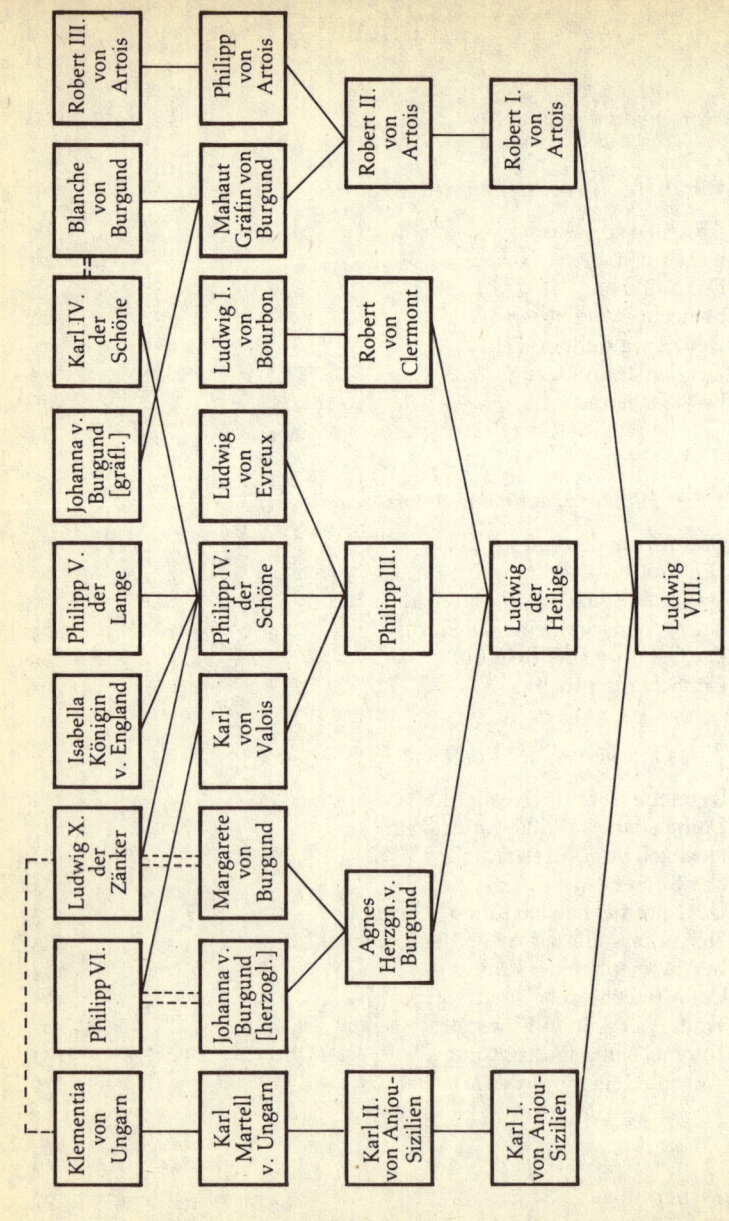

1315−1316

1
Frankreich erwartet eine Königin

Abschied von Neapel

An einem Fenster des gewaltigen Schlosses Castel Nuovo, das hoch über dem Hafen und der Bucht von Neapel emporragte, stand die alte Königinmutter Maria von Ungarn und schaute hinaus auf ein Schiff, das sich segelfertig machte. Sie vergewisserte sich, daß niemand sie beobachtete, dann wischte sie mit steifem Finger eine Träne von den wimperlosen Lidern.

»Nun kann ich beruhigt sterben«, murmelte sie.

Sie hatte ihre Lebensaufgabe wohl erfüllt.

Nun war sie über siebzig Jahre alt und mußte nur noch die Zukunft ihrer verwaisten Enkelin Klementia sichern. Und mit dem heutigen Tage war auch diese Aufgabe gelöst.

Da Klementia die Tochter ihres Erstgeborenen, Karl Martells, war, für den Maria von Ungarn so heftig um den ungarischen Thron gekämpft hatte, da das Kind im Alter von zwei Jahren beide Eltern verloren und sie völlig die Erziehung übernommen hatte, da schließlich diese Aufgabe die letzte ihres Lebens war, hatte die alte Königin zu Klementia eine besonders zärtliche Zuneigung gefaßt, soweit Zärtlichkeit in dieser alten Seele überhaupt gedeihen konnte, die so ganz der Stärke, der Macht und der Pflicht zugewandt war.[1]

Das große Schiff, das an diesem 1. Juni 1315 unter strahlendem Sonnenschein im Hafen den Anker lichtete, verkörperte in den Augen der Königinmutter von Neapel zugleich den Triumph ihrer Politik und die Wehmut der Erfüllung.

Es war ihr also gelungen, für ihre geliebte Klementia, diese zweiundzwanzigjährige Prinzessin, deren Mitgift statt allen Landbesitzes ausschließlich in dem Rufe ihrer Schönheit und Tugend bestand, die höchste Verbindung, die blendendste Heirat zustande zu bringen. Von allen Prinzessinnen des Hauses Anjou war sie vom Schicksal am meisten benachteiligt gewesen und hatte am längsten auf eine Ver-

9

mählung warten müssen. Nun erwartet sie das schönste Königreich, und sie würde Herrscherin über alle ihre Verwandten werden. Es klang wie ein Gleichnis zu den Lehren des Evangeliums.

Gewiß, es hieß, der junge König von Frankreich besitze weder ein besonders einnehmendes Gesicht noch einen besonders angenehmen Charakter.

»Und was schadet das! Mein Gemahl, Gott sei ihm gnädig, hinkte, und ich habe mich recht gut damit abgefunden«, dachte Maria von Ungarn. »Und schließlich wird man nicht Königin, nur um glücklich zu sein.«

Heimlich wurde viel darüber getuschelt, daß die Königin Margarete zu so gelegener Zeit in ihrem Gefängnis gestorben war, während die Ehe König Ludwigs nicht annulliert werden konnte, da es keinen Papst gab. Aber mußte man auf alle Verleumdungen hören? Maria von Ungarn hegte wenig Mitleid mit einer Frau, vor allem mit einer Königin, die das Ehegelöbnis gebrochen und von einem so hohen Thron aus ein so trauriges Beispiel geliefert hatte. Sie war keineswegs überrascht, daß Gottes Strafgericht die skandalöse Margarete auf so natürliche Weise getroffen hatte.

»Meine schöne Klementia wird am Hofe von Paris die Tugend wieder zu Ehren bringen«, dachte sie.

Als Abschiedsgruß beschrieb ihre graue Hand das Kreuzzeichen in der Luft. Dann begab sie sich, die Krone auf dem Silberhaupt, das Kinn von nervösem Zucken geschüttelt, mit steifen, aber immer noch energischen Schritten in ihre Kapelle. Dort schloß sie sich ein, um dem Himmel dafür zu danken, daß er ihr geholfen hatte, ihre lange, königliche Sendung zu erfüllen, und um dem Herrn das bittere Leid einer Frau zu opfern, deren Zeit erfüllt war.

Inzwischen löste sich die *San Giovanni*, ein riesiges Schiff mit rundem Bug, ganz in Weiß und Gold gemaltem Rumpf und den Wimpeln von Anjou, Ungarn und Frankreich an den Mastspitzen, langsam vom Ufer.

Der Kapitän und seine Mannschaft hatten auf das Evangelium geschworen, ihre Passagiere gegen Sturm, die nordafrikanischen Piraten und alle Gefahren der Seefahrt zu beschützen. Am Bug glänzte die Statue des heiligen Johannes, des Schutzpatrons des Schiffes, in der Sonne. In den zinnenbewehrten kleinen Kastellen auf halber Höhe der Masten waren hundert Bewaffnete postiert, Wächter, Bogenschützen und Steinschleuderer, bereit, jeden eventuellen Angriff von Seeräubern abzuschlagen. Der Schiffsraum quoll über von Vorräten, und der Ballastsand war mit Ölgefäßen, Weinkrügen und frischen Eiern gespickt. Die großen, eisenbeschlagenen Truhen mit den Seidenklei-

dern, Juwelen, Gold- und Silbergeräten und allen Hochzeitsgeschen-
ken der Prinzessin waren an der Wand des *escandalot* aufgestellt,
eines großen Raumes, der zwischen dem Hauptmast und dem Heck
des Schiffes lag und wo sich zwischen orientalischen Teppichen die
Edelleute und Ritter der Begleitung aufhielten.

Das Volk von Neapel drängte sich am Ufer, um das »Glücksschiff«,
wie sie es nannten, abreisen zu sehen. Frauen hoben ihre Kinder hoch.
In dem gewaltigen Lärm, den diese Menschenansammlung verursachte, hörte man Zurufe von jener rührenden und lärmenden Vertraulichkeit, wie sie die Neapolitaner ihren Lieblingen entgegenbringen:

»*Guardi com'è bella!*« [»Schau, wie sie schön ist!«]

»*Addio Donna Clemenza! Sia felice!*« [»Adieu, Donna Clemenza,
werdet glücklich!«]

»*Dio la benedica, nostra principessa!*« [»Gott segne unsere Prinzessin!«]

»*Non si dimentichi di noi!*« [»Vergeßt uns nicht!«]

Denn in den Augen der Neapolitaner war Donna Clemenza von einer
Art Legende umgeben. Man erinnerte sich noch ihres Vaters, des
schönen Carlo Martello, der ein Freund der Dichter und besonders des
göttlichen Dante gewesen war. Als hochgelehrter Fürst, ebenso geübt
in der Musik wie im Waffenhandwerk, war er auf der Halbinsel um-
hergezogen, gefolgt von zweihundert französischen, provenzalischen
und italienischen Edelleuten, die alle, genau wie er, in Scharlach und
dunkles Grün gekleidet waren und Pferde mit silbernem und golde-
nem Zaumzeug ritten. Man sagte von ihm, daß er sein wahrer Sohn
der Venus sei, denn er besaß »die fünf Gaben, die zur Liebe einladen,
als da sind Gesundheit, Schönheit, Reichtum, Muße und Jugend«. Er
sollte einmal König werden; im Alter von fünfundzwanzig Jahren
raffte ihn jedoch die Pest dahin, und seine Gemahlin, eine habsburgi-
sche Prinzessin, fiel tot um, als man ihr die Nachricht überbrachte,
was auf die Einbildungskraft des Volkes eine starke Wirkung ausübte.

Neapel hatte seine Liebe auf Klementia übertragen, die ihrem Vater
immer mehr glich, je älter sie wurde. In den Armenvierteln pries man
die königliche Waise, die dort mit eigener Hand Almosen austeilte.
Keinem Elend verschloß sie ihr Herz. Die Maler der Schule Giottos
inspirierten sich an ihrem Antlitz, wenn sie in ihren Fresken die Jung-
frau und die Heiligen darstellten; und noch heute bewundern die Reisenden in den Kirchen der Campagna und Apuliens an den Wänden
der Gotteshäuser dieses Goldhaar, die sanfte Klarheit des Blicks, die
Anmut des leicht gebogenen Nackens, die langen, schmalen Hände,

ohne zu wissen, daß sie vor dem Bildnis der schönen Klementia von
Ungarn stehen.

Auf der zinnenbewehrten Plattform auf dem Hinterkastell, fast dreißig Fuß hoch über dem Wasser, stand die Braut des Königs von Frankreich und warf einen letzten Blick auf das Land ihrer Kindheit; auf
das Castel dell'Ovo, wo sie geboren, auf das Castel Nuovo, wo sie her-
angewachsen war, auf die wimmelnde Menge, die ihr Kußhände zuwarf, auf die ganze lebensprühende, staubige und einzigartige Stadt.

»Wie danke ich Euch, Großmutter«, dachte sie und blickte zu dem
Fenster hinüber, von dem soeben die Silhouette Marias von Ungarn
verschwunden war. »Ich werde Euch bestimmt nicht wiedersehen.
Wie danke ich Euch für alles, was Ihr für mich getan habt. Wie war
ich verzweifelt, weil ich mit vollen zweiundzwanzig Jahren noch immer nicht verheiratet war; ich glaubte schon, keinen Gatten mehr zu
finden und ins Kloster gehen zu müssen. Aber Ihr hattet recht, als Ihr
mir Geduld gebotet. Nun werde ich Königin jenes großen Reiches
werden, das vier Ströme bewässern und drei Meere baden. Mein Vetter, der König von England, meine Tante von Mallorca, mein Verwandter von Böhmen, meine Schwester, die Dauphine von Vienne,
und selbst mein Onkel Robert, der hier herrscht und dessen Untertan-
nin ich bislang war, werden nun meine Vasallen auf Grund Ihres
Landbesitzes in Frankreich und der Bande, die sie mit dieser Krone
verbinden. Aber wird mir diese Bürde nicht zu schwer werden?«

Sie empfand zugleich ein Übermaß an Freude, Angst vor dem Unbekannten und große Verwirrung, wie sie die Seele bei einer unwider-
ruflichen Schicksalswende ergreift, selbst wenn sie alle Träume über-
trifft.

»Euer Volk zeigt, daß es Euch sehr liebt, Madame«, sagte ein stattlicher Mann neben ihr. »Aber ich wette, das Volk von Frankreich wird
Euch bald ebenso lieben, es braucht Euer nur ansichtig zu werden, und
es wird Euch einen Empfang bereiten, der diesem Abschied nicht
nachsteht.«

»Ach! Ihr werdet stets mein Freund sein, Messire Bouville«, erwiderte Klementia herzlich.

Sie empfand das Bedürfnis, ihre glückliche Stimmung auch anderen
mitzuteilen und jedem dafür zu danken.

»Und auch Ihr, Signor Baglioni, auch Ihr seid mein Freund«, fügte
sie zu dem jungen Toskaner gewandt hinzu.

Der junge Mann verneigte sich tief bei dieser Ehrung.

Und wirklich war an jenem Morgen alle Welt glücklich. Der dicke
Bouville, der in der Junihitze ein wenig schwitzte und seine melierten
Haarsträhnen hinter die Ohren zurückwarf, fühlte sich stolz und froh,

weil er seine Mission so gut erfüllt hatte und seinem König eine so prächtige Gemahlin zuführen konnte.

Guccio Baglioni träumte von der schönen Marie de Cressay, seiner heimlichen Verlobten, für die er eine Truhe voll Seidenzeug und Stickereien mitführte. Er zweifelte jetzt, ob er recht getan hatte, seinen Onkel um die Bankfiliale in Neauphle-le-Vieux zu bitten. Sollte er sich mit einem so unbedeutenden Kontor zufriedengeben?

Pah! Das ist nur ein Anfang; ich werde schnell in eine andere Stellung aufsteigen können, und im übrigen werde ich die meiste Zeit in Paris verbringen. Er fühlte sich der Protektion durch seine neue Herrscherin sicher, in seinen Augen waren seiner Karriere keine Schranken gesetzt. Schon sah er Marie als Hofdame der Königin und sich selbst binnen weniger Monate als Truchseß und Finanzminister. Enguerrand de Marigny hatte genauso begonnen. Allerdings hatte er höchst betrüblich geendet . . . Aber er war eben kein Lombarde gewesen.

Guccio stand da, die Faust auf dem Dolch, das Kinn hoch erhoben, und blickte auf das sich vor ihm ausbreitende Neapel, als wolle er es kaufen.

Zehn Galeeren begleiteten das Schiff auf die hohe See; dann sahen die Neapolitaner, wie diese schneeweiße Burg unter der strahlenden Sonne von dannen segelte.

Der Sturm

Wenige Tage später war die *San Giovanni* nur noch ein ächzendes Gestell, das, der Hälfte seiner Masten beraubt, vor den Böen dahinflog und auf ungeheuren Wogen schlingerte. Der Kapitän versuchte, den mutmaßlichen Kurs auf Frankreich einzuhalten; er wußte nicht, ob er seine Passagiere jemals heil in den Hafen bringen würde.

Das Schiff war auf der Höhe von Korsika von einem jener kurzen, aber gefürchteten Stürme überrascht worden, die manchmal im Mittelmeer wüten. Bei dem Versuch, an der Küste der Insel Elba festzumachen, waren sechs Anker verlorengegangen, und beinahe wäre das Schiff an den Felsen zerschellt. Danach hatte es zwischen Wassermauern seine Fahrt fortgesetzt. Einen Tag, eine Nacht und noch ein Tag dauerte die Seefahrt durch die Hölle. Mehrere Matrosen waren beim Einholen der restlichen Segel verletzt worden. Die kleinen Kastelle der Wächter waren mitsamt ihrer Steinladung, die den nordafrikanischen Piraten zugedacht war, heruntergebrochen. Der umgestürzte Hauptmast hatte den Zugang zum *escandalot* verbarrikadiert, und man mußte die neapolitanischen Edelleute durch Axthiebe befreien. Sämtliche Truhen mit Kleidern, Schmuck, alles Gold- und Silbergerät der Prinzessin, alle ihre Hochzeitsgeschenke, hatte das Meer verschlungen. Die Krankenstube des Barbiers im Hinterkastell war überfüllt. Der Schiffskaplan konnte nicht einmal mehr seine *trockene Messe** lesen, denn Ziborium, Kelch, Bücher und Gerät hatte ein Brecher fortgespült. An ein Tau geklammert, das Kruzifix in der Hand, hörte er die Beichte all jener, die glaubten sterben zu müssen.

Die Kompaßnadel taugte nicht mehr zur Orientierung; das Gefäß, in dem sie auf Wasser schwamm, enthielt nur noch wenig Flüssigkeit, und die Nadel schlug darin wahllos nach allen Seiten aus. Der Kapitän, ein temperamentvoller Latiner, hatte zum Zeichen seiner Verzweiflung sein Gewand bis zur Mitte zerrissen, und zwischen seinen Kommandorufen hörte man ihn schreien: »Herr im Himmel, steh mir bei!« Dabei war er ein erfahrener Seemann und meisterte die Lage, so gut es möglich war. Er hatte so lange und schwere Ruder auslegen lassen, daß sich an jedes sechs Männer klammern mußten, um es zu führen, und hatte zwölf Matrosen zu sich beordert, von denen sich je sechs auf jeder Seite gegen das Steuer stemmen mußten.

Dennoch war Bouville in einer Aufwallung von Unmut zu Beginn des Unwetters über ihn hergefallen:

»He! Meisterseefahrer, schüttelt man so die Prinzessin, die dem König versprochen ist?« hatte der ehemalige Großkämmerer ausgerufen. »Euer Schiff ist schlecht ausgelastet, sonst würde es nicht so schlingern. Ihr versteht weder, ein Schiff zu steuern, noch die günstigen Strömungen auszunützen. Wenn Ihr Euch nicht schleunigst eines Besseren besinnt, so werde ich Euch bei unserer Ankunft vor das Zunftgericht des Königs von Frankreich zitieren, und Ihr werdet das Meer auf einer Galeerenbank kennenlernen.«

Aber sein Zorn war schnell verflogen, denn acht Stunden lang übergab er sich auf die Orientteppiche, und beinahe alle Begleiter machten es ihm nach. Mit schwankendem Kopf und leichenblassem Gesicht, Haare, Mantel und Stiefel durchnäßt, jammerte der Unglückliche, der bei jeder neuen Woge bereit war, den Geist aufzugeben, zwischen zwei Übelkeitsanfällen, daß er niemals mehr seine Familie wiedersehen werde, daß er in seinem ganzen Leben nicht so viel gesündigt habe, um derartige Leiden zu verdienen.

Guccio dagegen legte eine erstaunliche Tapferkeit an den Tag. Umsichtig und beweglich hatte er dafür gesorgt, daß die Truhe mit

---

* Die Messe, die im Mittelalter an Bord eines Schiffes zu Füßen des Hauptmastes gelesen wurde, hieß »trockene Messe«, weil Einsegnung und Kommunion des Priesters fehlten. Diese ungewöhnliche liturgische Form wurde vermutlich aus Furcht vor der Seekrankheit gewählt.

den Talern gut verstaut worden war; in Augenblicken verhältnismäßiger Ruhe lief er durch den Gischtregen, um Trinkwasser für die Prinzessin zu holen, oder sprengte wohlriechende Essenzen um sie aus, die den Gestank der Indisposition ihrer Reisegefährten von ihr fernhalten sollten.

Es gibt eine Sorte von Männern, besonders von jungen Männern, die sich instinktiv so benehmen, wie man es von ihnen erwartet. Mißt man sie mit verächtlichem Blick, so kann man beinahe sicher sein, daß sie sich auch verächtlich benehmen. Fühlen sie dagegen, daß ihnen Wertschätzung und Vertrauen entgegengebracht werden, so wachsen sie über sich selbst hinaus, handeln wie Helden, auch wenn sie fast vor Angst vergehen. Guccio Baglioni gehörte zu dieser Sorte Menschen. Da Prinzessin Klementia eine Art hatte, alle Menschen, arm oder reich, hohe Adelige oder Leibeigene, so zu behandeln, daß jeder sich geehrt fühlte, da sie überdies diesem jungen Mann, in dem sie den Boten ihres Glücks sah, besondere Freundlichkeit entgegenbrachte, fühlte Guccio sich in ihrer Nähe als Ritter und betrug sich stolzer als irgendein Edelmann. Als echter Toskaner war er zu allen Heldentaten fähig, wenn es galt, in den Augen einer Frau zu glänzen. Dabei blieb er mit Leib und Seele Bankier und spekulierte mit dem Schicksal, wie man mit Wechselkursen spekuliert.

»Es gibt keine günstigere Gelegenheit als die Gefahr, wenn man der Vertraute der Großen werden will«, sagte er sich, »und wenn es uns bestimmt ist, unterzugehen und zu ertrinken, dann hilft es auch nicht, zu jammern und zu klagen wie der arme Bouville. Wenn wir jedoch davonkommen, so werde ich die Achtung der Königin von Frankreich erworben haben.« Ein solcher Gedankengang in einer derartigen Gefahr war schon der Beweis für ein mutiges Herz.

Guccio fühlte sich in diesem Sommer überhaupt unbesiegbar: er war verliebt und wußte, daß er wiedergeliebt wurde. Er hatte den Kopf voll von allerhand Abenteuergeschichten – denn noch ging in dem Gehirn dieses jungen Mannes alles bunt durcheinander, Träume, Berechnungen und ehrgeiziges Streben –, und sie hatten ihn gelehrt, daß die fahrenden Ritter alle Schwierigkeiten gut überstehen, wenn in irgendeinem Schloß eine schöne Dame auf sie wartet. Die seine wartete im Herrenhaus von Cressay . . .

Er versprach also Prinzessin Klementia, daß das Wetter sich, allem Augenschein zum Trotz, bald aufhellen würde. Gerade dann, wenn das Schiff aus den Fugen zu gehen drohte, versicherte er, daß es solide gebaut sei, und erzählte zum Vergleich von dem viel schrecklicheren Unwetter, das er im vergangenen Jahr bei der Überfahrt über den Ärmelkanal glücklich überstanden hatte.

»Ich hatte Königin Isabella von England eine Botschaft Monseigneur von Artois' zu überbringen . . .«

Auch Prinzessin Klementia betrug sich vorbildlich. Sie hatte sich in das *Paradies* geflüchtet, einen großen Prachtsalon, der im Hinterkastell für die königlichen Gäste eingerichtet worden war, und bemühte sich, ihre Hofdamen zu beruhigen, die bei jedem Wellenstoß wie eine Herde erschrockener Lämmer blökten. Auf die Nachricht, daß ihre Kleider- und Schatztruhen über Bord gegangen waren, hatte sie kein Wort der Klage geäußert.

»Ich hätte gern das Doppelte gegeben«, hatte sie nur gesagt »wenn ich damit die armen Matrosen hätte retten können, die der Mast erschlagen hat.«

Der Sturm ängstigte sie nicht so sehr als das Vorzeichen, das sie darin erblickte.

»Diese Heirat war eben zu schön für mich«, dachte sie, »ich habe mich zu sehr darüber gefreut und durch Hochmut gesündigt; Gott läßt mich Schiffbruch erleiden, weil ich nicht verdiene, Königin zu sein.«

Am dritten Morgen, als das Schiff sich in einer Windstille befand, ohne daß deswegen das Meer ruhiger geworden oder die Sonne hervorgekommen wäre, sah man den dicken Bouville barfuß in einfachem Rock und völlig zerzaust mit ausgebreiteten Armen auf Deck knien.

»Was macht Ihr denn da, Messire?« rief ihm Prinzessin Klementia zu.

»Ich mache es wie der heilige Ludwig, Madame, als er vor Zypern beinahe untergegangen wäre. Er versprach dem heiligen Nikolaus ein Schiff aus vierzig Unzen Silber, wenn Gott ihn nach Frankreich heimführen würde. Messire de Joinville hat es mir erzählt.«

»Ich schließe mich Eurem Gelübde an, Bouville«, erwiderte Klementia. »Weil unser Schiff unter dem Schutze des heiligen Johannes steht, verspreche ich, wenn wir überleben und wenn mir die Gnade zuteil wird, dem König von Frankreich einen Sohn zu schenken, daß ich ihn Johann taufen werde.«

Und auch sie kniete nieder und betete.

Gegen Mittag nahm die Heftigkeit des Sturmes allmählich ab, und alle schöpften wieder Hoffnung. Dann zerriß die Sonne die Wolkendecke; Land kam in Sicht. Der Kapitän erkannte voll Freude die provenzalische Küste und, beim Näherkommen, die Bucht von Cassis. Er war nicht wenig stolz darauf, daß er seinen Kurs gehalten hatte.

»Ihr werdet uns so schnell wie möglich an dieser Küste absetzen, denke ich, Meisterseefahrer«, rief Bouville.

»Ich soll Euch nach Marseille bringen, Messire«, antwortete der Kapitän, »es ist nicht mehr weit. Außerdem habe ich nicht mehr genug Anker, um an dieser Felsenküste anzulegen.«

Am Spätnachmittag erreichte die *San Giovanni*, durch ihre Ruder vorwärts bewegt, den Hafen von Marseille. Ein Boot wurde ausgesetzt, dessen Mannschaft die Behörden der Stadt benachrichtigte und die große Kette senken ließ, die die Hafeneinfahrt zwischen dem Turm von Malbert und dem Fort Saint-Nicolas absperrte. Bald kamen der Gouverneur, die Schöffen und die Richter herbeigeeilt, tief gebeugt gegen einen heftigen Mistral ankämpfend, um die Nichte ihres Herrschers, des Königs von Neapel, zu empfangen (Marseille gehörte damals dem Hause Anjou).

Auf dem Kai staunten Salzarbeiter, Fischer, Ruder- und Segelmacher, Dockarbeiter, Geldwechsler, Händler aus dem Judenviertel, Genueser und Sieneser Bankschreiber über dieses ramponierte Fahrzeug ohne Segel und Masten, dessen Matrosen auf Deck tanzten, einander umarmten und »Wunder, Wunder« riefen.

Die neapolitanischen Ritter und die Hofdamen versuchten, ihre Kleidung in Ordnung zu bringen.

Der wackere Bouville, der auf dieser Überfahrt zehn Pfund verloren hatte und dem die Kleider am Leibe schlotterten, beteuerte unaufhörlich seiner Umgebung, daß nur seine Idee, ein Gelübde zu tun, den Schiffbruch verhindert habe und daß jedermann ihm sein Leben verdanke.

»Messire Hugues«, hielt Guccio ihm mit einem boshaften Funkeln in den Augen entgegen, »soviel ich weiß, gibt es keinen Sturm, ohne daß irgend jemand ein Gelübde ablegt, ähnlich dem Eurigen. Aber wie erklärt Ihr Euch dann, daß dennoch so viele Schiffe untergehen?«

»Ohne Zweifel kommt es daher, daß sich so ein Heide wie Ihr an Bord befindet«, parierte lächelnd der ehemalige Kämmerer.

Guccio sprang als erster an Land. Leichtfüßig flog er die Leiter hinab, um seine Geschicklichkeit zu beweisen. Da erscholl ein Aufschrei. Nach mehreren Tagen auf schwankendem Boden war Guccio nicht mehr an festen Grund gewöhnt; sein Fuß war ausgeglitten, und er war ins Wasser gefallen. Um ein Haar wäre er zwischen der Hafenmauer und dem Bug des Schiffes zermalmt worden. Im Augenblick färbte sich das Wasser um ihn rot; er hatte sich im Fallen an einem Haken verletzt. Halb ohnmächtig, blutend, und mit bis zum Knochen aufgerissener Hüfte wurde er herausgefischt und sogleich ins Spital gebracht.

Der große Männersaal hatte die Ausmaße eines Kirchenschiffs. Im Hintergrund war ein Altar errichtet, wo täglich vier Messen, Vesper und Abendandacht zelebriert wurden. Die bevorzugten Patienten waren in einer Art Zelle, der Wand entlang, untergebracht, die »Sonderzimmer« hießen. Die übrigen Kranken lagen je zwei und zwei in einem Bett, und zwar so, daß des einen Kopf bei des anderen Füßen zu liegen kam. Die Pflegebrüder liefen in ihren langen, braunen Kutten ohne Unterlaß auf dem Mittelgang hin und her, entweder, um die Gottesdienste abzuhalten oder die Kranken zu pflegen und die Mahlzeiten auszuteilen. Die liturgischen Handlungen waren aufs engste mit dem Heilverfahren verquickt. Schmerzensröcheln ersetzte den Antwortgesang auf die Psalmenverse; der Weihrauchduft konnte den schrecklichen Fieber- und Eitergestank nicht unterdrücken; der Tod wurde zum öffentlichen Schauspiel. Inschriften, die in steilen, gotischen Lettern die Wände zierten, forderten dazu auf, sich mehr auf das Hinscheiden als auf die Heilung vorzubereiten.[2]

Seit beinahe drei Wochen lag Guccio in einem Alkoven dieses Saales. Er stöhnte unter der drückenden Sommerhitze, die alles Leiden noch zehrender und die Krankenhäuser noch trübseliger macht. Traurig blickte er auf die Sonnenstrahlen, die durch die Spitzbogen hoch oben in der Mauer drangen und große, goldene Flecke auf diese Ansammlung menschlichen Elends warfen. Die kleinste Bewegung entriß ihm einen Schmerzenslaut; die Salben und Elixiere der frommen Brüder brannten ihn wie Feuer, und das Erneuern des Verbandes war jedesmal eine Folter. Niemand schien ihm sagen zu können, ob der Knochen in Mitleidenschaft gezogen war; aber er fühlte genau, daß es sich nicht nur um eine Fleischwunde handelte, denn sooft seine Hüfte oder seine Seite untersucht wurde, war er einer Ohnmacht nahe. Die Ärzte und Chirurgen versicherten ihm, daß keine Lebensgefahr bestehe, daß man in seinem Alter von jeder Krankheit genese und daß Gott noch ganz andere Wunder wirke: Da sei doch eines Tages ein Kalfaterer angekommen, die Gedärme in der Hand, und nach einiger Zeit wurde er wieder entlassen, vergnügter als je zuvor. All das war für Guccio kein Trost. Schon drei Wochen . . . und keine Gewähr dafür, daß er nicht weitere drei Wochen hierbleiben müßte oder auch drei Monate, oder daß er nicht sein Leben lang hinken oder impotent bleiben würde.

Er sah sich schon dazu verdammt, den Rest seiner Tage verkrümmt, verschrumpelt in einer Wechselstube in Marseille verbringen zu müssen, weil er nicht mehr nach Paris weiterreisen konnte. Vorausgesetzt, daß er nicht an irgendeinem anderen Übel zugrunde ginge . . . Jeden Morgen sah er, wie zwei bis drei schon recht schwärzliche Leichen hinausgebracht wurden; wie in allen Mittelmeerhäfen kamen auch hier dauernd Pestfälle vor. Und all das, weil er den Tausendsasa spielen und schneller als alle anderen an Land springen mußte, nachdem er mit knapper Not dem Untergang entronnen war!

Er war wütend auf sein Mißgeschick und auf seine eigene Dummheit. Beinahe täglich ließ er den Schreiber kommen und diktierte ihm lange Briefe an Marie de Cressay. Diese Briefe ließ er durch die Kuriere der lombardischen Banken an das Kontor in Neauphle befördern, dessen Leiter sie dem jungen Mädchen heimlich zusteckte.

Guccio sandte Marie die leidenschaftlichsten Erklärungen; wenn die Italiener von der Liebe reden, so fließt ihre Sprache über von Lebhaftigkeit und Bilderreichtum. Er versicherte, daß er nur ihretwegen wieder genesen wolle, nur um des Glückes willen, sie wiederzusehen, sie anzuschauen, sie zärtlich zu lieben alle Tage seines Lebens. Er beschwor sie, ihm die Treue zu halten, die sie einander gelobt hatten, und versprach ihr dafür tausend Glückseligkeiten. »Nur Eure Seele lebt in meiner Brust, nie wird eine andere darin Raum finden, und wenn sie mich verlassen wollte, so müßte mein Leben mit ihr fliehen.«

Denn jetzt, da er durch seine Ungeschicklichkeit an das Spitalbett gefesselt war, begann dieser Prahlhans an allem zu zweifeln, er fürchtete sogar, daß seine Liebste nicht auf ihn warten würde. Marie würde eines Liebhabers, der dauernd abwesend war, müde werden und sich für einen jungen Edelmann aus der Umgebung, einen Hetzjäger und Turniersieger, begeistern.

»Meine Chance«, sagte er sich, »lag darin, daß ich der erste war, der sie liebte. Aber nun sind ein Jahr und sechs Monate vergangen, seit wir uns den ersten Kuß gegeben haben. Sie wird nachdenken. Mein Onkel hat mich gewarnt. Was bin ich in den Augen einer Adeligen? Ein Lombarde, das heißt, ein bißchen besser als ein Jude, aber ein bißchen schlechter als ein Christ und vor allem kein Mann ihres Standes.«

Während er seine hilflosen und abgemagerten Beine betrachtete und sich fragte, ob er wohl jemals wieder aufrecht stehen könne, beschrieb er Marie de Cressay in seinen Briefen das herrliche Leben, das er ihr bereiten würde. Er war der Vertraute und Schützling der neuen Königin von Frankreich geworden. Wenn man seine Briefe las, konnte man glauben, daß er die Heirat des Königs zustande gebracht hätte. Er beschrieb *seine* Mission in Neapel, den Sturm und wie er ihm getrotzt und der Mannschaft Mut gemacht hatte. Seinen Unfall führte er auf eine ritterliche Regung zurück; er war vorgestürzt, um Prinzessin Klementia zu stützen und sie vor einem Sturz ins Wasser zu bewahren, als sie aus dem Schiff stieg, das selbst im Hafen noch auf hochgehenden Wogen heftig schwankte.

Guccio hatte auch an seinen Onkel Spinello Tolomei geschrieben und ihm sein Unglück geschildert. Er hatte ihn gebeten, das Kontor von Neauphle für ihn zu reservieren und ihm bei ihrem Geschäftsfreund in Marseille einen Kredit zu verschaffen.

Häufige Besuche zerstreuten ihn ein wenig und boten ihm Gelegenheit, in Gesellschaft zu jammern, was so viel wohler tut, als allein zu jammern. Der Konsul der Sieneser Kaufleute hatte ihm einen Besuch abgestattet und ihm jede Hilfe angeboten; Tolomeis Geschäftsfreund überhäufte ihn mit Aufmerksamkeiten und ließ ihm besseres Essen auftragen als die übliche Anstaltskost.

Eines Nachmittags hatte Guccio die Freude, seinen Freund Signor Boccaccio de Cellino bei sich zu sehen, der zufällig in Marseille war. Ihm konnte Guccio nach Herzenslust sein Leid klagen.

»Denk nur daran, was ich alles versäumen werde«, sagte Guccio. »Ich kann nicht bei Donna Clemenzas Hochzeit sein, wo ich meinen Platz unter den hohen Adeligen gehabt hätte. Und dabei habe ich doch so viel dafür getan! Und die Krönung in Reims werde ich auch verpassen. Ach! Wie ist das alles traurig . . . und ich habe noch immer keine Antwort von meiner schönen Marie.«

Boccaccio tat sein möglichstes, um ihn zu trösten. Neauphle war schließlich keine Vorstadt von Marseille, und Guccios Briefe reisten nicht mit königlichen Kurieren. Sie mußten alle lombardischen Poststationen durchlaufen, Avignon, Lyon, Troyes und Paris; auch ging nicht täglich ein Kurier ab.

»Boccaccio, mein Freund«, rief Guccio, »da du nach Paris reitest, beschwöre ich dich, gehe nach Neauphle und suche Marie auf, wenn deine Zeit es erlaubt. Sag ihr alles, was ich dir anvertraut habe! Frage, ob sie alle meine Botschaften richtig erhalten hat; forsche, ob sie mich noch immer liebt. Und verbirg mir nicht die Wahrheit, auch wenn sie noch so bitter ist . . . Glaubst du nicht, Boccaccio, daß ich in einer Sänfte reisen könnte?«

»Damit deine Wunde wieder aufbricht, daß der Brand eintritt und du in einer schlechten Herberge am Weg elendiglich zugrunde gehst? Ein glänzender Einfall! Bist du verrückt geworden? Du bist zwanzig Jahre alt, Guccio . . .«

»Noch nicht ganz!«

»Ein Grund mehr; was bedeutet ein verlorener Monat in deinem Alter?«

»Wenn es der richtige Monat war, kann mit ihm das ganze Leben verloren sein.«

Täglich erkundigte sich Prinzessin Klementia durch einen ihrer Edelleute nach dem Verletzten. Dreimal kam der dicke Bouville selbst und setzte sich an das Lager des jungen Italieners. Bouville war von Arbeit und Sorgen niedergedrückt. Er hatte alle Mühe, das Gefolge der künftigen Königin wieder in eine würdige Verfassung zu bringen, ehe die Reise nach Paris fortgesetzt wurde. Ein Teil der Gefährten hatte sich nach den Leiden der Seefahrt zu Bett legen müssen. Alle besaßen nur noch die durchnäßten und verschmutzten Kleidungsstücke, die sie bei der Ausschiffung getragen hatten. Die Edelleute und Hofdamen bestellten neue Garderobe bei den Schneidern und Wäschemachern, ohne sich um die Bezahlung zu kümmern. Die gesamte Aussteuer der Prinzessin mußte neu beschafft werden, Silbergerät, Geschirr, Truhen, die Reisemöbel, die zu dem normalen Gepäck eines Reisenden königlichen Standes gehörten. Bouville hatte in Paris Geld angefordert; Paris hatte geantwortet, er solle sich nach Neapel wenden, da alle Verluste noch innerhalb der sizilianischen Hoheitsgewässer geschehen seien. Schließlich mußten wieder die Lombarden herhalten. Tolomei hatte die Geldforderung an die Bardi weitergeleitet, die König Robert von Neapel stets Geld liehen, und daraus erklärte sich Signor Boccaccios eilige Durchreise über Marseille. Bei all diesem Durcheinander vermißte Bouville Guccio sehr, und der Besuch des ehemaligen Kämmerers hatte mehr den Zweck, sein eigenes Geschick zu beklagen und den jungen Mann um Rat zu bitten, als dem Kranken Trost zuzusprechen: »Mir so etwas anzutun, ausgerechnet mir!«

»Wann werdet Ihr aufbrechen?« fragte Guccio, der diesem Moment voll Verzweiflung entgegenblickte.

»Ach! Mein armer Freund, nicht vor Mitte Juli.«

»Vielleicht bin ich bis dahin wieder auf den Beinen?«

»Ich hoffe es. Tut Euer Bestes, Eure Heilung wäre mir eine große Hilfe.«

Aber die Julimitte kam, und Guccio konnte noch längst nicht aufstehen. Am Abend vor der Abreise bestand Klementia von Ungarn darauf, sich persönlich von dem Kranken zu verabschieden. Guccio wurde ohnehin schon von seinen Leidensgefährten um die vielen Besuche beneidet, die Aufmerksamkeiten, die ihm erwiesen wurden, und die Leichtigkeit, mit der alle seine Wünsche Erfüllung fanden. Nun wurde er zu einer sagenhaften Heldengestalt, als die Braut des Königs von Frankreich in Begleitung von zwei Damen und sechs neapolitanischen Rittern in den Großen Saal der Spitals Einlaß begehrte. Die Pflegebrüder, die eben die Vesper sangen, schauten einander voll

Überraschung an, und ihre Stimmen wurden heiser vor Aufregung. Die schöne Prinzessin kniete nieder wie die einfachste Beterin. Als die Andacht beendet war, schritt sie die Betten entlang, quer durch diese trostlose Schmerzenswüste, und hundert bewundernde Blicke folgten ihr.

»Oh! Die armen Menschen«, flüsterte sie.

Sie befahl sogleich ihrem Gefolge, daß man in ihrem Namen an alle Bedürftigen Almosen verteilen und der Stiftung zweihundert Livres zukommen lassen solle.

»Aber, Madame«, flüsterte ihr Bouville zu, der neben ihr ging, »wir haben nicht genug Geld, um alles zu bezahlen.«

»Was tut das! Wir geben es besser hierfür aus als für ziselierte Trinkgefäße und das Seidenzeug, mit dem wir uns behängen. Ich schäme mich, an dergleichen Tand zu denken, ich schäme mich selbst meiner Gesundheit beim Anblick von so viel Elend.«

Sie brachte Guccio ein kleines Reliquienmedaillon, das ein winziges Fetzchen vom Gewand des heiligen Johannes »mit einem sichtbaren Tropfen Blutes des Vorläufers des Heilands« enthielt. Sie hatte die Reliquie um teures Geld von einem Juden erstanden, der sich auf diesen Handel spezialisiert hatte. Das Medaillon war an einem Goldkettchen befestigt, das Guccio sich sogleich um den Hals hing.

»Ach, lieber Signor Guccio«, sagte Prinzessin Klementia, »es macht mir Kummer, Euch hier zu sehen. Zweimal habt Ihr zusammen mit Messire de Bouville eine lange Reise gemacht, um mir eine glückliche Botschaft zu überbringen. Ihr habt mir zur See große Hilfe geleistet, und nun werdet Ihr nicht an den Vergnügungen zu meiner Hochzeitsfeier teilnehmen können!«

Im Saal herrschte eine Backofenhitze. Draußen drohte ein Gewitter. Die Prinzessin zog ein Tüchlein aus ihrem Täschchen und trocknete das schweißglänzende Gesicht des Verletzten mit einer so natürlichen und sanften Geste, daß Guccio die Tränen in die Augen traten.

»Wie ist Euch denn das Unglück zugestoßen?« fragte Klementia. »Ich habe nicht gesehen und überhaupt nicht begriffen, was passiert ist.«

»Ich . . . ich glaubte, Madame, Ihr wolltet aussteigen, und da das Schiff noch immer sehr schwankte, wollte ich . . . wollte ich herbeieilen und Euch den Arm bieten. In der Dämmerung konnte man fast nichts sehen . . . und so . . . bin ich ausgerutscht.«

Von nun an würde er selbst an diese halbe Lüge glauben müssen. Er hatte so sehr gewünscht, daß sich das Ereignis tatsächlich so abgespielt hätte! Und schließlich, diese Anwandlung, die ihn veranlaßt hatte, als erster hinunterzuspringen . . .

»Lieber Signor Guccio«, wiederholte Klementia gerührt, »werdet schnell wieder gesund, wenn Ihr mir eine Freude machen wollt. Und meldet Euch dann am Hofe von Frankreich; meine Türen werden Euch immer offenstehen wie einem Freunde.«

Sie tauschten einen langen Blick, in völliger Unschuld, denn sie war die Tochter eines Königs und er der Sohn eines Lombarden. Hätte das Schicksal sie in einem anderen Stand geboren werden lassen, so hätten dieser Mann und diese Frau einander lieben können.

Sie sollten einander nicht wiedersehen, und dennoch sollten sich ihre Geschicke auf wunderlichere, auf tragischere Weise verflechten, als jemals zwei Schicksale miteinander verflochten waren.

Schlechte Vorzeichen

Das schöne Wetter war von kurzer Dauer gewesen. Die Stürme, Gewitter, Hagel- und Regenschauer, die in jenem Sommer Westeuropa verwüsteten und von denen Prinzessin Klementia bereits während ihrer Seereise einen Vorgeschmack bekommen hatte, setzten schon am Tage nach dem Aufbruch von Marseille wieder ein. Nach einer ersten Rast in Aix-en-Provence und einer weiteren im Schloß von Orgon kam der Zug unter strömendem Regen in Avignon an. Von dem bemalten Lederdach der Sänfte, in der die Prinzessin reiste, troff es wie aus dem Wasserspeier einer Kirche. Sollten die schönen, neuen Gewänder verschmutzt, die Truhen vom Regen durchnäßt und die silberbeschlagenen Sättel der neapolitanischen Reiter verdorben werden, noch ehe ihre Pracht die Bevölkerung Frankreichs in Erstaunen versetzt hatte? Messire Bouville hatte sich erkältet, was die Sache nicht besser machte. Konnte man sich etwas Lächerlicheres vorstellen als eine Erkältung im Juli? Der Ärmste hustete und spuckte beängstigend, und seine Nase tröpfelte. Wurde er mit zunehmendem Alter immer anfälliger, oder mußte ihm im Rhônetal und in Avignon einfach immer etwas Unangenehmes passieren?

Kaum war die Reisegesellschaft in einem Palais der päpstlichen Stadt untergebracht, als auch schon Monseigneur Jacques Duèze, der Kurienkardinal, mit einem ganzen Stab von Geistlichen erschien, um Klementia von Ungarn zu begrüßen. Noch immer besaß dieser alte Alchimist, der sich seit fünfzehn Monaten um die Tiara bewarb, trotz seiner siebzig Jahre seinen sonderbar jünglingshaften Gang. Er hüpfte zwischen den Pfützen hindurch, unter den Regenstößen, die die Fakkeln seiner voranschreitenden Diener ausgelöscht hatten.

Da Kardinal Duèze der offizielle Kandidat des Hauses Anjou-Sizilien war, kam ihm die Heirat Klementias mit dem König von Frankreich sehr zupaß, denn sie stärkte seine Position. Er zählte darauf, daß die neue Königin ihn in Paris unterstützen und ihm zu den Stimmen seiner französischen Kollegen verhelfen würde, die ihm noch fehlten.

Leichtfüßig wie ein Junghirsch eilte er die Treppe hinauf und zwang die Pagen, die seine Schleppe trugen, hinter ihm herzulaufen. Er wurde von Kardinal Orsini und den zwei Kardinälen Colonna begleitet, die ebenfalls den Interessen von Neapel ergeben waren und die ihm kaum zu folgen vermochten.

Zum Empfang all dieser Purpurpracht hatte Messire Bouville, obgleich er das Taschentuch vor die Nase hielt und seine Stimme erstickt klang, ein wenig seine Gesandtenwürde zusammengerafft.

»Na, Monseigneur«, redete er den Kardinal wie einen alten Bekannten an, »ich sehe, daß man Euch leichter zu Gesicht bekommt, wenn man die Nichte des Königs von Neapel begleitet, als wenn man im Auftrag des Königs von Frankreich zu Euch kommt. Heute brauche ich auf der Suche nach Euch nicht querfeldein zu laufen.«

Bouville konnte sich diesen liebenswürdig-neckenden Ton erlauben; schließlich hatte der Kardinal der Staatskasse viertausend Livres gekostet.

»Monseigneur«, erwiderte der Kardinal, »Madame Maria von Ungarn und ihr Sohn Robert haben mir stets und mit größter Standhaftigkeit die Ehre ihres frommen Vertrauens erwiesen; und die Verbindung ihrer Familie mit dem Thron von Frankreich, die durch die Eheschließung der schönen und tugendhaften Prinzessin hergestellt wird, ist die Erhörung meiner Gebete.«

Wieder erstaunte Bouville über diese sonderbare Stimme, die zugleich rasch und gebrochen, erstickt und farblos war. Sie schien gar nicht aus der Kehle des Kardinals zu kommen und sich nicht an den Gesprächspartner zu wenden. Im Augenblick war seine Rede vor allem an Klementia gerichtet, die der Kardinal nicht aus den Augen ließ.

»Und dann, Messire, hat sich manches geändert«, fuhr er fort, »hinter Euch steht nicht mehr der Schatten Monseigneur de Marignys, der einen so langen Arm hatte und jederzeit bereit war, uns zu stürzen. Haben sich seine Abrechnungen wirklich als so betrügerisch erwiesen, daß Euer junger König, dessen Herzensgüte doch bekannt ist, ihn nicht vor der gerechten Strafe retten konnte?«

»Ihr wißt, daß Messire de Marigny mein Freund war«, erwiderte Bouville tapfer. »Er hat als mein Knappe begonnen. Ich glaube, daß nicht er, sondern vielmehr seine Gehilfen Veruntreuungen begangen haben. Es war hart für mich, den Sturz eines so alten Gefährten miterleben zu müssen, nur weil er sich in seinen Stolz verbissen und alle Macht an sich reißen wollte. Ich habe ihn gewarnt . . .«

24

Aber Kardinal Duèze war mit seinen hinterhältigen Komplimenten noch nicht zu Ende.

»Ihr seht, Messire«, fuhr er fort, »es war keineswegs nötig, die Annullierung der Ehe Eures Herrn, derentwegen Ihr mich damals aufsuchtet, mit so großer Hast zu betreiben. Die Vorsehung sorgt häufig für die Erfüllung unserer Wünsche, sofern man ihr mit etwas entschlossener Hand ein wenig nachhilft . . .«

Unverwandt blickte er die Prinzessin an. Bouville beeilte sich, das Thema zu wechseln, und zog den Kirchenfürsten ein wenig zur Seite.

»Nun, Monseigneur, was macht das Konklave?« fragte er.

»Immer das gleiche, das heißt, noch immer nichts. Monseigneur d'Auch, unser verehrter Kardinalkämmerer, will, aus Gründen, die nur ihm selbst bekannt sind, uns einfach nicht an einem Ort zusammenbringen. Einige von uns halten sich in Carpentras auf, andere in Orange, wir selbst sind hier, Caetani ist in Vienne . . .«

Und er stürzte sich in eine schleicherische, aber wütende Anklagerede gegen seinen erbittertsten Gegner, den Kardinal Caetani, den Neffen Bonifaz' VIII.

»Es ist drollig mit anzusehen, wie mutig er heute das Andenken seines Onkels verteidigt. Wir können nicht vergessen, daß Francesco, als Euer Freund Nogaret mit seiner Reiterei nach Anagni kam und Bonifaz belagerte, diesen heißgeliebten Verwandten im Stich ließ und als Lakai verkleidet die Flucht ergriff. Er scheint zum Verräter geboren zu sein wie andere zum Priesteramt«, erklärte Duèze.

Die tiefliegenden Augen funkelten in einer greisenhaften Leidenschaft in seinem harten, mageren Gesicht. Nach seiner Schilderung war Kardinal Caetani noch weit schlimmerer Schandtaten fähig. In diesem Manne steckte ein Teufel . . .

». . . und der Dämon findet, wie Ihr wißt, überall Zugang. Nichts dürfte ihm größeres Vergnügen bereiten, als sich in unseren Kollegien festzusetzen.«

Zu jener Zeit bedeutete es mehr als eine Redewendung, wenn man vom Dämon sprach. Es war ein schwerwiegendes Wort, das den Auftakt bildete zu Ketzerverfolgungen, zur Folter und zum Scheiterhaufen.

»Ich weiß wohl«, fügte Duèze hinzu, »daß der Thron des heiligen Petrus nicht auf unbestimmte Zeit leerstehen kann, daß dies eine Gefahr für die ganze Welt bedeutet. Aber was vermag ich dagegen? Ich habe mich zur Verfügung gestellt, sowenig ich auch geneigt bin, eine so schwere Aufgabe auf mich zu laden, ich habe mich zur Verfügung gestellt, diese Bürde zu tragen, weil es scheint, daß ich der einzige bin, auf den das Konklave sich einigen könnte. Sollte Gott mit meiner Wahl den Unwürdigsten auf den höchsten Thron berufen, so unterwerfe ich mich dem göttlichen Willen. Was könnte ich mehr tun, Messire Bouville?«

Danach ließ er Prinzessin Klementia ein reich bebildertes, wundervolles Exemplar seines *Elixier der Philosophen* überreichen, einer gedrängten philosophischen Abhandlung, die bei den Sachverständigen in hohem Ansehen stand; er zweifelte, ob die Prinzessin auch nur eine Zeile davon verstand.

Er entfernte sich, gefolgt von seinen Prälaten, Vikaren und Pagen; er führte bereits das Leben eines Papstes und würde bis zur Grenze seiner Kräfte die Wahl eines anderen verhindern.

Als sich die Reisegesellschaft am nächsten Tage in Richtung Valence auf den Weg machte, fragte die Prinzessin Bouville:

»Was meinte der Kardinal gestern, als er von der Hilfe sprach, die den Entscheidungen der Vorsehung bei der Erfüllung unserer Wünsche zuteil wurde?«

»Ich weiß es nicht, Madame, ich erinnere mich gar nicht«, antwortete Bouville verlegen. »Ich glaube, er sprach von Messire de Marigny, ich habe es nicht verstanden.«

»Mir scheint vielmehr, er hat über die *Annullierung* der Ehe gesprochen, die mein zukünftiger Gemahl nicht erhalten konnte. Woran ist Madame Margarete von Burgund gestorben?«

»An einer schweren Erkältung, die sie sich im Gefängnis zugezogen hat, und zweifellos auch an den Gewissensbissen über Ihren Fehltritt.«

Und Bouville schneuzte sich, um seine Verwirrung zu verbergen; er kannte die Gerüchte nur zu gut, die über das unerwartete Hinscheiden der ersten Gemahlin des Königs in Umlauf waren, und wollte nicht mehr darüber sprechen.

Klementia nahm Bouvilles Erklärung an, aber sie war doch nicht beruhigt.

»So verdanke ich also das Glück, das mich erwartet«, dachte sie, »dem Tode einer anderen.«

Sie fühlte eine unerklärliche Verbundenheit mit dieser Königin, deren Nachfolge sie antreten sollte und deren Sünden sie ebenso entsetzten, wie die Strafe ihr Mitleid einflößte.

Besteht die wahre Barmherzigkeit, die selten von denen empfunden wird, die sie verkünden, nicht gerade darin, daß die Seele sich verpflichtet fühlt, das Vergehen der Schuldigen und die Verantwortung der Richter mit auf sich zu nehmen?

»Ihre Schuld hat ihr den Tod gebracht, und durch ihren Tod werde ich Königin«, dachte Klementia. Sie hatte das Gefühl, als ob ein Urteil auch über sie ergangen wäre, und sah sich von unglücklichen Vorzeichen umgeben. Der Sturm, der Unfall des kleinen Lombarden und diese Regenfälle, die sich zur Katastrophe auswuchsen . . . so viele verhängnisvolle Omina.

Denn das Wetter wollte nicht besser werden. Die Dörfer, die der Zug passierte, boten einen trostlosen Anblick. Nach der Hungersnot des Winters hatten die Felder eine schöne Ernte versprochen, und die Bauern hatten neuen Mut geschöpft; ein paar Tage Mistral und verheerende Stürme hatten ihre Hoffnungen zunichte gemacht. Unaufhörlich stürzten die Wassermassen hernieder und ließen alles verfaulen. Die Durance, die Drôme, die Isère führten Hochwasser, und die Rhône, an der die Gesellschaft entlangzog, war zu einem gefährlichen, reißenden Strom geworden. Manchmal mußte haltgemacht werden, weil ein umgestürzter Baum die Straße versperrte.

Für Klementia ein schmerzlicher Kontrast: dort der ewig blaue Himmel der Campagna mit ihrem lächelnden Volke und den Weinbergen, die voll goldener Früchte hingen; hier das verwüstete Tal, bewohnt von ausgemergelten Gestalten, die armseligen Marktflecken, die, halb entvölkert von der Hungersnot, einen trostlosen Anblick boten.

»Und weiter im Norden wird es bestimmt noch schlimmer. Ich komme in ein rauhes Land.«

Sie hätte so gerne alle Not gelindert; jeden Augenblick ließ sie ihre Sänfte anhalten und gab allen, die ihr bedürftig erschienen, ein Almosen. Bouville mußte sie zur Zurückhaltung ermahnen:

»Wenn Ihr weiterhin so austeilt, Madame, haben wir nicht mehr genug, um nach Paris zu kommen.«

Als sie in Vienne bei ihrer Schwester Beatrice ankam, die mit dem Fürsten der Dauphiné vermählt war, erfuhr Klementia, daß König Ludwig X. soeben in den Krieg gegen die Flamen gezogen war.

»Herr, mein Gott«, flüsterte sie, »soll ich Witwe werden, noch ehe ich meinen Gemahl überhaupt gesehen habe? Und bin ich nach Frankreich gekommen, um überall nur Unglück zu begegnen?«

Der König zieht ins Feld

Karl von Valois hatte gegen Marigny die Anklage erhoben, er habe sich von den Flamen bestechen lassen und mit ihnen einen Frieden geschlossen, der den Interessen des Reiches zuwiderlief.

Nun, da Marigny kaum an den Ketten von Montfaucon aufgehängt war, hatte der Graf von Flandern den Vertrag gebrochen. Er bediente sich dazu einer höchst einfachen Methode: trotz der feierlichen Aufforderung hatte er sich geweigert, nach Paris zu kommen und dem neuen König zu huldigen. Gleichzeitig stellte er die Zinszahlung ein und erneuerte seine Gebietsansprüche auf Lille und Douai.

Bei dieser Nachricht erlitt König Ludwig X. einen furchtbaren Wutanfall, einen jener Zornausbrüche, die ihm den Beinamen »der Zänker« eingetragen hatten und vor denen seine ganze Umgebung zitterte, weniger um ihrer selbst willen, als vielmehr, weil der König in diesen Augenblicken dem Wahnsinn nahe schien.

Als er von der Rebellion der Flamen erfuhr, übertraf seine Wut alles bisher Dagewesene.

Stundenlang lief er wie ein gefangenes Raubtier in seinem Arbeitszimmer auf und ab, mit zerzaustem Haar und puterrotem Hals, zerbrach, was ihm in die Hände fiel, warf die Stühle mit Fußtritten um und stieß unablässig sinnlose Worte hervor. Sein Gezeter wurde nur durch die erstickenden Hustenanfälle unterbrochen, deren Heftigkeit ihn fast bis zum Boden krümmte.

»Die Hilfsgelder!« schrie er. »Und dieser Sturm! Ah! Den sollen sie mir auch bezahlen, diesen Sturm! Galgen! Ich brauche mehr Galgen! Wer hat mir geraten, daß ich die Hilfsgelder nicht mehr erheben soll? Auf die Knie! Auf die Knie, Graf von Flandern! Und mein Fuß auf seinen Kopf! Brügge? Brandschatzen! Ich werde es brandschatzen!«

Alles ging durcheinander, die Namen der aufständischen Städte, die Verspätung Klementias von Ungarn, die Androhung eines Strafgerichtes. Aber am häufigsten kehrte das Wort »Hilfsgelder« wieder, denn erst vor wenigen Tagen hatte Ludwig X. die Erhebung der außerordentlichen Steuern einstellen lassen, aus denen die Kosten für den Feldzug des Vorjahres gedeckt werden sollten.

Schon bedauerte man, ohne es offen zu sagen, daß Marigny nicht mehr da war. Er hatte eine besondere Art gehabt, mit derartigen Aufständen fertig zu werden. Dem Abbé Simon von Pisa zum Beispiel, der ihm mitteilte, daß die Flamen äußerst erregt seien, hatte er erwidert: »Diese Hitzigkeit erstaunt mich nicht, Bruder Simon, sie kommt bestimmt von der großen Wärme. Auch unsere Herren sind hitzig und kriegslustig . . . Laßt Euch sagen, daß sich das Königreich Frankreich nicht durch Worte zerschlagen läßt; dazu bedarf es anderer Methoden.« Nun hätte man gerne diesen Ton wieder angeschlagen; unglücklicherweise lebte der Mann nicht mehr, der diese Sprache zu führen verstanden hatte.

Valois, dessen Kriegsbegeisterung keineswegs durch die Machtausübung gemindert worden war und der immer wieder seine Fähigkeit als Heerführer unter Beweis stellen wollte, ermutigte den Zänker dazu, von Heldentaten zu träumen. Er würde die gewaltigste Armee aufstellen, die Frankreich je gesehen hatte, würde wie ein Bergadler auf die flämischen Rebellen herniederstoßen, einige Tausend davon in Stücke hacken, den übrigen Lösegeld auferlegen, sie innerhalb einer Woche zu bedingungsloser Unterwerfung zwingen. Er würde beweisen, wozu er fähig war, fähiger als Philipp der Schöne, dem gerade auf diesem Gebiet ein vollständiger Erfolg versagt geblieben war. Schon sah er sich hinter flatternden Siegesfahnen heimkehren, die Schatztruhen aufgefüllt mit der Kriegsbeute und den Tributen, die er den Städten auferlegt hatte. Er würde den Ruhm seines Vaters noch übertreffen und zugleich die unselige Erinnerung an seine erste Ehe auslöschen können, denn er brauchte mindestens einen Krieg, um sein eheliches Unglück in Vergessenheit geraten zu lassen. Von den Huldigungen seines Volkes begrüßt, würde er voll Schwung im Galopp seinen Einzug halten, ein königlicher Sieger und Schlachtenheld, seine neue Gemahlin begrüßen und sie zum Altar und zur Krönung führen.

Dieser junge Mann war entschieden nicht ernst zu nehmen; man hätte Mitleid mit ihm empfinden können – denn es steckt immer Leiden in der Dummheit –, wenn nicht Frankreich und seine fünfzehn Millionen Seelen ihm anvertraut gewesen wären.

Am 23. Juni berief er die Versammlung der Pairs ein, stammelte, jedoch voll Heftigkeit, ließ den Grafen von Flandern zum Verräter am Lehenseid erklären und entschied, den *ost**, das heißt die königliche Armee, für den 1. August vor Courtrai einzuberufen.

Dieser Treffpunkt war nicht besonders glücklich gewählt. Es scheint Orte zu geben, die immer wieder vom Unglück heimgesucht werden, und Courtrai hatte in den Ohren der damaligen Menschen einen ähnlichen Klang wie heute der Name Sedan. Es mag sein, daß Ludwig X. und sein Onkel Karl in ihrem Hochmut Courtrai absichtlich gewählt hatten, um das Andenken an die Katastrophe von 1302 zu verwischen, eine der wenigen Schlachten, die Philipp der Schöne verloren hatte. Mehrere tausend Ritter, die in Abwesenheit des Königs sinnlos zum Angriff vorgegangen waren, waren in die Gräben gestürzt und von den Messern der flämischen Weber niedergemetzelt worden; ein Blutbad, bei dem keine Gefangenen gemacht wurden.

Für den Unterhalt der riesigen Armee, die seinem Ruhm dienen sollte, brauchte Ludwig X. Geld; also nahm Valois seine Zuflucht zu den gleichen verzweifelten Mitteln wie einst Marigny, und man fragte sich allgemein, ob es notwendig war, den ehemaligen Lenker des Reiches zum Tode zu verurteilen, wenn man seine Methoden doch wieder aufnahm und sie nun viel schlechter anzuwenden wußte.

---

* *ost*, entstanden aus einer Sinnentstellung des lateinischen Wortes *hostis* = Feind.

Alle Leibeigenen, die für ihre Freiheit bezahlen konnten, wurden aus der Hörigkeit entlassen; den Juden wurden für die Aufenthalts- und Handelsgenehmigungen erdrückende Abgaben auferlegt; von den Lombarden verlangte man eine neuerliche Anleihe, so daß auch die Bankiers von nun an dem neuen Regime nicht mehr sehr viel Wohlwollen entgegenbrachten. Zwei dringende Kontributionen in nicht ganz einem Jahr, das war mehr, als sie zu geben gewillt waren[3].

Auch der Klerus sollte besteuert werden. Der jedoch weigerte sich und machte geltend, daß der Heilige Stuhl vakant sei und in Abwesenheit eines Papstes keine derartigen Entscheidungen getroffen werden könne. Schließlich erklärten sich die Bischöfe nach langen Verhandlungen zu einer Sonderabgabe bereit, ergriffen jedoch die Gelegenheit, um sich Steuerfreiheiten zusichern zu lassen, die auf die Dauer den Betrag der Hilfsgelder an die Krone überstiegen.

Die Aufstellung der Armee bereitete keine Schwierigkeiten. Die Barone, die sich zu Hause langweilten, unterzogen sich gern dieser Aufgabe; sie fanden Gefallen an dem Gedanken, ihre Rüstungen hervorzuholen und auf Abenteuer auszuziehen.

Im Volk herrschte weniger Jubel.

»Ist es nicht genug«, hieß es, »daß wir halb verhungert sind? Müssen wir unsere Männer und unser Geld auch noch für den Krieg des Königs opfern?«

Aber man versicherte den Leuten, daß an all ihrer Not nur die Flamen schuld seien; man machte den Soldaten den Mund wäßrig auf die Kriegsbeute und die Freiheit zu tagelangen Plünderungen und Vergewaltigungen. Für viele würde der Kriegszug eine Unterbrechung des eintönigen Tagewerks und der Nahrungssorgen bedeuten. Keiner wollte feige erscheinen, und weigerte sich der eine oder der andere, so waren genügend Schergen des Königs oder seiner Grundherren zur Stelle, die mit einigen Kampfunwilligen die Bäume längs der Straße schmückten und so schnell die Ordnung wiederherstellten. Nach dem noch immer gültigen Erlaß Philipps des Schönen wurde grundsätzlich kein gesunder Mann zwischen achtzehn und sechzig Jahren vom Kriegsdienst befreit, wenn er sich nicht durch eine bestimmte Geldsumme freikaufen konnte oder ein lebenswichtiges Gewerbe ausübte.

Eine Mobilisierung war zu jener Zeit ausschließlich Sache der einzelnen Grundherrschaften. Die Adeligen waren eine Art vereidigter Offiziere, die ihre Soldaten unter ihren Gefolgsleuten, den Untertanen und Leibeigenen, aushoben. Die Ritter und selbst die Schildknappen zogen nie allein in den Krieg. Sie waren von Waffenknechten, Leibdienern und Fußvolk begleitet. Sie stellten selbst ihre Pferde, ihre

Waffen und die ihrer Mannen. Der einfache Ritter ohne Banner stand etwa im Rang eines Leutnants; sobald er sein Häuflein ausgerüstet und beisammen hatte, stieß er zu dem nächsthöheren Adeligen, das heißt seinem unmittelbaren Herrn. Ritter, die ein Fähnlein führten, nahmen etwa den Rang eines Hauptmanns ein, Bannerherren den eines Obersten, und die Ritter mit doppeltem Banner waren die Generale, die der gesamten taktischen Einheit vorstanden, die innerhalb der Gerichtsbarkeit ihrer Baronie oder Grafschaft ausgehoben worden war.

Es kam vor, daß alle diese Ritter ihr Fußvolk zurückließen und gemeinsam zum Angriff vorstürmten, oft mit dem bekannten, schönen Ergebnis.

Das *Banner* des Grafen Philipp von Poitiers, des Bruders des Königs, dürfte etwa den Umfang eines Armeekorps gehabt haben, denn ihm unterstanden sowohl die Truppen aus dem Poitou wie auch die der Grafschaft Burgund, die seine Heirat ihm eingebracht hatte; dazu waren ihm zehn Bannerherren angeschlossen, unter ihnen der Graf von Evreux, sein Onkel, Miles des Noyers, Anseau de Joinville, der Sohn des großen Joinville, und sogar Gaucher de Châtillon, dessen Lehenstruppen, obgleich er Konnetabel von Frankreich, also Oberbefehlshaber der Armee war, dieser riesigen Einheit angeschlossen waren.

Philipp der Schöne hatte zweifellos gute Gründe dafür gehabt, seinem zweitältesten Sohn noch vor dessen zweiundzwanzigstem Lebensjahr eine so gewaltige Militärmacht anzuvertrauen, und hatte unter seinem Oberbefehl, als wolle er die Autorität des jungen Mannes stärken, die Männer versammelt, denen er am meisten vertraute.

Unter dem Banner des Grafen Karl von Valois marschierten die Truppen von Maine, von Anjou und Valois; unter ihnen war der alte Ritter d'Aunay, der Vater der beiden hingerichteten Liebhaber Margaretes und Blanches von Burgund.

Die Städte mußten dieselben Kriegsbeiträge leisten wie das Land. Paris hatte für den Feldzug nach Flandern vierhundert Berittene und zweitausend Mann Fußvolk zu stellen, deren Löhnung alle zwei Wochen von den handeltreibenden Bürgern der Stadt aufgebracht werden mußte. Diese Frist zeigte deutlich, daß nach der Meinung des Königs der Krieg nicht lange dauern würde. Die Pferde und Wagen für den Troß wurden in den Klöstern requiriert.

Am 24. Juli 1315 – wie üblich hatte sich eine kleine Verzögerung ergeben – nahm Ludwig X. in Saint-Denis das Kriegsbanner aus der Hand des Abtes Egidius von Chambly, der es in Verwahrung hielt, entgegen. Die »Oriflamme« war eine lange rote Seidenfahne mit goldenen Flammen bestickt (daher ihr Name: *l'or-y-flambe*), die in zwei Spitzen auslief und an einer Stange aus vergoldetem Kupfer befestigt war. Neben der Oriflamme, die wie eine Reliquie verehrt wurde, wurden die beiden Königsfahnen getragen, das blaue Lilienbanner und das Banner mit dem weißen Kreuz.

Und die riesige Armee setzte sich in Marsch, mit allen ihren Kontingenten, die aus dem Westen, Süden und Südosten herbeigeeilt waren, den Reitern aus dem Languedoc, den Truppen aus der Normandie und der Bretagne. Unterwegs, bei Saint-Quentin, stießen noch die Banner aus dem Herzogtum Burgund, der Champagne, dem Artois und der Picardie dazu.

Es war einer der wenigen Sonnentage dieses verregneten Sommers. Das Licht funkelte auf den Tausenden von Lanzen, den stählernen Helmbrünnen, den Kettenpanzern, den buntbemalten Schilden. Die Ritter führten einander ihre neuesten Rüstungen vor, eine verbesserte Hirnkappe oder eine Kesselhaube, die dem Gesicht mehr Schutz und dennoch ein größeres Gesichtsfeld bot, oder eine Halsberge, die vor Kolbenschlägen schützte oder Schwertstreiche abgleiten ließ.

Im Abstand von einigen Meilen folgte den Kriegern der Troß der vierräderigen Karren mit Lebensmitteln, die Feldschmiede, die Bogenmacher, allerlei Händler, die Genehmigung hatten, mit der Armee zu ziehen, und die Dirnen, die in hübschen Wägelchen unter der Aufsicht der Bordellwirte reisten. Die Atmosphäre, die diesen Zug umgab, war eine erstaunliche Mischung von Heldentum und Jahrmarktsrummel.

Am nächsten Tag setzte der Regen wieder ein, ein durchdringender Dauerregen, der die Straße aufweichte, so daß sich tiefe Huf- und Wagenspuren bildeten, der von den Eisenhauben troff und in die Rüstungen hineinsickerte. Die Pferde glänzten vor Nässe, und jeder Reiter wog fünf Pfund mehr als sonst.

Und auch an den folgenden Tagen: Regen, nichts als Regen.

Der flandrische Heerzug erreichte niemals Courtrai. In Bonduis bei Lille kam er zum Stehen, denn die Lys führte so viel Wasser, daß sie jeden Übergang verwehrte, die Felder überschwemmte, die Wege ungangbar, die lehmige Erde zu Brei machte. Da man nicht weiter konnte, wurde hier, inmitten der Sintflut, das Lager aufgeschlagen.

Der Schlammfeldzug

Im Innern des großen königlichen Zeltes, das über und über mit Lilien bestickt war, watete man im Schlamm wie überall. Ludwig X. ließ sich, umgeben von seinem Bruder, dem Grafen de la Marche, seinem

Onkel, dem Grafen von Valois, und seinem Kanzler Etienne de Mornay, von dem Konnetabel Gaucher de Châtillon die Lage erklären. Der Bericht klang nicht optimistisch.

Châtillon, Graf von Porcien und Sire von Crèvecœur, war seit 1286 Konnetabel, also beinahe seit dem Regierungsantritt Philipps des Schönen. Er hatte die Katastrophe von Courtrai miterlebt, den Sieg von Mons-en-Pévèle und noch manche andere Schlacht an dieser ständig bedrohten Nordgrenze. Nun zog er zum sechstenmal in seinem Leben nach Flandern. Er war fünfundsechzig Jahre alt, ein Mann von stattlichem Wuchs, mit einem breiten Kinn, und weder das Alter noch die Anstrengung schienen ihm etwas anhaben zu können. Er wirkte schwerfällig, weil er bedächtig war. Seine Körperkraft und sein Kampfesmut trugen ihm ebensoviel Respekt ein wie seine strategischen Fähigkeiten. Er kannte den Krieg viel zu gut, um ihn zu lieben, und betrachtete ihn nur noch als politische Notwendigkeit. Er nahm kein Blatt vor den Mund und verlor sich auch nicht in eitlen Ruhmreden.

»Sire«, sagte er, »Fleisch und Lebensmittel kommen nicht mehr bis zur Armee durch, der Troß ist sechs Meilen von hier im Morast steckengeblieben, und wenn man die Karren mit Gewalt herauszuziehen versuchte, so würden nur die Geschirre reißen. Die Soldaten murren vor Hunger und Erbitterung; die Abteilungen, die noch Vorräte besitzen, müssen sie gegen die anderen verteidigen, die nichts mehr haben. Soeben sind die Bogenschützen aus der Champagne mit denen von Perche darüber handgemein geworden; ein schöner Anblick, wenn Eure Soldaten untereinander eine Schlacht lieferten, noch ehe sie auf den Feind gestoßen sind! Ich werde einige aufhängen lassen müssen, was ich gar nicht gern tue. Aber was helfen volle Galgen gegen leere Bäuche? Wir haben jetzt schon mehr Kranke, als die Feldschere behandeln können; und bald wird der Feldkaplan der meistbeschäftigte Mann sein. So geht es nun schon seit vier Tagen, und es bricht eine Hungersnot aus; niemand wird dann die Leute mehr daran hindern können, zu desertieren und sich selbst Verpflegung zu beschaffen. Alles ist verschimmelt, alles ist verfault, alles ist verrostet . . .«

Er zerrte die Helmbrünne herunter, die ihm Kopf und Schultern bedeckte, und trocknete sein Haar. Der König ging nervös, ängstlich und aufgebracht hin und her. Draußen hörte man Gebrüll und Peitschenknallen.

»Der Lärm soll aufhören!« schrie der Zänker. »Man versteht seine eigenen Worte nicht mehr!«

Ein Knappe hob den Zeltvorhang hoch. Noch immer regnete es in

Strömen. Dreißig Pferde, bis zu den Knien im Schlamm, waren vor ein riesiges Faß gespannt und versuchten vergeblich, es zu ziehen.

»Wohin bringt ihr diesen Wein?« fragte der König einen der Fuhrleute, die im Lehm herumpatschten.

»Zu Monseigneur, dem Grafen von Artois, Sire«, antwortete einer von ihnen.

Der Zänker betrachtete sie einen Moment mit seinen graugrünen Augen, schüttelte den Kopf und wandte sich wortlos ab.

»Was habe ich Euch gesagt, Sire«, fuhr Gaucher fort, »wir werden vielleicht heute noch zu trinken haben, morgen schon nicht mehr . . . Ach! Ich hätte Euch meinen Rat dringlicher ans Herz legen müsssen. Ich war der Ansicht, man solle viel früher haltmachen und das Lager auf einer Bodenerhebung aufschlagen, anstatt in diesem Schlammloch. Mein Vetter Valois[4] und Ihr bestandet jedoch darauf, weiterzuziehen. Aus Furcht, man könnte mich für feige halten und mir mein Alter vorwerfen, habe ich nicht versucht, den Vormarsch zu verzögern. Ich hätte es tun sollen.«

Karl von Valois setzte zu einer Erwiderung an, als der König fragte: »Und die Flamen?«

»Sie sind vor uns, auf der anderen Seite des Flusses, ebenso zahlreich wie wir und wohl kaum in einer glücklicheren Lage; aber sie sind näher bei ihrem Nachschub und werden von der Bevölkerung ihrer Marktflecken und Dörfer unterstützt. Sollte das Wasser morgen zurückgehen, so sind sie jedenfalls besser zu einem Angriff gerüstet als wir.«

Karl von Valois zuckte die Achseln:

»Mein lieber Gaucher, der Regen macht Euch verdrießlich«, sagte er. »Ihr werdet mir nicht weismachen wollen, daß ein ordentlicher Reiterangriff mit diesen Webstuhltretern nicht fertig würde. Beim bloßen Anblick unserer Harnischmauer und unseres Lanzenwaldes werden sie wie Spatzen auseinanderstieben.«

Der Graf sah, obgleich er von Schlamm bedeckt war, prächtig aus in seinem Waffenrock aus goldgestickter Seide, den er über dem Panzerhemd trug, jedenfalls wirkte er königlicher als der König selbst.

»Man sieht deutlich, Karl«, erwiderte der Konnetabel, »daß Ihr vor dreizehn Jahren in Courtrai nicht dabei ward. Damals führtet Ihr Krieg in Italien, nicht für Frankreich, sondern für den Papst. Ich habe gesehen, wie diese Webstuhltreter, wie Ihr sie nennt, unseren voreiligen Rittern übel zugesetzt haben.«

»Damals war ich eben nicht dabei«, sagte Valois mit jener Überheblichkeit, die nur ihm eigen war. »Diesmal bin ich zur Stelle.«

Der Kanzler de Mornay flüsterte dem jungen Grafen de la Marche ins

Ohr: »Zwischen Eurem Onkel und dem Konnetabel wird der Funke bald überspringen; sobald die beiden zusammenkommen, könnte man Werg anzünden, ohne erst lange Feuer zu schlagen.«

»Der Regen, der Regen!« wiederholte Ludwig X. wütend. »Muß sich denn immer alles gegen mich verschwören?«

Eine schwankende Gesundheit, ein genialer Vater, dessen Autorität ihn erdrückt hatte, eine ungetreue Frau, die ihn lächerlich gemacht hatte, eine leere Kasse, ungeduldige und aufsässige Vasallen, eine Hungersnot im ersten Winter seiner Regierung, ein Sturm, der ihm beinahe die zweite Gattin entrissen hätte . . . unter welcher Ungunst der Gestirne, die seine Astrologen ihm nicht zu enthüllen wagten, mußte er geboren sein, um bei jeder Entscheidung, bei jedem Unternehmen auf so viele Widrigkeiten zu stoßen und schließlich besiegt zu werden, nicht einmal ehrenvoll in der Schlacht, sondern vom Wasser, vom Schlamm, in den er seine Armee hineingejagt hatte!

In diesem Augenblick wurde ihm eine Abordnung der Barone aus der Champagne gemeldet, die von dem Ritter Etienne de Saint-Phalle angeführt wurde. Sie verlangten die sofortige Revision der Privilegien, die ihnen im Mai eingeräumt worden waren; sie drohten, die Armee zu verlassen, wenn ihre Forderung nicht erfüllt würde.

»Sie wählen ihre Stunde gut!« schrie der König.

Dreihundert Schritte weiter unterhielt sich der Sire Jean de Longwy in seinem Privatzelt mit einer sonderbaren Gestalt, die halb als Mönch, halb als Krieger gekleidet war.

»Ihr bringt mir gute Nachricht aus Spanien, Bruder Evrard«, sagte Jean de Longwy, »ich freue mich, daß unsere Brüder in Kastilien und Aragonien ihre Komtureien zurückbekommen haben. Sie sind besser daran als wir, die wir noch immer nur heimlich handeln können.«

Jean de Longwy, ein kleiner Mann mit breiten Kinnbacken, betrachtete sich als Erbe und Nachfolger Jacques de Molays. Er hatte geschworen, das Blut seines Onkels zu rächen und sein Andenken wieder zu Ehren zu bringen. Der vorzeitige Tod Philipps des Schönen, durch den sich der berühmte dreifache Fluch erfüllte, hatte seinen Haß nicht gemildert; er übertrug ihn auf die Erben des Königs, auf Ludwig X., auf Philipp von Poitiers und auf Karl de la Marche. Longwy schaffte der Krone so viel Verdruß, wie er irgend konnte; er war einer der Anführer der Adelsbünde; gleichzeitig bemühte er sich, im geheimen den Templerorden wieder zu errichten, wobei ihn ein Netz von Agenten unterstützte, das die Verbindung zwischen den überlebenden Brüdern aufrechterhielt.

»Ich wünsche dem König von Frankreich von Herzen eine Niederlage«, fuhr er fort, »und ich nehme an diesem Feldzug nur teil in der Hoffnung, ihn und seine Brüder von einem tüchtigen Schwertstreich zerstückelt zu sehen.«

Der magere, hinkende Evrard erwiderte:

»Mögen Eure Gebete erhört werden, Messire Jean, wenn möglich von Gott, andernfalls eben vom Teufel.«

Der heimliche Großmeister[5] schlug plötzlich den Zeltvorhang zurück, um sich zu vergewissern, daß er nicht belauscht wurde, und stieß mit dem Fuß nach zwei Stallknechten, die nichts Böseres taten, als sich unter dem Vordach des Zeltes vor dem Regen zu schützen. Dann kehrte er zu Evrard zurück:

»Von der Krone Frankreichs haben wir nichts zu erwarten. Nur ein neuer Papst könnte den Orden wiederherstellen und uns unsere Komtureien hierzulande und jenseits des Meeres zurückgeben. Ach, Bruder Evrard, was wäre das für ein schöner Tag!«

Beide verfielen in Träumereien. Der Orden war vor acht Jahren aufgelöst worden, und kaum mehr als ein Jahr war vergangen, seit Jacques de Molay auf dem Scheiterhaufen gestorben war. Alle Erinnerungen waren noch frisch, die Hoffnung lebendig. Longwy und Evrard sahen sich schon ihre langen weißen Mäntel mit dem schwarzen Kreuz wieder umlegen, ihre goldenen Sporen umschnallen, ihre einstigen Sonderrechte zurückgewinnen und die weitläufigen Geldgeschäfte wiederaufnehmen.

»Also, Bruder Evrard«, fuhr Longwy fort, »Ihr werdet Euch jetzt nach Bar-sur-Aube begeben, wo der Schloßkaplan des Grafen von Bar, der zu uns hält, Euch eine Anstellung als Geistlicher verschaffen wird, so daß Ihr Euch nicht mehr zu verstecken braucht. Dann reist Ihr nach Avignon, von wo mir gemeldet wurde, daß Kardinal Duèze, ein Schützling Klemens' V., neuerdings große Aussichten hat, gewählt zu werden, was wir um jeden Preis verhindern müssen. Macht Kardinal Caetani ausfindig – wenn er nicht in Avignon selbst ist, so wird er doch ganz in der Nähe der Stadt sein –, der als Neffe des Papstes Bonifaz ebenfalls entschlossen ist, seinen Onkel zu rächen.«

»Er wird mich bestimmt freundlich aufnehmen, sobald er erfährt, daß ich mitgeholfen habe, Nogaret ins Jenseits zu befördern. Ihr scheint einen Bund der Neffen gründen zu wollen!«

»Ganz recht, Evrard, ganz recht. Geht also zu Caetani und sagt ihm, daß es der Herzenswunsch unserer Brüder in Spanien und England und der in Frankreich, in deren Namen ich spreche, ist, ihn als Papst zu sehen, und daß sie bereit sind, ihn zu unterstützen, und zwar nicht nur durch Gebete, sondern mit allen Mitteln . . . Und tut alles, was er von Euch verlangt. Sucht dort unten auch Bruder Jean du Pré auf, der Euch in vielem behilflich sein kann. Und seht Euch unterwegs um, ob sich nicht einige von unseren Brüdern in der Gegend aufhalten. Versucht, sie in kleinen Gruppen zu sammeln, und laßt sie ihre Gelübde wiederholen. Geht, mein Bruder; mit dem Geleitbrief, der Euch als Feldkaplan ausweist, werdet Ihr aus dem Lager kommen, ohne daß man Euch Fragen stellt.«

Er reichte ihm ein Papier, das der ehemalige Templer unter dem Lederwams barg, das sein härenes Gewand bis zu den Hüften bedeckte. Dann verabschiedeten sich die beiden Männer voneinander. Evrard setzte seinen Eisenhelm auf und verschwand gebeugt und hinkend im Regen.

Die Truppen des Grafen von Poitiers hatten als einzige noch zu essen. Als vor Tagen die ersten Wagen im Morast steckengeblieben waren, hatte der Graf von Poitiers befohlen, die Lebensmittel auszuladen und sie dem Fußvolk aufzupacken. Die Männer hatten zuerst darüber gemurrt; nun priesen sie ihren Herrn. Eine strenge Feldpolizei hielt die Disziplin aufrecht, denn Philipp von Poitiers haßte die Unordnung; da er viel auf Bequemlichkeit hielt, mußten hundert Kriegsknechte Abzugsgräben schaufeln, ehe sein Zelt auf einer einigermaßen trockenen Unterlage von Knüppeln und Reisig aufgeschlagen wurde. Dieses Zelt, das beinahe ebenso prächtig und geräumig war wie das des Königs, war durch Wandteppiche in mehrere Gemächer abgeteilt.

Philipp von Poitiers saß inmitten seiner Bannerherren auf einem Faltsessel, Schwert, Schild und Helm in Reichweite. Er fragte einen jungen Mann seines Gefolges, der ihm als Sekretär und Adjutant diente: »Adam Héron, habt Ihr, wie ich Euch bat, das Buch dieses Florentiners gelesen . . . wie heißt er doch gleich?«

»Messer Dante dei Alighieri . . .«

»Richtig . . . bei dem meine Familie so schlecht wegkommt. Er war, wie man mir berichtet, ein Schützling Karl Martells von Ungarn, des Vaters jener Prinzessin Klementia, die bald unsere Königin sein wird. Ich möchte den Inhalt seiner Dichtung kennenlernen.«

»Ich habe sie gelesen, Monseigneur, ich habe sie gelesen«, erwiderte Adam Héron. »Seine Komödie beginnt folgendermaßen: er stellt sich vor, er verirre sich in seinem fünfunddreißigsten Lebensjahr in einem dunklen Wald, scheußliche Ungeheuer versperren ihm den Weg, und Messer Dante begreift, daß er die Welt der Lebenden hinter sich gelassen hat . . .«

Die Barone im Zelt des Grafen von Poitiers sahen einander zunächst überrascht an. Der Bruder des Königs brachte es immer wieder fertig, sie in Erstaunen zu versetzen. In einem Kriegslager, inmitten der größten Verwirrung, hatte er keine anderen Sorgen, als sich über Poesie zu unterhalten, als säße er in seinem Pariser Palais am Kamin. Der Graf von Evreux jedoch, der seinen Neffen kannte und ihn, seit er seinem Befehl unterstellt war, von Tag zu Tag mehr zu schätzen lernte, hatte bereits verstanden. »Philipp will sie aus dieser schändlichen Untätigkeit herausreißen«, sagte er sich. »Bevor sie sich die Köpfe erhitzen, führt er sie lieber ins Reich der Träume, bis es Zeit wird, sie in die Schlacht zu führen.«

Denn schon hatten Anseau de Joinville, Goyon de Bourçay, Jean de Beaumont, Pierre de Garancière und Jean de Clermont sich auf den Truhen niedergelassen und lauschten mit glänzenden Augen der Erzählung Dantes, die der Knappe Adam Héron wiedergab. Diese rauhen Männer mit ihren oft sehr groben Lebensgewohnheiten fühlten sich zum Geheimnisvollen und Übernatürlichen hingezogen. Die Märchen bezauberten sie; ihr Geist war stets bereit, sich mit dem Wunderbaren zu beschäftigen. Es war ein seltsamer Anblick, wie diese waffenstarrende Zuhörerschaft hingerissen den gelehrten Allegorien des italienischen Poeten lauschte, wissen wollte, wer diese Beatrice gewesen sei, die so sehr geliebt worden war, seufzte bei der Erwähnung Francesca da Riminis und Paolo Malatestas und plötzlich schallend lachte, weil Bonifaz VIII. in Gesellschaft mehrerer Päpste im achten Höllenkreis schmachtete, im Graben der Fälscher und der Simonisten.

»Dieser Dichter hat sich da etwas Schönes ausgedacht, um sich an seinen Feinden zu rächen und seinem Groll Luft zu machen«, sagte Philipp von Poitiers lachend. »Und wohin hat er nun meine Verwandtschaft verwiesen?«

»Ins Fegefeuer, Monseigneur«, antwortete der Knappe, der auf allgemeinen Wunsch den Folianten aus grobem Pergament herbeigeholt hatte.

»So lest uns vor, was er darüber schreibt oder besser gesagt, übersetzt es für diejenigen unter uns, die der italienischen Sprache nicht mächtig sind.«

»Ich wages es nicht, Monseigneur . . .«

»Aber doch, fürchtet nichts. Es ist mir wichtig zu wissen, was Menschen, die uns nicht lieben, über uns denken.«

»Messer Dante stellt sich vor, er habe einen Schatten getroffen, der tiefe Seufzer ausstößt. Er fragt den Schatten nach dem Grund seiner Leiden und erhält folgende Antwort.«

Und Adam Héron übersetzte die betreffende Stelle aus dem zwanzigsten Gesang:

»Ich war die Wurzel jener schlimmen Pflanze,
Die alles Land der Christen so beschattet,
Daß gute Frucht davon man selten pflückt.
Doch wenn Douai, Gent, Lille, und Brügg' es könnten,
So würden bald an ihm sie Rache nehmen;
Und jenen bitt' ich drum, der alles richtet.«

»Ah! Das klingt prophetisch und paßt genau zu unserer augenblicklichen Lage«, sagte Poitiers. »Dieser Dichter weiß genau, welche Schwierigkeiten wir mit Flandern haben. Fahrt fort . . .«

»Jenseits führt' ich den Namen Hugo Capet:
Von mir entstammten die Philipp und Ludwig,
Durch welche Frankreich neuerdings regiert wird.
Sohn war ich eines Schlächters in Paris.
Als alle alten Könige, bis auf einen,
Der grau gekleidet ging, erloschen waren,
Fand in die Hand ich mir den Herrschaftszügel
Des Reichs gezwungen . . .«

»Das ist ganz und gar verlogen«, unterbrach der Graf von Poitiers und schlug die gekreuzten Beine auseinander. »Eine üble Verleumdung, die man damals in Umlauf gebracht hat, um uns zu schaden. Hugo der Große war ein Abkömmling der Herzöge von Frankreich[6].«

Während der ganzen weiteren Vorlesung machte er ruhige, gelegentlich auch ironische Bemerkungen zu den wilden Angriffen, die der italienische Dichter, der in seiner Heimat bereits berühmt war, gegen die Fürsten Frankreichs führte. Dante klagte Karl von Anjou, den Bruder des heiligen Ludwig, an, er habe nicht nur den legitimen Thronerben von Neapel ermordet, sondern auch den heiligen Thomas von Aquin vergiften lassen.

»Er hat unsere Vettern von Anjou ganz schön zugerichtet«, sagte leise der Graf von Poitiers.

Der französische Fürst jedoch, den Dante mit seinem leidenschaftlichsten Haß verfolgte, für den er die schlimmsten Höllenstrafen aufgehoben hatte, war ein anderer Karl, derjenige, der Florenz verwüstete und ihm »den Wanst durchbohrte mit der Lanze«, so schrieb der Dichter, »mit der Judas gekämpft«.

»He! Aber hier handelt es sich doch um meinen Onkel Karl von Valois!« rief Poitiers aus. »Das ist also der Grund für das harte Urteil. Er scheint uns in Italien gute Freunde erworben zu haben[7].«

Die Anwesenden sahen einander an, sie wußten nicht, wie sie sich verhalten sollten. Aber als sie sahen, daß Poitiers lächelte und sich mit seiner langen, weißen Hand die Stirne rieb, wagten sie zu lachen. Valois war wenig beliebt bei den Freunden des Grafen von Poitiers.

Das Feldlager Roberts von Artois bot einen völlig anderen Anblick als das des Grafen von Poitiers. Dort drüben herrschte trotz des Regens ein ständiges Hin und Her und eine Unordnung, die so allgemein war, daß sie gewollt erschien.

Der Graf von Artois hatte an die Händler, die mit der Armee zogen, Standplätze in der Nähe seines Zeltes vermietet, das man schon von weitem an seiner roten Farbe und an den Kriegsfahnen erkannte, die darüber flatterten. Wer ein neues Wehrgehänge kaufen, die Schnalle seines Helms erneuern, eiserne Ellbogenschützer erwerben oder ein zerrissenes Kettenhemd reparieren lassen wollte, mußte sich dorthin begeben. Ein Jahrmarkt wurde abgehalten vor der Türe Messire Roberts, der es so eingerichtet hatte, daß auch die Freudenmädchen in seiner Nähe logierten, so daß auch die kleinen Vergnügungen unter seiner Aufsicht standen und er sie nach Gutdünken seinen Freunden zukommen lassen konnte.

Die Bogenschützen, Armbrustschützen, Waffenknechte, Pferdeknechte und das bewaffnete Fußvolk hielt man vom Lager fern. Sie mußten sich selbst einen Unterschlupf in den Bauernhäusern suchen, deren Bewohner vertrieben worden waren, oder sie verkrochen sich unter Hütten aus Astgeflecht, die man Laubhütten nannte, oder sogar unter die Karren.

In dem großen roten Zelt wurde kaum über Poesie gesprochen. Aus einem Faß floß dauernd Wein, die Becher kreisten in der lärmenden Runde, die Würfel rollten auf den Deckeln der großen Truhen; das Bargeld wurde durch ehrenwörtliche Versicherungen ersetzt, und mehr als ein Ritter hatte bereits mehr verspielt, als ihn sein Lösegeld in der Schlacht gekostet hätte.

Eine Tatsache war besonders auffallend: obgleich Robert nur die Truppen seiner Grafschaft Beaumont-le-Roger befehligte, hielt sich eine große Anzahl von Rittern aus dem Artois, die der Gräfin Mahaut unterstanden, beständig in seiner Umgebung auf, wo sie, militärisch gesprochen, nichts zu suchen hatten.

Graf Robert von Artois lehnte am Mittelmast und überragte mit seinem riesigen Wuchs dieses ganze Getümmel. Er trug einen scharlachroten Waffenrock, auf den seine Löwenmähne herunterhing, und unterhielt sich damit, lässig mit einem Streitkolben zu jonglieren. Dennoch trug dieser Riese eine Wunde im Herzen, und nicht ohne Grund versuchte er, sich mit Wein und Lärm zu betäuben.

»Meiner Familie bringen die flandrischen Feldzüge nichts Gutes ein«, vertraute er den anwesenden Rittern an. »Mein Vater, Graf Philipp – viele von Euch haben ihn gekannt und ihm treu gedient . . .«

»Ja, wir haben ihn gekannt! . . . Er war ein frommer und tapferer Mann!« antworteten die Barone aus dem Artois.

». . . Mein Vater wurde in der Schlacht von Furnes tödlich verwundet. Und mein Großvater, Graf Robert . . .«

»Ah! Der Wackere . . . er war ein guter Lehnsherr! . . . Er respektierte unsere guten Gewohnheitsrechte. Niemand hat bei ihm vergeblich Gerechtigkeit gesucht . . .«

». . . er fiel vier Jahre darauf vor Courtrai. Und aller guten Dinge sind drei. Morgen, Messeigneurs, werdet Ihr vielleicht mich zu Grabe tragen.«

Es gibt zwei Arten von Abergläubischen: solche, die nie vom Unglück sprechen, und solche, die davon sprechen, um ihm Trotz zu bieten und es in die Flucht zu schlagen. Robert von Artois gehörte zur zweiten Kategorie.

»Caumont, schenk meinen Becher noch einmal voll, trinken wir auf meinen letzten Tag!« schrie er.

»Nein, das tun wir nicht! Wir werden mit unseren Leibern einen Wall um Euch aufrichten«, riefen die Barone. »Wer soll unsere Sache vertreten, wenn nicht Ihr?«

Sie sahen in ihm ihren natürlichen Lehnsherrn, und seine Kraft, sein Schwung machten in ihren Augen ein Idol aus ihm.

»Ja, meine guten Herren«, fuhr er fort, »soviel Blut haben wir für das Reich vergossen, und was ist der Lohn? Weil mein Großvater nach meinem Vater starb – ja, nur deswegen! –, konnte der König mich um meine Erbschaft bringen und das Artois meiner Tante Mahaut zusprechen, die Euch so gut behandelt, mit allen ihren Malefiz-Hirsons, dem Kanzler, dem Schatzmeister und allen anderen, die Euch erdrückende Abgaben auferlegen und Euch Eure Rechte verweigern.«

»Wenn wir morgen in die Schlacht ziehen und ein Hirson sich in meiner Reichweite befindet, so verspreche ich ihm, daß er einen Schwertstreich abbekommt, der nicht unbedingt von einem Flamen stammen muß«, erklärte ein Kerl mit dicken, roten Augenbrauen, der Sire de Souastre hieß.

Trotz seiner leichten Trunkenheit behielt Robert von Artois einen klaren Kopf. Daß er soviel Wein ausschenkte, Dirnen herbeischaffte und all das Geld ausgab, hatte seinen guten Grund. Er arbeitete darauf hin, seinen Rachedurst zu stillen und seine Interessen zu fördern.

»Meine edlen Herren, meine edlen Herren, zuerst kommt der Krieg des Königs, dessen treue Untertanen wir sind und der zu dieser Stunde, das versichere ich Euch, Euren gerechten Bitten zugänglich ist«, sagte er. »Ist der Krieg jedoch vorüber, dann, Messeigneurs, rate ich Euch, die Rüstung nicht auszuziehen. Ihr habt jetzt die einmalige

Gelegenheit, in einer Gruppe gesammelt zu sein und Eure Bewaffneten um Euch zu haben. Kehrt geschlossen ins Artois zurück, durchzieht das Land, verjagt Mahauts Beamte und verdrescht ihnen auf dem Stadtplatz den Hintern. Ich werde Euch in der Königlichen Kammer unterstützen und werde nötigenfalls den Prozeß wiederaufnehmen, in dem mir so wenig Gerechtigkeit widerfahren ist. Und ich verpflichte mich, daß Eure alten Gewohnheitsrechte wieder gelten sollen wie zur Zeit meiner Väter.«

»Wir werden Euren Rat befolgen, Messire Robert, wir werden ihn befolgen.«

Souastre breitete die Arme weit aus.

»Schwören wir«, rief er, »uns erst wieder zu trennen, wenn unseren Forderungen ihr Recht geworden ist und der gute Herr Robert wieder unser Graf wird.«

»Wir schwören es!« antworteten die Barone.

Alle umarmten einander, und das Gelage begann von neuem; Fackeln wurden angezündet, denn der Tag ging zur Neige. Freudenschauer durchliefen Robert von Artois' Riesengestalt. Der Adelsbund des Artois, den er gefördert und seit Monaten heimlich angeführt hatte, war im Erstarken.

In diesem Augenblick betrat ein Knappe das Zelt und meldete:

»Monseigneur Robert, die Bannerherren sollen sich im Zelt des Königs einfinden!«

Die Fackeln verbreiteten einen beißenden Rauch, der sich mit dem starken Geruch von Leder, Schweiß und nassem Eisen mischte. Die meisten der Barone, die im Kreis um den König saßen, hatten sich seit sechs Tagen weder gewaschen noch rasiert. Gewöhnlich warteten sie nicht so lange, bis sie die Badestube aufsuchten. Aber Dreck und Krieg gehören eben zusammen.

Der Konnetabel Gaucher hatte soeben für alle Bannerherren seinen Bericht über die unerquickliche Lage der Armee wiederholt.

»Messeigneurs, Ihr habt den Konnetabel gehört. Ich wünsche Euren Rat«, sagte Ludwig X.

Valois breitete den blauseidenen Rock über den Knien aus und begann in seinem belehrenden Ton:

»Ich habe es Euch schon gesagt, mein Herr Neffe, und ich wiederhole es jetzt vor allen: wir können nicht länger hier bleiben, wo alles zu gleicher Zeit zugrunde gerichtet wird, die Moral unserer Leute und das Fell der Pferde. Die Untätigkeit schadet uns genauso viel wie der Regen . . .«

Er unterbrach sich, weil der König sich umgedreht hatte und mit seinem Kämmerer, Mathieu de Trye, sprach; er verlangte jedoch nur ein Dragée. Dauernd mußte er etwas zu knabbern haben.

»Sprecht weiter, Onkel, ich bitte Euch.«

»Wir müssen morgen vor Tagesgrauen das Lager abbrechen«, fuhr Valois fort, »flußaufwärts eine Furt suchen und die Flamen direkt angreifen, um sie noch vor dem Abend zu überwältigen.«

»Mit Männern ohne Verpflegung und Pferden ohne Futter«, sagte der Konnetabel.

»Der Sieg wird ihre Mägen füllen. Sie können sich noch einen Tag halten; übermorgen allerdings wäre es zu spät.«

»Und ich sage Euch, Karl, daß Ihr entweder in Stücke gehauen oder ertrinken werdet. Ich sehe nur eine Möglichkeit: wir müssen die Armee auf die Höhen bei Tournai oder Saint-Armand zurücknehmen, warten, bis die Verpflegung nachkommen kann und die Wasser sich verlaufen haben . . .«

Es geschieht oft, daß der Himmel den Donner schickt, wenn man vom Blitz spricht, oder daß eine Person, über die gerade schlecht gesprochen wird, plötzlich in der Tür steht.

In dem Augenblick, als der Konnetabel riet, man solle die Wasser sich verlaufen lassen, platzte das Zeltdach über Monseigneur von Valois, der von Wasser und Schmutz überflutet wurde. Robert von Artois, der in seiner Ecke die Luft mit Weingestank verpestete, brach in Lachen aus, und das Lachen steckte den König an. Der Zorn Karls von Valois stieg dadurch auf den Siedepunkt.

»Man sieht deutlich, Gaucher«, schrie er und richtete sich auf, »daß Ihr für jeden Tag, den der König mit dem Heer unterwegs ist, hundert Livres einstreicht. So habt Ihr freilich wenig Interesse, den Krieg beendet zu sehen.«

Zutiefst getroffen, erwiderte der Konnetabel:

»Es ist meine Pflicht, Euch zu erinnern, daß selbst der König nicht ohne den Rat und den Befehl des Konnetabels zum Angriff auf den Feind vorgehen kann. Und so, wie die Dinge jetzt stehen, gebe ich diesen Befehl keinesfalls. Sollte der König aber auf dem Angriff bestehen, so müßte er sich erst nach einem anderen Konnetabel umsehen.«

Peinliche Stille trat ein. Die Sache war ernst. Würde Ludwig X. dem Grafen Valois zuliebe seinen Oberbefehlshaber abberufen, so wie er Marigny, Raoul de Presles und alle Minister Philipps des Schönen abgesetzt hatte? Die Folgen waren nicht besonders glücklich gewesen . . .

»Mein Bruder«, sagte Philipp von Poitiers mit seiner gelassenen Stimme, »ich schließe mich voll und ganz dem Rat Gauchers an.

Unsere Truppen sind nicht in der Verfassung, sich zu schlagen. Sie müßten sich erst mindestens eine Woche lang ausruhen.«

»Das ist auch meine Meinung«, sagte Graf Ludwig von Evreux.

»So sollen also diese Flamen niemals gezüchtigt werden!« rief Karl de la Marche, der jüngste Bruder des Königs, der sich stets der Meinung seines Onkels Valois anschloß.

Jetzt redeten alle durcheinander. Der Konnetabel versicherte, man habe nur die Wahl zwischen Rückzug oder Niederlage. Valois hielt dagegen, er könne nicht einsehen, daß es vorteilhafter sei, fünf Meilen weiter hinten genauso zu verfaulen. Der Graf von Champagne verkündete, er habe seine Truppen nur für zwei Wochen ausgehoben und werde die Armee verlassen, wenn man sich nicht schlagen wolle. Und Herzog Eudes von Burgund, ein Bruder der ermordeten Margarete, benutzte die Gelegenheit, um zu zeigen, wie wenig ihm daran lag, seinem Exschwager zu dienen.

Der König zögerte, er wußte nicht, für welche Lösung er sich entscheiden sollte. Dieses unsinnige Unternehmen war überstürzt geplant worden. Die Auffüllung der Staatskasse und sein persönliches Prestige hingen von einem schnellen Sieg ab. Er sah seinen Blitzkrieg entschwinden. Die weisere Lösung, die der Augenschein aufdrängte, nämlich, sich anderswo neu zu formieren und zu warten, würde bedeuten, seine Heirat und die Krönung noch weiter hinauszuschieben. Jedoch das Wagnis auf sich zu nehmen, einen Fluß bei Hochwasser zu durchqueren und im Schlamm einen Reiterangriff zu führen . . .

Da erhob sich Artois, eine imponierende Masse in Scharlach und Stahl, und trat in die Mitte der Versammlung.

»Sire, mein Cousin«, sagte er, »ich errate eure Sorge. Ihr habt nicht genug Geld, um diese große Armee für nichts und wieder nichts zu unterhalten. Auch habt Ihr eine neue Gemahlin, die Euch erwartet und die wir brennend gern als Königin sehen würden, so wie wir Euch brennend gern gekrönt sähen. Mein Rat ist, daß man nicht halsstarrig sein sollte. Nicht der Feind zwingt uns zum Rückzug, sondern dieser Regen, in dem ich den Willen Gottes sehe, dem jeder, so groß er auch sein mag, sich beugen muß. Wer sagt uns, mein Cousin, ob unser Herr Euch nicht ein Zeichen geben will, Euch nicht zu schlagen, ehe ihr die Salbung empfingt? Aus einer feierlichen Krönung werdet Ihr genauso gestärkt hervorgehen wie aus einer gewonnenen Schlacht. Verzichtet für diesmal darauf, die bösen Flamen zu züchtigen; wenn die Angst, die Ihr ihnen eingejagt habt, nicht genügen sollte, so kommen wir in gleicher Stärke im nächsten Frühjahr wieder.«

Dieser unerwartete Vorschlag eines Mannes, dessen Kampfesmut außer Zweifel stand, wurde von einem Teil der Versammlung unterstützt. Niemand begriff in diesem Augenblick, daß Robert damit persönliche Ziele verfolgte und daß ihm der Wunsch, das Artois in Aufruhr zu versetzen, mehr am Herzen lag als die Interessen des Reiches.

Ludwig X. war impulsiv und willensschwach, immer bereit, die Flinte ins Korn zu werfen, sobald etwas nicht nach seinem Kopf ging. Er stürzte sich auf den Ausweg, den Artois aufzeigte.

»Mein Cousin, Ihr habt weise gesprochen«, erklärte er. »Der Himmel läßt uns eine Warnung zukommen. Da die Armee nicht vorwärts kann, soll sie abziehen. Aber ich schwöre bei Gott«, fügte er mit erhobener Stimme hinzu, um das Gesicht zu wahren, »ich schwöre bei Gott, daß ich im nächsten Jahr, wenn ich noch am Leben bin, in Flandern einfallen werde. Ich werde keine Gnade kennen, wenn die Flamen sich nicht bedingungslos meinem Willen unterwerfen.«

Dann drängte er zum Aufbruch, und seine Gedanken beschäftigten sich nur noch mit seiner Heirat und mit der Krönung.

Der Graf von Poitiers und der Konnetabel hatten alle Mühe, ihn dahin zu bringen, daß er einige unerläßliche Dispositionen traf, wie zum Beispiel die Unterhaltung einiger Garnisonen längs der flandrischen Grenze.

Der Zänker hatte es so eilig, wegzukommen, und mit ihm der Großteil der Bannerherren, daß man am nächsten Morgen die Zelte, Möbel und Ausrüstung in Brand steckte, da man die Wagen zum Abtransport und das übrige Material nicht aus dem Schlamm ziehen konnte. Einen gewaltigen Feuerbrand hinter sich lassend, kam die erschöpfte Armee am Abend vor Tournai an; die erschrockenen Bewohner schlossen die Stadttore, und man bestand nicht darauf, daß sie sie wieder öffneten. Der König mußte in einem Kloster um Unterkunft bitten.

Am übernächsten Tag, dem 7. August, war er in Soissons, wo er einige Befehle unterzeichnete, die diesen glorreichen Feldzug beendeten. Er betraute seinen Onkel Valois mit allen Krönungsvorbereitungen und schickte seinen Bruder Philipp nach Paris, um dort das Schwert und die Krone zu holen. Sie trafen sich alle zwischen Reims und Troyes wieder, um Klementia von Ungarn entgegenzuziehen.

Ludwig hatte davon geträumt, als Held der Ritterschaft vor seine Braut hinzutreten. Nun war er nur noch darauf bedacht, daß möglichst schnell Gras über seinen unglückseligen Feldzug wuchs, der im Volksmund bereits der »Schlammfeldzug« genannt wurde.

Früh am Morgen zog eine Sänfte, von zwei Maultieren getragen und von zwei Bewaffneten begleitet, durch das große Tor des Palais Artois in der Rue Mauconseil; Béatrice d'Hirson stieg aus. Niemand hätte gedacht, daß dieses schöne, braunhäutige Mädchen seit dem Vortag beinahe vierzig Meilen zurückgelegt hatte. Ihr Kleid war kaum verknittert; das Gesicht mit den vorstehenden Backenknochen war glatt und frisch, als sei sie soeben vom Schlaf erwacht. Sie hatte auch wirklich einen Teil der Reise unter warmen Decken geschlafen, gewiegt vom Schaukeln der Sänfte. Béatrice fürchtete sich nicht, wie die meisten Frauen jener Zeit, vor einer nächtlichen Reise. Sie konnte wie eine Katze im Dunkeln sehen und wußte, daß der Teufel sie beschützte. Hochbrüstig und langbeinig schritt sie nun durch das Haus, mit ihrem Gang, der so gemessen wirkte, weil sie mit stets gleichmäßigen, langen Schritten dahinging. Sie begab sich unverzüglich zur Gräfin Mahaut, die gerade am Frühstückstisch saß.

»Hier, Madame«, sagte Béatrice und streckte der Gräfin ein winziges beinernes Büchschen entgegen.

»Nun, wie geht es meiner Tochter Johanna?«

»Der Gräfin von Poitiers geht es den Umständen nach ganz gut, Madame. Das Leben in Dourdan ist nicht allzu hart für sie, und sie hat durch ihr sanftes Wesen die Wächter auf ihre Seite gebracht. Ihr Teint ist rein, und sie hat nur wenig abgenommen. Die Hoffnung und die Sorge, die Ihr ihr angedeihen laßt, halten sie aufrecht.«

»Ihre Haare?« fragte die Gräfin.

»Sie sind so lang, wie sie eben in einem Jahr wachsen konnten, noch nicht ganz so lang wie die eines Mannes. Sie scheinen jedoch dichter nachzuwachsen, als sie vorher waren.«

»Kann Sie sich also sehen lassen?«

»Mit einem Schleier um das Gesicht ganz bestimmt. Außerdem kann sie sich falsche Zöpfe anstecken, um Nacken und Ohren zu bedecken.«

»Die falschen Zöpfe kann man nicht im Bett anbehalten«, sagte Mahaut.

Sie löffelte gierig ihre Erbsensuppe mit Speck aus und goß einen vollen Becher Rotwein aus Poligny hinterher. Dann öffnete sie das Büchschen und betrachtete das graue Pulver, das darin war.

»Wieviel kostet mich das?«

»Siebzig Livres.«

»Teufel, diese Zauberer lassen sich ihre Wissenschaft teuer bezahlen.«

»Sie riskieren viel.«

»Siebzig Livres . . . wieviel hast du für dich behalten?« fragte die Gräfin und faßte ihr Hoffräulein scharf ins Auge.

Béatrice wandte den Blick nicht ab, sie behielt ihr gewohntes, ironisches Lächeln bei und antwortete mit ihrer schleppenden Stimme:

»So gut wie nichts, Madame. Gerade genug, um mir das Scharlachkleid zu kaufen, das Ihr mir versprochen, aber nie gegeben habt.«

Gräfin Mahaut mußte lachen; dieses Mädchen wußte, wie sie sie zu nehmen hatte.

»Du mußt ganz ausgehöhlt sein vor Hunger, versuche doch ein wenig von dieser Entenpastete«, sagte sie und nahm sich selbst eine gewaltige Schnitte. Dann kam sie wieder auf das Büchschen zurück:

»Ich glaube an die Macht der Gifte, wenn man sich eines Feindes entledigen will, aber nicht an die Tränke, mit denen man angeblich einen Gegner für sich gewinnen kann. Es war dein Einfall, nicht meiner.«

»Und dennoch, ich versichere Euch, Madame, müßt Ihr an die Wirkung glauben«, erwiderte Béatrice. Sie wurde lebhafter, denn alles, was mit Zauberei zusammenhing, beschäftigte sie sehr. »Dieses Pulver ist sehr wirksam. Es ist nicht aus Hammelhirn hergestellt, sondern ausschließlich aus Kräutern, und wurde vor meinen Augen zubereitet. Ich bin also, mit Eurer Erlaubnis, nach Dourdan gegangen und habe mir ein paar Tropfen Blut aus dem rechten Arm Madame Johannas verschafft. Dann habe ich dieses Blut Dame Isabelle de Fériennes gebracht, die es mit Eisenkraut, Zittergras und Liebstöckel gemischt hat. Dame Fériennes hat die Zauberformel gesprochen; dann hat sie die Mischung auf einen neuen Ziegelstein geschüttet und sie in einem Buchenholzfeuer verbrennen lassen, um die Asche daraus zu gewinnen, die ich Euch hier bringe. Nun braucht man das Pulver nur noch in ein Getränk zu schütten und dem Grafen von Poitiers zu schlucken zu geben, und Ihr werdet sehen, daß er binnen kurzem in neuer Liebe zu seiner Gemahlin entbrennen wird, mit einer Heftigkeit, die keine Hindernisse kennt. Er sollte doch heute morgen zu Euch kommen?«

»Ich erwarte ihn. Er ist gestern abend aus dem Feldzug heimgekehrt, und ich habe ihn gebeten, bei mir vorbeizuschauen.«

»Dann will ich das Pulver sogleich in den Hypokras mischen, den Ihr ihm zu trinken anbieten werdet. In diesem stark gewürzten und dunklen Wein wird es ihm nicht auffallen. Aber ich rate Euch, Madame, Euch wieder ins Bett zu legen; so habt Ihr einen Vorwand, nicht selbst mitzutrinken, denn wir wollen doch nicht, daß Ihr das Gebräu schluckt und von heftiger Liebe zu Eurer Tochter ergriffen werdet«, sagte Béatrice lachend.

»Ein guter Gedanke, den Grafen von Poitiers im Bett zu empfangen«, erwiderte die Gräfin von Artois, »und eine Unpäßlichkeit vorzuschützen. Auf diese Weise kann man geradeheraus sprechen.«

Sie legte sich wieder ins Bett, ließ den Tisch abräumen und schickte nach ihrem Kanzler Thierry d'Hirson und ihrem Vetter zweiten Grades, Henri de Sulli, der bei ihr wohnte und zu dem sie in jenen Tagen eine heftige Zuneigung gefaßt hatte. Dann besprach sie mit den beiden Männern die Angelegenheiten ihrer Grafschaft.

Wenig später wurde der Graf von Poitiers gemeldet. Seine lange Gestalt war wie gewöhnlich dunkel gekleidet, die Storchenbeine steckten in weichen Stiefeln, und auf dem leicht geneigten Kopf saß eine spitze Kappe.

»Ah! Lieber Schwiegersohn«, rief Mahaut in einem Tone, als sehe sie den Heiland ins Zimmer kommen, »wie freue ich mich, daß Ihr da seid. Wißt Ihr, was ich gerade tue? Ich lasse mir das Verzeichnis meiner Güter vorlesen, um dann meinen Letzten Willen zu diktieren. Ich habe die schlechteste Nacht meines Lebens hinter mir, die Todesangst hat mir die Eingeweide umgedreht. Und ich habe gar sehr gefürchtet, hinüberzugehen, ohne Euch mein Herz geöffnet zu haben, ohne Euch wissen zu lassen, daß ich Euch trotz allem liebe wie eine Mutter.«

Um sich im voraus Vergebung für die Reihe von Lügen zu verschaffen, die sie jetzt loslassen wollte, berührte sie heimlich die Reliquie des heiligen Druon[8], die sie immer an einer Goldkette zwischen den Brüsten trug.

Henri de Sulli wandte sich ab, um nicht loszuplatzen. Er hatte einen guten Teil der Nacht mit seiner Cousine verbracht und wußte nur zu gut, daß der Umtrieb in ihrem Inneren nicht gar so schmerzlicher Natur gewesen war. Gräfin Mahaut war eben nicht für den Witwenstand geschaffen. Im Bett wie bei Tisch entwickelte sie den Appetit einer Menschenfresserin.

Im übrigen bot Mahaut, wie sie behaglich in ihren Brokatkissen lag, mit runden und roten Wangen, vollen Schultern und fleischigen Armen, ein Bild strahlender Gesundheit. Sie hätte höchstens eines Aderlasses von einer oder zwei Pinten Blut bedurft.

»Jetzt wird sie mir ihre Komödie vorspielen«, dachte Philipp von Poitiers. »Im Charakter wie im Aussehen ist sie das genaue Ebenbild Roberts von Artois, man könnte sie eher für Bruder und Schwester halten als für Neffe und Tante. Bestimmt wird sie von ihm sprechen.«

Er täuschte sich nicht. Mahaut begann sogleich, gegen diesen schlechten Neffen zu wettern, seine Machenschaften, seine Intrigen und diesen Adelsbund im Artois, den er gegen sie aufhetzte. Für Mahaut wie

48

für Robert drehten sich alle Ereignisse auf der Welt letzten Endes um die Grafschaft, die sie einander seit dreizehn Jahren streitig machten; ihre Gedanken, ihre Handlungen, ihre Freundschaften und Bündnisse, selbst ihre Liebschaften standen immer in irgendeinem Zusammenhang mit diesem Kampf. Schloß einer von ihnen sich einer bestimmten Gruppe an, so nur darum, weil der andere zur gegnerischen Gruppe gehörte; Robert unterstützte einen königlichen Erlaß nur deshalb, weil Mahaut ihn mißbilligte; Mahaut war Klementia von Ungarn schon im voraus feindlich gesinnt, weil Robert Karl von Valois beim Zustandekommen der Heirat unterstützt hatte. Dieser Haß, der jede Versöhnung, jede Vermittlung ausschloß, ging weit über seinen Gegenstand hinaus; man mochte sich fragen, ob nicht zwischen dieser Riesin und diesem Riesen eine ins Gegenteil verkehrte Leidenschaft bestand, die ihnen selbst nicht zum Bewußtsein gekommen war und der ein blutschänderisches Verhältnis bessere Erfüllung gebracht hätte als diese Fehde.

»Alle diese Bosheiten, die er mir antut, beschleunigen mein Ende«, sagte Mahaut. »Ich habe erfahren, daß er meine Vasallen um sich versammelt und ihnen einen Eid gegen mich abgenommen hat. Das alles hat mich so aufgeregt und trägt die Schuld an meinem jetzigen Zustand.«

Denn allmählich redete sie sich selbst ein, eine furchtbare Nacht verbracht zu haben.

»Sie haben meinen Tod geschworen, Monseigneur«, sagte Thierry d'Hirson.

Philipp von Poitiers wandte sich dem Kanonikus-Kanzler zu und sah, daß nicht Mahaut, sondern er krank war, und zwar vor Angst.

»Ich wollte zur Armee, um die Ordnung in meinem Banner wiederherzustellen«, fuhr Mahaut fort. »Wie Ihr seht, habe ich meine Kriegsausrüstung bereitlegen lassen . . .«

Sie deutete in eine Zimmerecke, wo auf einer gewaltigen Kleiderpuppe ein langes Gewand aus Stahlmaschen hing und ein seidener Waffenrock, der mit dem Wappen von Artois bestickt war. Daneben lagen Helm und Eisenhandschuhe.

». . . dann jedoch habe ich vom Ende dieses glorreichen Unternehmens erfahren, das dem Reich soviel Geld kostet und die Ehre dazu. Ah! Man kann wohl sagen, daß sich Euer armer Bruder nicht gerade mit Ruhm bedeckt und daß alles, was er anpackt, mißlingt. Wahrhaftig, ich sage es geradeheraus, Ihr hättet einen besseren König abgegeben als er. Wie schade, daß Ihr, lieber Schwiegersohn, der Zweitgeborene seid! Euer Vater, Gott habe ihn selig, hat es oft bedauert.«

Seit dem Prozeß von Pontoise hatte der Graf von Poitiers seine

Schwiegermutter nur bei öffentlichen Zeremonien und Hofveranstaltungen gesehen, wie zum Beispiel beim Begräbnis Philipps des Schönen und den Sitzungen der Pairskammer. Der Skandal, in den ihre Töchter verwickelt waren, hatte zwangsläufig auch Mahaut in Mitleidenschaft gezogen. Philipp von Poitiers hatte sie seitdem mit großer Kälte behandelt. Für eine Wiederaufnahme der Beziehungen war die Einleitung reichlich massiv, und Mahaut fuhr bei ihren Komplimenten mit schwerem Geschütz auf. Sie bat ihren Schwiegersohn, an ihrem Bett Platz zu nehmen. Hirson und Sulli zogen sich an die Tür zurück.

»Aber nein, meine Freunde, Ihr seid nicht im Wege; Ihr wißt, daß ich vor Euch keine Geheimnisse habe«, sagte sie zu ihnen.

Dabei machte sie ihnen ein Zeichen, das Zimmer zu verlassen.

Zu jener Zeit empfingen hohe Adelige und Personen vornehmen Standes ihre Besucher selten allein. Ihre Zimmer, ihre Gemächer wimmelten dauernd von Verwandten, Vertrauten, Dienern und Anhängern. Alle Unterhaltungen gingen daher mehr oder weniger in aller Öffentlichkeit vor sich; daher sprach man oft nur in Anspielungen und Andeutungen, daher war man oft gezwungen, seine Umgebung ins Vertrauen zu ziehen. Wenn die beiden Gesprächspartner sich nur noch mit leiser Stimme unterhielten oder sich in eine Fensternische zurückzogen, konnte jedermann im Zimmer sich fragen, ob sie nicht gerade über sein künftiges Geschick entschieden. Jede Unterredung hinter verschlossenen Türen hatte den Anstrich einer Verschwörung. Und gerade diesen Anstrich wollte Mahaut ihrem Gespräch mit dem Grafen von Poitiers verleihen, und sei es nur, um ihn zu kompromittieren und ihn leichter für ihr Spiel einzuspannen.

Sobald sie allein waren, fragte sie:

»Welche Gefühle hegt Ihr für meine Tochter Johanna?«

Da er mit der Antwort zögerte, stürzte sie sich in ihre Verteidigungsrede. Gewiß, Johanna von Burgund hatte Unrecht getan, schweres Unrecht, weil sie es unterlassen hatte, ihrem Gemahl die Schlafzimmerintrigen zu hinterbringen, die das Königshaus entehrten; damit hatte sie sich – freiwillig oder unfreiwillig, wer konnte es sagen? – zur Mitschuldigen an dem Skandal gemacht. Aber sie hatte selbst nicht gesündigt, sie hatte die Ehe nicht gebrochen; das wurde auch allgemein anerkannt; selbst König Philipp, so erzürnt er war, hatte das zugegeben, denn er hatte Johanna einen abgesonderten Wohnsitz angewiesen, ohne jemals anzudeuten, daß diese Verbannung auf Lebenszeit sein sollte.

»Ich weiß es, ich war im Rat von Pontoise anwesend«, sagte der Graf von Poitiers, den diese Erinnerung noch immer schmerzte.

»Und wie hätte Johanna Euch betrügen können, Philipp? Sie liebt Euch. Sie liebt nur Euch allein. Erinnert Euch nur an ihre Schreie, als sie in dem schwarzen Karren weggebracht wurde: ›Sagt Monseigneur Philipp, daß ich unschuldig bin!‹ Mir blutet noch immer das Herz, mir, ihrer Mutter, daß ich das erleben mußte. Und in den fünfzehn Monaten, seit sie in Dourdan ist – ich weiß es von ihrem Beichtvater –, niemals ein böses Wort gegen Euch, nur Worte der Liebe und Gebete, Gott möge sie Euer Herz zurückgewinnen lassen. Ich versichere Euch, Ihr habt in ihr eine treuere, eine Eurem Willen ergebenere Ehefrau als viele andere. Für ihren Fehler wurde sie hart bestraft.«

Sie häufte alle Schuld auf Margarete von Burgund, um so unbedenklicher, als Margarete nicht ihre Tochter und tot war. Margarete war die schamlose Dirne; Margarete hatte Blanche verführt, das arme, unschuldige Kind; sie hatte Johannas Freundschaft schmählich mißbraucht . . . Übrigens gab es selbst für Margarete noch Entschuldigungsgründe. Die Hoffnung, Königin zu werden, entschädigt nicht für alles, und welche Frau wäre nicht verzagt neben einem Gemahl wie dem ihrigen! Mahaut war entschieden der Meinung, daß Ludwig X., der Betrogene, die Hauptschuld an seinem Unglück trug.

»Es scheint, daß Euer Bruder als Mann ziemlich kümmerlich ausgestattet ist . . .«

»Man hat mir im Gegenteil versichert, daß er in dieser Hinsicht normal sei, wenn auch entweder allzu schüchtern oder allzu gewalttätig bei der Sache, aber keineswegs impotent«, erwiderte der Graf von Poitiers.

»Euch vertrauen die Frauen nicht ihre intimsten Geheimnisse an wie mir«, antwortete Mahaut.

Sie richtete sich in ihrer ganzen Stattlichkeit in den Kissen auf und blickte ihrem Schwiegersohn gerade in die Augen:

»Philipp, sprechen wir offen«, sagte sie. »Glaubt Ihr, daß die Thronerbin, die kleine Johanna von Navarra, von Ludwig ist oder von Margaretes Liebhaber?«

Philipp von Poitiers rieb sich das Kinn.

»Mein Onkel Valois behauptet, sie sei ein Bastard«, erwiderte er, »und Ludwig scheint es zu bestätigen, denn er hält das Kind von sich fern. Andere, wie mein Onkel Evreux oder der Herzog von Burgund, halten sie für legitim.«

»Sollte Ludwig, dessen Gesundheit offensichtlich nicht sehr kräftig ist, etwas zustoßen, so seid Ihr, wie die Dinge jetzt stehen, der zweite in der Thronfolge. Würde jedoch die kleine Johanna als unehelich erklärt, wofür *wir* sie halten, so würdet Ihr der erste und wäret an der Reihe, König zu werden. Ihr seid für die Krone geschaffen, Philipp.«

»Vorausgesetzt, daß die neue Gemahlin, die mein Bruder sich aus Neapel geholt hat, ihm nicht schleunigst einen Erben beschert.«

»Wenn er fähig ist, einen zu zeugen, was zweifelhaft scheint. Oder wenn Gott ihm dazu Zeit läßt.«

In diesem Augenblick trat Béatrice d'Hirson ein. Sie trug ein Tablett mit einer Kanne, Bechern aus vergoldetem Silber und Konfekt, wie man es üblicherweise den Gästen anbot. Mahaut machte eine ungeduldige Bewegung. Sie ausgerechnet jetzt zu unterbrechen! Aber Béatrice goß unbeirrt mit ihren trägen Bewegungen den Würzwein in die Becher und reichte einen davon Philipp von Poitiers. Mahaut, die mechanisch nach allem griff, was eßbar oder trinkbar war, hätte beinahe den anderen Becher genommen. Béatrice warf ihr einen warnenden Blick zu, und sie hielt inne.

»Nein, ich bin zu krank, alles schlägt mir aufs Herz«, sagte sie.

Poitiers überlegte. Die Besorgnisse seiner Schwiegermutter kamen ihm nicht überraschend; er hatte selbst in jenen Wochen viel über die Möglichkeit der Erbfolge nachgedacht. Mahaut schlug ihm in klaren Worten vor, ihn zu unterstützen, falls Ludwig sterben sollte. Aber was war der Preis des Bündnisses, das sie ihm anbot?

»Ach Philipp! Ich beschwöre Euch, rettet meine Tochter vor dem Tode!« rief Mahaut pathetisch aus. »Sie hat dieses Schicksal nicht verdient.«

»Aber wer bedroht denn ihr Leben?« fragte Poitiers.

»Robert, immer wieder er«, erwiderte sie. »Ich habe erfahren, daß er mit der Königin von England unter einer Decke steckte, als sie nach Pontoise kam, um ihre Schwägerinnen zu denunzieren. Es hat Isabella kein Glück gebracht, denn das Heer ihres weibischen Gemahls ist bald darauf bei Bannockburn aufgerieben worden, und so haben Isabella und Eduard, wie als Gottesstrafe, Schottland aufs neue verloren.«

Sie hielt eine Sekunde inne, weil Poitiers den Becher genommen und ihn an die Lippen geführt hatte, beeilte sich jedoch fortzufahren:

»Seitdem hat sich dieser Teufel von Robert noch schlimmere Streiche geleistet. Wißt Ihr, daß er an dem Tage, als Margarete tot in ihrem Kerker gefunden wurde und wir ihn in seinem Haus in Conches glaubten, ganz zufällig morgens in Château-Gaillard war?«

»Tatsächlich?« sagte Poitiers und hielt in der Bewegung inne, ohne getrunken zu háben.

»Blanche, die im Zimmer über Margarete eingesperrt war, hat alles gehört. Das arme Kind ist seitdem wie von Sinnen und hat mir unlängst eine Botschaft geschickt . . . Hört auf mich, Philipp, er wird sie mir eine nach der anderen umbringen. Sein Spiel liegt klar zutage. Er

will meine Grafschaft. Um mich zu diffamieren und in Ungnade zu
stürzen, läßt er zunächst meine Töchter einsperren. Um sich beim
König, seinem Cousin, allmächtig zu machen, befreit er ihn durch
einen geschickten Würgegriff von der Frau, die seiner Wiederverhei-
ratung im Wege stand. Nun wird er sich auf meine Nachkommenschaft stürzen. Ich bin allein, eine Witwe, mit einem Sohn, der zu jung
ist, um mir eine Stütze zu sein[9], und um dessen Leben ich ebenso zittern muß wie um das Leben meiner Töchter. Soviel Kummer und
Angst könnten eine Frau wohl vorzeitig ins Grab bringen, nicht wahr?
Gott ist mein Zeuge, daß ich nicht sterben und meine Kinder diesem
Schakal zur Beute lassen will. Ich bitte Euch, nehmt Eure Gemahlin
wieder zu Euch, um sie zu beschützen und damit gleichzeitig zu zeigen, daß ich nicht ohne Verbündeten bin. Denn wenn ich Johanna
verlieren müßte« (wieder berührte sie heimlich die Reliquie) »und das
Artois dazu, wozu man alle Anstalten macht, so wäre ich gezwungen,
für meinen Sohn die Pfalzgrafschaft Burgund zurückzufordern, die
Ihr im Austausch für das Artois als Mitgift erhieltet.«
Poitiers mußte die Geschicklichkeit bewundern, mit der seine
Schwiegermutter ihren letzten Trumpf ausspielte. Der Handel war
nun klar dargelegt: »Entweder Ihr nehmt Johanna wieder zu Euch,
und ich verschaffe Euch den Thron, wenn er frei wird, damit meine
Tochter Königin von Frankreich wird; oder Ihr verweigert die Aus-
söhnung mit Eurer Gemahlin, dann stoße ich meine Dispositionen um
und betreibe die Rückgabe Eurer Grafschaft Burgund, um dagegen auf
das Artois zu verzichten.«
Er betrachtete wortlos ihre eindrucksvolle Erscheinung unter den üp-
pigen Brokatvorhängen, die über das Bett drapiert waren.
»Sie ist verschlagen wie ein Fuchs, hartnäckig wie eine Wildsau, ohne
Zweifel klebt Blut an ihren Händen, und dennoch kann ich mich eines
freundschaftlichen Gefühls für sie nicht erwehren . . . In ihrer
Gewalttätigkeit wie in ihrer Verlogenheit steckt immer eine Spur von
Einfalt . . .«
Um das Lächeln zu verbergen, das um seine Lippen spielte, trank er
aus dem vergoldeten Becher.
Er versprach nichts, legte sich nicht fest, denn er war von Natur aus
bedächtig und sah keinen Grund für eine überstürzte Entscheidung.
Immerhin jedoch sah er bereits ein Mittel, den Einfluß der Valois im
Rat der Pairs, den er für verhängnisvoll hielt, durch ein Gegengewicht
auszugleichen.
Zum Abschied sagte er nur:
»Wir werden über dies alles bei der Krönung noch einmal sprechen,
wo wir uns ja sehen werden, Mutter.«

Und bei diesem Wort »Mutter«, das er seit fünfzehn Monaten zum erstenmal wieder gebrauchte, begriff Mahaut, daß sie gewonnen hatte.

Sobald Poitiers gegangen war, trat Béatrice ein und prüfte den Becher.

»Er hat ihn fast bis zur Neige geleert«, sagte sie voll Genugtuung. »Ihr werdet sehen, Madame, daß Monseigneur von Poitiers geradewegs nach Dourdan eilen wird.«

»Ich sehe vor allem«, erwiderte Mahaut, »daß er uns einen sehr guten König abgeben würde, falls unser jetziger sterben sollte.«

Für jeden, der Gräfin Mahaut kannte, hieß das, daß Ludwig X. ein toter Mann war.

Eine ländliche Hochzeit

Am Dienstag, dem 13. August 1315, wurden die Einwohner des Marktfleckens Saint-Lyé[10] in der Champagne schon bei Tagesanbruch von Reiterkavalkaden geweckt, die von der Straße nach Sézanne im Norden und der nach Troyes im Süden ankamen.

Als erstes sprengten die königlichen Haushofmeister im Galopp herbei und verschwanden mit einem ganzen Gefolge von Knappen, Schaffnern und Bediensteten in den Gewölben des Schlosses. Dann erschien, angeführt von Hofbeamten, Finanzverwaltern und Tapezierern, ein großer Wagen mit Möbeln und Geschirr; und den Schluß bildete der gesamte Klerus von Troyes. Die Geistlichen saßen auf Maultieren und sangen Litaneien. Knapp hinter ihnen folgten die italienischen Händler, die wegen der berühmten Jahrmärkte der Champagne in Troyes eines ihrer Haupthandelszentren unterhielten. Die Kirchenglocken begannen aus allen Kräften zu dröhnen; der König sollte heute in Saint-Lyé Hochzeit halten.

Die Bauern brachen in lauten Jubel aus, die Frauen gingen auf die Felder, um Blumen zu pflücken, die sie auf den Weg streuen wollten wie bei einer Prozession. Die königlichen Küchenmeister schwärmten in die ganze Umgebung aus und heimsten alles ein, was sie erwischen konnten, Eier, Fleisch, Geflügel und Fische aus den Teichen.

Glücklicherweise hatte es zu regnen aufgehört; aber der Himmel war noch immer bleiern und grau; die Sonnenstrahlen drangen nicht durch die Wolken, und es war drückend schwül. Die Leute des Königs wischten sich die Stirn, und die Bauern betrachteten den Himmel und kündigten ein Gewitter an, das noch vor dem Abendläuten losbrechen würde. Im Schloß hörte man die Zimmerleute hämmern; die

Küchenschlote rauchten, hochbeladene Strohkarren wurden abgeleert und das Stroh in den Sälen ausgebreitet, wo die Bediensteten und auch mehr als ein Adeliger die folgende Nacht zubringen sollten.

Seit jenem Tag zu Beginn des verflossenen Jahrhunderts, als Philipp August nach Saint-Lyé gekommen war, um die Schenkung dieser Burg an die Bischöfe von Troyes feierlich zu vollziehen, hatte das Dorf keinen derartigen Umtrieb mehr erlebt. Ein Ereignis alle hundert Jahre. Zeit genug, um Gras darüber wachsen zu lassen.

Gegen zehn Uhr ritt der König, begleitet von seinen beiden Brüdern, seinen zwei Onkeln und seinen Vettern Philipp von Valois und Robert von Artois, im Galopp durch den Flecken. Er achtete nicht auf die Jubelrufe der Bevölkerung und verwüstete den Blumenteppich, der nach seinem Durchzug frisch gestreut werden mußte. Er eilte seiner neuen Gemahlin entgegen.

Nach etwa einer Meile kam der Zug der Prinzessin Klementia von Ungarn, der vom Bischof von Troyes angeführt wurde, in Sicht. Klementia beugte sich aus ihrer Sänfte und fragte den Grafen de Bouville, welcher von den Reitern dort vorne ihr zukünftiger Gemahl sei. Der dicke Bouville, der müde war von der Reise und ganz gerührt, seinen König wiederzusehen, drückte sich undeutlich aus, und Klementia hielt zunächst den Grafen von Poitiers für ihren Verlobten, weil er der größte der drei Fürsten war, die an der Spitze des Zuges ritten, und weil er mit einer natürlichen Majestät im Sattel saß. Es war jedoch der unansehnlichste der drei Reiter, der als erster abstieg und auf die Sänfte zuschritt. Bouville sprang vom Pferde, eilte auf ihn zu und ergriff seine Hand, um die Lippen daraufzudrücken. Er sagte:

»Sire, das ist Madame von Ungarn.«

Nun sah die schöne Klementia den jungen Mann mit den leicht gebeugten Schultern, den großen, blassen Augen und der gelblichen Gesichtsfarbe, dem das Schicksal und die Hofintrigen sie ausgeliefert hatten, damit sie sein Geschick, sein Bett und seine Macht teile.

Ludwig X. betrachtete sie wortlos und mit so bestürzter Miene, daß Klementia im ersten Augenblick glaubte, sie gefalle ihm nicht.

Sie entschloß sich, als erste das Schweigen zu brechen.

»Sire Ludwig«, sagte sie, »ich bin für ewig Eure ergebene Dienerin.«

Diese Worte schienen dem Zänker die Zunge zu lösen.

»Ich fürchtete, liebste Cousine, das Bildnis, das man mir von Euch geschickt hat, könnte trügerisch oder geschmeichelt sein«, sagte er, »aber ich sehe, daß Eure Anmut und Schönheit Euer Porträt bei weitem übertreffen.«

Und er wandte sich nach seinem Gefolge um, als fordere er Beifall für seine glückliche Wahl.

Dann folgte die Vorstellung der Familienmitglieder.

Ein sehr beleibter Herr, ganz in Gold gekleidet, als reite er zum Turnier, näherte sich keuchend, küßte Klementia und nannte sie »liebe Nichte«. Er behauptete, sie als Kind in Neapel gesehen zu haben. Klementia begriff, daß dies Karl von Valois, der Hauptarrangeur ihrer Heirat, sein mußte. Philipp von Poitiers nannte sie »liebe Schwester«, als betrachte er sie bereits als Gemahlin seines Bruders, als sei die Zeremonie nur noch eine Formsache. Dann bäumten sich die Sänftenpferde auf: eine gewaltige menschliche Masse, deren Kopf Klementia nicht sehen konnte, verdunkelte einen Augenblick lang das Licht, und die Prinzessin hörte: »Euer Cousin, Graf Robert von Artois.«

Bald setzte der Zug sich wieder in Bewegung, und der König befahl dem Bischof von Troyes, Monseigneur Jean d'Auxois, vorauszueilen, damit in der Kirche alles vorbereitet sei.

Klementia hatte sich den Ablauf dieser ersten Begegnung ganz anders vorgestellt. Sie hatte sich im Geiste ausgemalt, daß an einem vorbestimmten Ort Zelte aufgeschlagen seien, daß Herolde ringsum in Trompeten stoßen und sie selbst aus ihrer Sänfte steigen würde, um eine leichte Mahlzeit einzunehmen und bei dieser Gelegenheit mit ihrem Verlobten Bekanntschaft zu schließen. Sie hatte auch gedacht, daß die Eheschließung erst nach einigen Tagen gefeiert und den Auftakt zu wochenlangen Festlichkeiten mit Lanzenstechen, Gauklern und Spielleuten bilden würde, wie sie bei Fürstenhochzeiten üblich waren.

Dieser schroffe Empfang mitten im Wald, auf einer kleinen Landstraße, ohne jeglichen Aufwand, überraschte sie. Es war, als sei man zufällig einer Jagdgesellschaft begegnet. Ihre Verwirrung steigerte sich, als sie erfuhr, daß die Trauung unverzüglich in einem benachbarten Schloß vorgenommen würde. Man wollte dort die Nacht verbringen und am nächsten Morgen nach Reims weiterreisen.

»Mein liebster Herr«, fragte sie den König, der jetzt an ihrer Seite ritt, »werdet Ihr wieder in den Krieg ziehen?«

»Gewiß, Madame, ich werde wieder in den Krieg ziehen . . . nächstes Jahr. Diesmal habe ich die Flamen nicht weiter verfolgt und sie in ihrer Angst schmoren lassen, denn ich brannte darauf, Euch zu begrüßen und unseren Bund zu besiegeln.«

Dieses Kompliment schien Klementia so gewaltig, daß sie nicht wußte, was sie davon halten solle. Sie fiel von einer Überraschung in die andere. Dieser König, dem an ihrer Begegnung so viel lag, daß er dafür eine ganze Armee heimschickte, bot ihr eine gewöhnliche Bauernhochzeit.

Trotz des Blumenteppichs und der Begeisterung der Landleute machte die kleine Burg Saint-Lyé mit ihren dicken Mauern, an denen die Feuchtigkeit dreier Jahrhunderte klebte, auf die neapolitanische Prinzessin einen düsteren Eindruck. Sie hatte kaum eine Stunde Zeit, um sich umzuziehen und sich vor der Zeremonie ein wenig zu sammeln, wenn man überhaupt unter den obwaltenden Umständen von Sammlung sprechen konnte. In ihrem Zimmer waren die Tapezierer noch mit dem Anbringen der mit Papageien bestickten Wandbehänge beschäftigt, und Monseigneur von Valois schwirrte unablässig wie eine fette Hummel herum; er gab vor, seine Nichte in dieser kurzen Zeit in alles Wissenswerte über den Hof von Frankreich einweihen zu müssen und über den wichtigen Platz, den er, Karl von Valois, an diesem Hofe einnahm.

So mußte Klementia sich sagen lassen, daß Ludwig X., wenn er auch alle Eigenschaften eines vollkommenen Ehemannes besaß, doch nicht ausschließlich nur Tugenden aufwies, besonders nicht in der Politik. Er war äußerst leicht beeinflußbar und mußte in seinen guten Einfällen ermutigt und gegen schlechte Ratgeber geschützt werden. In der flandrischen Frage, zum Beispiel, habe Ludwig nicht genügend auf ihn, Valois, gehört und statt dessen den Ratschlägen des Konnetabels, des Grafen von Poitiers und sogar Roberts von Artois sein Ohr geliehen. Was die Papstwahl anbetraf . . . War Klementia durch Avignon gekommen? Wen hatte sie gesehen? Den Kardinal Duèze? Aber gewiß, Duèze war der Mann, der die Wahl gewinnen mußte . . . Klementia müsse begreifen, warum Valois so darauf gedrungen und alle Hebel in Bewegung gesetzt hatte, damit sie Königin von Frankreich würde; er zähle fest darauf, daß sie ihm durch ihre segensreiche Gegenwart, ihren Charme und ihre Klugheit helfen würde, den König richtig zu führen. Klementia solle sich in allen Dingen vertrauensvoll an ihn wenden. War er nicht ihr nächster Verwandter am Hofe, da er in erster Ehe mit einer Tante Klementias verheiratet gewesen war, und vertrat er nicht Vaterstelle an dem jungen Herrscher? Klementia und Valois müßten von nun an Verbündete sein . . .

Klementia schwirrte bereits der Kopf von diesem Wortschwall, diesem Durcheinander von Namen und von dem beständigen Hin und Her dieses goldbestickten Mannes, der ohne Unterlaß um sie herumspazierte. Sie fragte sich, ob wohl Robert von Artois der Konnetabel sei und welcher der beiden Brüder des Königs, die sie gesehen hatte, der Graf von Poitiers war. Zu viele neue Eindrücke und fremde Gesichter, auf die sie nur einen flüchtigen Blick hatte werfen können, wirbelten in ihrem Gehirn durcheinander. Und zu alledem sollte sie in wenigen Minuten heiraten. Sie war vom guten Willen aller Men-

schen überzeugt und gerührt über die liebevolle Fürsorge, die der Graf
von Valois ihr erwies. Aber sie hätte sich gerne noch seelisch auf das
große Ereignis vorbereitet. Ging denn so die Hochzeit einer Königin
vor sich?

Sie faßte sich ein Herz und fragte, warum die Zeremonie in solcher
Eile ablaufen müsse.

»Weil Ihr am Sonntag in Reims sein müßt, wo Ludwig gekrönt werden soll; er wollte, daß Eure Ehe noch zuvor geschlossen würde, damit
Ihr an seiner Seite daran teilnehmen könnt.«

Er verschwieg, daß die Ausgaben für die Hochzeit zu Lasten der königlichen Schatulle gingen, während die Kosten der Krönungsfeier-
lichkeiten von den Stadtvätern von Reims getragen wurden. Und die
Kasse des Königs war nach dem Scheitern des Schlammfeldzuges lee-
rer denn je. Daher diese improvisierte Hochzeit ohne alles Gepränge.
Die Festlichkeiten würde man auf Kosten der Bewohner von Reims
nachholen.

Durch die Bitte, mit ihrem Beichtvater sprechen zu dürfen, verschaffte sich Klementia von Ungarn eine kleine Ruhepause. Sie hatte
bereits am Morgen gebeichtet, wollte jedoch ganz sicher sein, ohne
Sünde vor den Altar zu treten. Hatte sie nicht in diesen letzten Stunden noch eine läßliche Sünde begangen, war es nicht Mangel an
Demut, daß sie über den schlichten Empfang so erstaunt war, ein
Mangel an Nächstenliebe, weil sie den Herrn von Valois zum Teufel
gewünscht hatte, nur damit er nicht mehr dauernd um sie herum-
schwirren würde?

Ludwig X. hatte am Vorabend dem Dominikanerpater, der sein
Beichtvater war, bedeutend mehr zu gestehen gehabt . . . Während
die letzten Vorbereitungen getroffen wurden, stieß Hugues de Bouville im Schloßhof auf Messer Spinello Tolomei. Der Generalkapitän
der Pariser Lombarden, der trotz seiner sechzig Jahre und seiner
Beleibtheit noch immer so beweglich war wie früher, begab sich ebenfalls nach Reims. Er hatte sich große Aufträge für die Krönung verschafft und wollte die Arbeit seiner Angestellten überwachen. Er
fragte Bouville nach seinem Neffen Guccio.

»Was mußte er auch ins Wasser springen! Ach, er fehlt mir sehr in
diesen Tagen! Er sollte über Land fahren, nicht ich!« seufzte Tolomei.

»Und glaubt Ihr, mir sei er nicht abgegangen auf dem langen Weg von
Marseille hierher?« erwiderte Bouville. »Die Reisegesellschaft hat das
Doppelte der Summe ausgegeben, die er gebraucht hätte, wenn die
Kasse unter seiner Obhut gewesen wäre.«

Tolomei machte sich Sorgen. Das linke Auge geschlossen, die Lippe ein wenig herunterhängend, beklagte er sich über die Zeitläufte. Entgegen dem Versprechen, das Monseigneur von Valois ihm gegeben hatte, waren den lombardischen Bankiers neue Abgaben auferlegt worden; für jeden Verkauf, Vertrag oder Gold- und Silberumtausch mußten von jetzt an Käufer wie Verkäufer zwei Heller pro Livre des Wertes abführen; die Agenten des Königs saßen überall, um die Geschäfte zu kontrollieren und die Steuern zu erheben. All das erinnerte sehr stark an die Maßnahmen König Philipps.

»Warum hat man uns dann versichert, daß alles anders werde? . . .«
Bouville trennte sich von Tolomei und schloß sich dem Hochzeitszug an.

Monseigneur von Valois führte triumphierend die Braut zum Altar. Ludwig mußte allein gehen. Keine Frau der Familie war anwesend, die ihm den Arm gereicht hätte. Seine Tante Agnes von Frankreich, die Tochter Ludwigs des Heiligen, hatte sich geweigert zu kommen, aus einem nur allzu begreiflichen Grund: sie war die Mutter Margaretes von Burgund. Gräfin Mahaut hatte im letzten Augenblick vorgegeben, durch die Wirren im Artois zurückgehalten zu sein. Sie wollte direkt nach Reims zur Krönung kommen. Die Gräfin von Valois, die von ihrem Gemahl gebieterisch zur Hochzeit befohlen worden war, mußte mit ihrer ganzen Töchterschar einen falschen Weg eingeschlagen haben, oder womöglich war eine Wagenachse gebrochen; der Kämmerer, der mit ihrer Begleitung betraut war, würde etwas zu hören bekommen.

Monseigneur Jean d'Auxois, die Bischofsmütze auf dem Kopf, zelebrierte den Gottesdienst. Während der ganzen Messe machte Klementia sich Vorwürfe, weil es ihr nicht gelang, sich zu sammeln, wie sie gewünscht hätte. Sie zwang sich dazu, ihre Gedanken zum Himmel zu richten und Gott zu bitten, er möge ihr allezeit die Tugenden einer Ehefrau, die Eigenschaften einer Herrscherin und die Segnungen der Mutterschaft gewähren. Aber unwillkürlich kehrten ihre Augen immer wieder zu dem Manne zurück, den sie an ihrer Seite atmen hörte, dessen Züge ihr so wenig vertraut waren und dessen Lager sie noch heute nacht teilen sollte.

Ludwig X. wurde, sooft er niederkniete, von einem kurzen Husten geschüttelt, der wie eine schlechte Angewohnheit wirkte. Die tiefe Falte, die sein zu kurzes Kinn umgab, überraschte bei einem so jungen Mann. Der Mund war schmal, und die Mundwinkel zogen sich nach unten; das lange, glatte Haar war von unbestimmter Farbe. Sooft dieser Mann, dem sie in dieser Stunde angetraut wurde, Klementia mit seinen großen blassen Augen ansah, verwirrte sie der Blick, mit dem er ihre Hände, ihre Brust, ihren Mund betrachtete. Sie wußte nicht, warum sie das übermächtige und ungetrübte Glücksgefühl, das sie bei ihrer Abreise von Neapel empfunden hatte, nicht wiederfinden konnte.

»Mein Gott, laß mich nicht undankbar sein für alle Wohltaten, mit denen du mich überhäufst.«

Aber der Geist läßt sich nicht zu jeder Zeit befehlen, und Klementia ertappte sich mitten in ihrer Hochzeitsmesse bei dem Gedanken, daß sie, wenn sie zwischen den drei Prinzen von Frankreich hätte wählen dürfen, zweifellos den Grafen von Poitiers vorgezogen hätte. Sie wurde von großem Schrecken ergriffen und hätte beinahe aufgeschrien: »Nein, ich will nicht, ich bin unwürdig!« Im gleichen Augenblick hörte sie sich auf die Frage des Erzbischofs, ob sie Ludwig, König von Frankreich und Navarra, zum Gemahl nehmen wolle, »ja« antworten, mit einer Stimme, die ihr nicht die eigene zu sein schien.

Der erste Donnerschlag krachte hernieder, als ihr ein zu großer Ring an den Finger gesteckt wurde; die Anwesenden warfen einander bedeutungsvolle Blicke zu, und mehr als einer bekreuzigte sich.

Als der Hochzeitszug die Kirche verließ, wurde er von den Bauern, die grobe Leinenhemden trugen und deren Beine mit Stoffetzen umwickelt waren, erwartet. Klementia wurde nicht bewußt, daß sie sagte:

»Wird man keine Almosen an sie verteilen?«

Sie hatte laut gedacht, und man nahm zur Kenntnis, daß ihr erstes Wort als Königin ein Wort der Barmherzigkeit gewesen war.

Ihr zu Gefallen ließ Ludwig von seinem Kämmerer Mathieu de Trye ein paar Hände voll Münzen in die Menge werfen. Die Bauern stürzten sich sogleich zu Boden, und das Schauspiel, das ihr hier geboten wurde, erschien der Neuvermählten wie eine wilde Schlacht. Man hörte das Zerreißen von Stoff, dumpfes Knurren wie von Schweinen und das Zusammenstoßen von Köpfen. Die Barone belustigten sich sehr über das Getümmel. Einer der Bauern, der größer und schwerer war als die anderen, trat mit dem Fuß auf die Hände, die ein Geldstück erhascht hatten, und zwang sie, sich zu öffnen.

»Ein Lümmel, der weiß, wie er es anstellen muß«, sagte Robert von Artois lachend. »Wem gehört er? Ich möchte ihn kaufen.«

Und Klementia sah mit Mißfallen, daß auch Ludwig lachte.

»So gibt man keine Almosen«, dachte sie, »ich werde es ihn lehren.«

Regen setzte ein, und der Ringkampf endete im Schlamm.

Die Hochzeitstafel war im größten Saal des Schlosses gedeckt worden. Die Mahlzeit dauerte fünf Stunden. »Jetzt bin ich Königin von Frankreich«, sagte Klementia sich immer wieder. Sie konnte sich nicht an den Gedanken gewöhnen, sowenig wie an alles andere. Die Gefräßig-

keit der französischen Edelleute erschien ihr abstoßend. Die Becher
kreisten schneller, die Stimmen wurden lauter. Klementia war die
einzige Frau bei diesem Festmahl, und sie sah, daß alle Blicke auf sie
gerichtet waren, und erriet, daß die Scherze am anderen Ende des Saales immer eindeutiger wurden.
Von Zeit zu Zeit entfernte sich einer der Tischgenossen. Mathieu de
Trye, der Erste Kämmerer, rief:
»Der König, unser Herr, will nicht, daß man auf die Treppe pißt, über
die er nachher gehen wird.«
Eben wurde der vierte Gang zu je sechs Gerichten aufgetragen. Ein
ganzes Schwein am Spieß und ein Pfau, dem alle Federn wieder angesteckt worden waren, erschienen. Zwei Knappen brachten eine riesige
Pastete herein, die sie vor dem königlichen Paar niedersetzten. Die
Kruste wurde aufgeschnitten, und ein lebender Fuchs sauste unter
dem Jubel der Tafelrunde in den Saal. Die Köche hatten keine hochge-
türmten Torten und Schlösser aus Zuckerwerk auftischen können,
deren Herstellung mehrere Tage in Anspruch genommen hätte, und
wollten sich dafür auf diese Weise auszeichnen.
Der völlig verstörte Fuchs rannte im Saal herum, sein roter, buschiger
Schwanz strich über die Fliesen, die schönen glänzenden Augen mit
dem milchigen Schimmer waren angsterfüllt.
»Auf Meister Reineke! Auf Meister Reineke!« brüllten die Edelleute
und sprangen von den Sitzen.
Sogleich veranstalteten sie eine Jagd. Robert von Artois gelang es, das
Tier zu fangen. Man sah den Riesen mit seiner ganzen Größe unter
den Tischen verschwinden und dann wieder auftauchen; er hielt den
Fuchs, der quiekte und unter den schwarzen Lefzen die spitzen Zähne
zeigte, am ausgestreckten Arm. Dann schloß Robert langsam die Finger. Man hörte die Halswirbel knacken; die Augen des Tieres wurden
glasig, und Robert legte den toten Fuchs vor der Königin auf den Tisch
wie eine Huldigung.
Klementia, die mit dem Daumen ihren viel zu großen Ehering fest-
hielt, fragte, ob es in Frankreich Brauch sei, daß die weibliche Verwandtschaft nicht an den Hochzeiten teilnehme. Man erklärte ihr die
Gründe und daß einige der Gäste noch nicht angekommen waren.
»Auf jeden Fall werdet Ihr keine Gelegenheit haben, meine Gemahlin
kennenzulernen«, sagte der Graf von Poitiers.
»Und warum nicht . . . lieber Bruder«, fragte Klementia, die sich für
alles, was er sagte, interessierte und dennoch Mühe hatte, zu sprechen.
»Weil sie noch immer im Schloß Dourdan eingesperrt ist«, antwortete
Philipp von Poitiers.

Dann wandte er sich an den König:

»Sire, mein Bruder«, sagte er, »heute, an Eurem Glückstag, bitte ich Euch, Johannas Strafe aufzuheben und mir zu erlauben, sie zurückzuholen. Ihr wißt, daß sie unsere Ehre nicht befleckt hat und daß es ungerecht wäre, sie noch länger für ein Vergehen büßen zu lassen, das sie nicht begangen hat.«

Der Zänker runzelte die Stirn. Offensichtlich wußte er nicht, was er antworten, wie er entscheiden sollte. Was würde Klementia besser gefallen, wenn er Milde zeigte oder Festigkeit, beides gleichermaßen königliche Tugenden? Seine Augen suchten seinen Onkel Valois, den er um Rat fragen wollte. Valois war jedoch gerade ein wenig an die Luft gegangen. Robert von Artois befand sich am anderen Ende des Saales; er erklärte Philipp von Valois, dem Sohn Karls, wie man einen Fuchs packen mußte, damit er nicht beißen konnte. Außerdem war dem Zänker wenig daran gelegen, Robert, der schon einmal die Hände in diesem Spiel gehabt hatte, noch einmal in die Sache hineinzuziehen.

»Sire, mein Gemahl«, sagte Klementia, »gewährt mir zuliebe Eurem Bruder die Gnade, um die er Euch bittet. Heute ist unser Hochzeitstag, ich möchte, daß alle Frauen Eures Reiches an unserer Freude teilhaben.«

Sie nahm sich der Angelegenheit mit überraschender Wärme an, als sei sie erleichtert, daß Philipp von Poitiers eine Gemahlin habe und sie wieder zu sich nehmen wolle.

Sie sah Ludwig an; sie war schön; die großen blauen Augen unter den blonden Wimpern hatten eine Art, ihn anzublicken, die überzeugender war als jedes Plädoyer.

Außerdem hatte er reichlich getafelt und seinen Becher öfter als gewöhnlich geleert. Der Augenblick rückte näher, da er genießen sollte, was dieser schöne, ruhige Körper, der nun ihm gehörte, versprach. Er war nicht in der Stimmung, die politischen Folgen der Entscheidung abzuwägen, um die er gebeten wurde.

»Es gibt nichts, liebste Freundin, was ich Euch zu Gefallen nicht gerne täte«, erwiderte er. »Mein Bruder, Ihr könnt Madame Johanna zurückholen und sie uns zuführen, wann immer Ihr wollt.«

Der andere Bruder, der schöne junge Graf de la Marche, war aufmerksam dieser Unterhaltung gefolgt. Jetzt sagte er:

»Und ich, mein Bruder, erlaubt Ihr auch mir . . . daß ich Blanche . . .?«

»Blanche, niemals!« fiel ihm der König ins Wort.

»Daß ich Blanche nur einmal in Château-Gaillard besuche und sie in ein Kloster bringen lasse, wo sie weniger hart behandelt wird . . .«

»Niemals«, wiederholte der Zänker, in einem Ton, der keine Widerrede duldete.

Die Furcht, Blanche könne, wenn sie die Festung verlassen hätte, über die Ereignisse beim Tode Margaretes sprechen, hatte ihn dies eine Mal eine schnelle und unwiderrufliche Entscheidung treffen lassen.

Und Klementia, die fühlte, daß sie sich mit ihrem ersten Sieg begnügen mußte, wagte nicht, sich einzumischen.

»So werde ich niemals mehr das Recht auf eine Gemahlin haben?« beharrte Karl.

»Überlaß es dem Schicksal, mein Bruder«, entgegnete Ludwig.

»Das Schicksal scheint es mit Philipp besser zu meinen als mit mir.«

Und von diesem Augenblick an fühlte Karl de la Marche Erbitterung, nicht gegen den König, sondern gegen den Grafen von Poitiers, von dem er schon seiner ganzen Veranlagung nach das genaue Gegenteil war und dessen Bevorzugung ihn erzürnte.

Am Ende dieses erschöpfenden Tages war die junge Königin so müde, daß ihr die Ereignisse der Nacht wie ein Traum vorkamen. Sie empfand weder Schrecken noch übermäßigen Schmerz, noch ein besonderes Glücksgefühl. Sie unterwarf sich einfach, nahm an, daß dies der natürliche Ablauf der Dinge sei. Ehe sie in den Schlummer hinüberglitt, hörte sie gestammelte Worte, die sie hoffen ließen, daß ihr Gemahl sie liebte. Wäre sie auf diesem Gebiet weniger unerfahren gewesen, so hätte sie begriffen, daß sie, zumindest für einige Zeit, alle Macht über Ludwig X. besaß.

Ludwig X. war tatsächlich entzückt, daß diese Königstochter ihm eine Unterwürfigkeit entgegenbrachte, die er bislang nur bei Bediensteten gefunden hatte. Die schreckliche Angst vor einem Versagen, die ihn im Bett Margaretes von Burgund stets überfallen hatte, war verschwunden. Vielleicht war er einfach nicht für die Braunhaarigen geschaffen. Viermal triumphierte er über diesen schönen Leib, der, mattschimmernd wie Perlmutt, unter dem Öllämpchen lag, das über dem Bett hing, und über den seine Begierde nach Belieben verfügen konnte. Nie zuvor hatte er eine derartige Heldentat vollbracht.

Als er am nächsten Morgen spät aus dem Schlafgemach trat, war sein Kopf ein wenig benommen, aber er trug ihn hocherhoben. Sein Blick war selbstsicher, als habe die Hochzeitsnacht alle Erinnerungen an seine militärischen Miseren ausgelöscht. Was man auf dem Schlachtfeld verliert, kann man auf dem Felde der Liebe wiedergewinnen ...

Zum erstenmal konnte der Zänker den rüden Scherzen seines Vetters Artois ungezwungen entgegentreten, der als das liebestüchtigste und leistungsfähigste Mannsbild am Hofe galt.

Gegen Mittag brach der Zug in nördlicher Richtung auf. Klementia drehte sich ein letztes Mal nach dem Schloß um, in dem sie nur vierundzwanzig Stunden verbracht hatte und an dessen genaues Aussehen sie sich später nie mehr erinnern konnte.

Nach zwei Tagen kam die Gesellschaft in Reims an. Die Einwohner, die seit dreißig Jahren keine Krönung mehr erlebt hatten – das bedeutete, daß das Schauspiel für die Hälfte der Bevölkerung neu war –, drängten sich an den Toren und in den Straßen. Die Stadt wimmelte von Landleuten aus der Umgebung, die zu Fuß oder zu Pferd gekommen waren, von Händlern aller Art, von Schaustellern mit wilden Tieren, Gauklern, Bütteln und königlichen Hofbeamten, die sich gebärdeten, als sei jeder ganz allein für das Wohl des Reiches verantwortlich.

Die Einwohner von Reims ahnten noch nicht, daß sie Gelegenheit haben würden, diesen großartigen Aufzug in weniger als vierzehn Jahren dreimal mit anzusehen und dreimal die Kosten dafür zu tragen. Niemals wieder würde ein König von Frankreich die Schwelle der Kathedrale überschreiten, gefolgt von drei Nachfolgern, die nach dem Willen der Geschichte sein Erbe antreten würden. Tatsächlich schritten hinter Ludwig X. der Graf von Poitiers, der Graf de la Marche und Philipp von Valois, also der zukünftige Philipp V., der zukünftige Karl IV. und der zukünftige Philipp VI. Die beiden Philippe, Poitiers und Valois, waren zweiundzwanzig Jahre alt; Karl de la Marche einundzwanzig. Ehe der letztere sein siebenunddreißigstes Jahr erreicht haben würde, sollten sie alle drei nacheinander die Krone Frankreichs getragen haben.

2
Erst Flandern, dann das Artois

Die Aufständischen

Von allen Aufgaben, die das Schicksal einem Menschen stellen kann,
ist die, über seinesgleichen zu regieren, zwar die begehrteste, aber
auch die enttäuschungsreichste, denn sie nimmt niemals ein Ende und
gönnt dem Geist keine Ruhepause. Der Bäcker, der seine Brote aus
dem Ofen genommen hat, der Holzfäller, der vor der gestürzten Eiche
steht, der Richter, der das Urteil gesprochen hat, der Architekt, der
zusieht, wie der Dachstuhl auf ein Gebäude gesetzt wird, der Maler,
der ein Bild beendet hat, sie alle können wenigstens einen Abend lang
jenes wenn auch bedingte Gefühl der Genugtuung kennenlernen, das
eine zu Ende geführte Arbeit verschafft. Nicht so der Staatsmann.
Kaum scheint eine politische Schwierigkeit behoben, so erfordert bereits die nächste, die entstand, während man mit der Regelung der ersten beschäftigt war, seine unverzügliche Aufmerksamkeit. Der siegreiche General kann lange auf seinem Siegeslorbeer ausruhen; der
Staatenlenker jedoch muß mit der neuen Situation fertig werden, die
sich gerade durch diesen Sieg ergeben hat. Kein Problem darf längere
Zeit ungelöst bleiben, denn wenn es auch heute unwichtig erscheint,
so kann es schon morgen eine verhängnisvolle Bedeutung gewinnen.
Die Ausübung der Macht kann am ehesten mit der Tätigkeit eines
Arztes verglichen werden, die ebenfalls durch die pausenlose Abfolge
gekennzeichnet ist: dringende Fälle haben den Vorrang vor allem anderen, harmlose Störungen bedürfen ständiger Beobachtung, denn sie
können Symptome ernster Schäden darstellen; es gibt keine Entlassung aus der Verantwortung für Entscheidungen, deren Richtigkeit
oder Unrichtigkeit erst die Zukunft erweisen kann. Das Gleichgewicht
der menschlichen Gesellschaft ist, wie die Gesundheit des einzelnen,
niemals von sich aus stabil, sondern kann nur durch nie endende
Bemühungen aufrechterhalten werden.
Der einzige Augenblick der Ruhe, den ein Staatsmann jemals finden

kann, ist der nach einer Niederlage mit allem, was sich an Bitterkeit, an rastlosem Nachdenken über die vollbrachten Taten und oft auch an drohenden Gefahren daran knüpft. Nur in der Niederlage findet der Mächtige eine Atempause.

Was für die Gegenwart gilt, nämlich, daß die Führung einer Nation beinahe übermenschliche Kräfte und Fähigkeiten erfordert, das galt ohne Zweifel auch in der Vergangenheit; und in der Zeit, als die Monarchen noch selbst regierten, bedeutete das Königsamt ununterbrochene Dienstbarkeit.

Kaum war über die traurige militärische Demonstration Ludwigs X. ein wenig Gras gewachsen – er hatte sich damit abgefunden, die flandrische Frage verschimmeln zu lassen, da er sie nicht lösen konnte –, kaum hatte er jenen geheimnisvollen Nimbus erworben, den die Salbung jedem Herrscher, selbst dem kümmerlichsten aller Monarchen, verleiht, als auch schon neue Unruhen im Norden Frankreichs ausbrachen.

Die Barone des Artois hatten ihre Rüstungen, gemäß dem Versprechen an Robert, nach dem Feldzug nicht abgelegt. Sie zogen mit ihren Heerbannern durch das Land und versuchten, die Bevölkerung auf ihre Seite zu bringen. Sie gewannen den gesamten Adel und dadurch auch das flache Land. Die Bürgerschaft der Städte war in zwei Lager gespalten. Arras, Boulogne, Thérouanne machten mit den Rebellen gemeinsame Sache. Calais, Avesnes, Bapaume, Aire, Leps, Saint-Omer hielten Gräfin Mahaut die Treue. Das Land befand sich in einem Zustand der Erregung, beinahe einem Aufstand gleich.

Die Anführer waren Jean de Fiennes, die Herren de Caumont und de Souastre und Gérard Kierez, der geschickteste von allen, der es verstand, Eingaben abzufassen und sie vor dem Rat des Königs zu vertreten.

Sie wurden von Robert von Artois unterstützt, gelenkt und mit Geld-versorgt, und ihm verdankten sie auch die Hilfe des Grafen von Valois und der ganzen reaktionären Gruppe um Ludwig X.

Sie stellten zwei Forderungen. Einmal verlangten sie die Wiederherstellung der Gewohnheitsrechte, wie sie zur Zeit Ludwigs des Heiligen bestanden hatten; sie wollten in eine Vergangenheit zurückkehren, in der sie sich nur vor ihrer örtlichen Gerichtsbarkeit zu verantworten hatten, nach Gutdünken ihre eigenen Kriege führten und so gut wie keine Steuern bezahlten. Zum zweiten forderten sie eine Verwaltungsreform und im besonderen die Abberufung von Mahauts Kanzler, Thierry d'Hirson, der ihnen ein Dorn im Auge war.

Die Erfüllung ihrer Forderungen hätte Gräfin Mahaut in ihrem Erbland jeglicher Autorität beraubt, was ihr Neffe Robert von Herzen wünschte.

Mahaut war jedoch nicht die Frau, die sich rupfen ließ. Mit List und Redegewandtheit, mit Versprechungen, die sie nicht zu halten gedachte, mit scheinbarer Nachgiebigkeit, die sie am nächsten Tag wieder rückgängig machte, versuchte sie, um jeden Preis Zeit zu gewinnen. Die Gewohnheitsrechte? Gewiß würde sie die Ausübung der Gewohnheitsrechte zugestehen. Allerdings mußte sie zu diesem Zweck Nachforschungen anstellen lassen, damit man auch genau wüßte, welche Gewohnheitsrechte in jeder einzelnen Grundherrschaft des Landes bestanden hatten. Ihre Verwalter? Wenn sie versagt oder ihr Amt mißbraucht hatten, so würde man sie gnadenlos bestrafen. Auch in diesem Fall würden Untersuchungen durchgeführt werden . . . Und dann wurde der Streit vor den König getragen, der nichts davon verstand und seine eigenen Sorgen im Kopf hatte, während ihm eine Flut juristischer Argumente um die Ohren brauste. Gräfin Mahaut gab zu, daß die Klagen Meister Gérard Kierez' berechtigt waren; sie bewies ihren offensichtlichen guten Willen. Sie würde sich genauestens unterrichten, und dann konnte man schon bald in Bapaume eine Zusammenkunft verabreden . . . Warum gerade in Bapaume? Weil Bapaume ihr gehörte, weil sie dort eine Besatzung unterhielt . . . sie bestand auf Bapaume. Und dann kam sie am festgesetzten Tag doch nicht nach Bapaume, weil sie nach Reims zur Krönung mußte . . . Nach der Krönung hatte sie die versprochene Unterredung vergessen. Aber sie würde so bald wie möglich ins Artois kommen; man möge sich noch gedulden. Die Untersuchungen nahmen ihren Lauf, das heißt, daß Büttel, die in Mahauts Sold standen, unter Androhung von Stockhieben, Gefängnis oder dem Galgen Zeugenaussagen zugunsten der Verwaltung des Kanonikus-Kanzlers Thierry d'Hirson erpreßten.

Den Adeligen schwoll der Kamm; sie gingen zur offenen Rebellion über und verboten Thierry, der in Paris bei der Gräfin weilte, bei Todesstrafe, sich jemals wieder im Artois zu zeigen. Dann zitierten sie den anderen Hirson herbei, Denis, den Schatzmeister, der töricht genug war zu kommen; sie hielten ihm ein Schwert an die Kehle und zwangen ihn zu dem Eid, Thierry nicht mehr als seinen Bruder anzuerkennen.

Der politische Konflikt spitzte sich auf eine endgültige Abrechnung zu. Die Dinge nahmen eine so gefährliche Entwicklung, daß Ludwig X. bis Arras zog. Er wollte Schiedsrichter spielen. Er konnte jedoch nicht viel ausrichten, denn er hatte keine Armee mehr. Das einzige

Banner, das noch unter den Waffen stand, war ausgerechnet die Truppe der Aufständischen.

Am 19. September glaubten die Leute Mahauts den Zeitpunkt gekommen, um de Souastre und de Caumont überraschend festzunehmen, zwei Haudegen, die einander vortrefflich ergänzten; der eine besaß ein großes Maul und der andere Bärenkräfte; sie schienen die Führung des Aufstandes übernommen zu haben. Souastre und Caumont wurden ins Gefängnis geworfen. Robert von Artois brachte ihren Fall unverzüglich vor den König.

»Sire, mein Cousin«, sagte er, »ich habe mit der ganzen Sache nichts zu tun; Ihr wißt es, denn ich bin auf gemeine Weise um meine Erbschaft gebracht worden, über die jetzt meine Tante Mahaut herrscht, und zwar, wie man zugeben muß, mehr schlecht als recht. Aber wenn man Souastre und Caumont im Kerker festhalten sollte, so wäre ein Krieg im Artois unvermeidlich. Ich gebe Euch dies zu bedenken, da ich stets nur Euer Bestes will.«

Der Graf von Poitiers zog nach der anderen Seite:

»Es mag ungeschickt gewesen sein, diese beiden Herren festzunehmen, es wäre jedoch eine weit verhängnisvollere Ungeschicklichkeit, sie jetzt wieder freizulassen. Ihr würdet dadurch im ganzen Reich die Unzufriedenheit schüren; es würde Eure Autorität untergraben, mein Bruder.«

Karl von Valois ereiferte sich:

»Es dürfte genügen, mein Neffe«, rief er ihm zu, »daß Ihr Eure Gemahlin wiederbekommt, die in diesen Tagen aus Dourdan entlassen wird. Verfechtet jetzt nicht auch noch die Sache ihrer Mutter. Ihr könnt nicht vom König verlangen, daß er die Gefängnistore öffnet für alle, die Ihr freibekommen möchtet; und sie hinter all denen schließt, die Euch mißliebig sind.«

»Ich sehe keinen Zusammenhang, Onkel«, erwiderte Philipp.

»Ich sehe ihn, und man könnte wahrhaftig glauben, daß Ihr unter dem Einfluß der Gräfin Mahaut handelt.«

Schließlich befahl der Zänker Gräfin Mahaut, die beiden gefangenen Adeligen freizulassen. Unter den Anhängern der Gräfin ging ein boshaftes Wortspiel von Mund zu Mund: »Unser König Ludwig kennt nur noch Klementia*.«

Souastre und Caumont gingen aus ihrer einwöchigen Haft mit dem Heiligenschein von Märtyrern hervor. Am 26. September beriefen sie in Saint-Pol alle ihre Parteigänger zusammen, die sich jetzt »die Verbündeten« nannten. Souastre redete wie ein Wasserfall, und die Derbheit seiner Sprache, die Maßlosigkeit seiner Vorschläge rissen

* clementia, lat. = Milde.

die Zuhörer mit. Man müsse die Abgabenzahlung verweigern und die Profose, Steuereinnehmer und alle Beauftragte, Büttel oder Vertreter der Gräfin aufhängen, zuallererst natürlich die Familie Hirson.

Der König hatte zwei seiner Ratgeber, Guillaume Flotte und Guillaume Paumier, ausgeschickt, die den Frieden predigen und ein neuerliches Treffen in Compiègne aushandeln sollten. Die »Verbündeten« waren im Prinzip mit einem solchen Treffen einverstanden; kaum hatten die beiden Guillaume die Sitzung verlassen, als ein Bote Roberts von Artois eintraf, keuchend und schweißgebadet von dem Parforceritt, den er hinter sich hatte.

Er überbrachte den Baronen nur eine Nachricht: Gräfin Mahaut war in aller Heimlichkeit von Paris abgereist und würde selbst ins Artois kommen; übermorgen sollte sie im Herrenhaus von Vitz bei Denis d'Hirson eintreffen.

Als Jean de Fiennes diese Botschaft verkündet hatte, schrie Souastre: »Nun wissen wir, meine Herren, was wir zu tun haben.«

In jener Nacht hallten die Straßen des Artois wider von Pferdegetrappel und Waffengeklirr.

Die Gräfin von Poitiers

Der große Prachtreisewagen, der reich geschnitzt, vergoldet und bemalt war, glitt zwischen den Bäumen dahin. Er war so lang, daß er die Biegungen zuweilen in zwei Anläufen nehmen mußte, und die Begleitmannschaft stieg häufig ab, um bei Steigungen hinten zu schieben.

Obgleich der riesige Eichenkasten unmittelbar auf den Achsen ruhte, verspürte man im Wageninneren nicht allzuviel von der Holprigkeit der Wege, denn alles war mit Kissen und übereinandergelegten Teppichen gepolstert. Sechs Frauen saßen in diesem Gehäuse wie in einem Zimmer; sie schwatzten, spielten mit Knöchelchen oder gaben einander Rätsel auf. Man hörte, wie die Zweige das Wagendach streiften.

Johanna von Poitiers schlug den Vorhang zurück, der mit den Lilien und den drei goldenen Schlössern bestickt war, die das Familienwappen der Artois darstellten.

»Wo sind wir?« fragte sie.

»Wir fahren an der Authie entlang, Madame«, antwortete Béatrice d'Hirson. »Gerade haben wir Auxi-le-Château passiert. In einer knappen Stunde werden wir in Vitz bei meinem Onkel Denis sein, der uns erwartet und sich sehr freuen wird, Euch wiederzusehen. Und vielleicht ist auch Madame Mahaut schon dort, zusammen mit Eurem Gemahl.«

Johanna von Poitiers betrachtete die Landschaft, die noch grünen Bäume, die Wiesen, wo die Bauern ein spärliches Grummet abmähten. Alles war überflutet von Sonnenlicht, denn das Wetter war, wie so oft nach einem verregneten Sommer, gegen Ende dieses September noch schön geworden.

»Madame Johanna, ich bitte Euch, beugt Euch nicht dauernd aus dem Wagen«, mahnte Béatrice. »Madame Mahaut hat ausdrücklich geraten, Ihr solltet Euch nicht zeigen, solange wir uns im Artois befinden.«

Johanna konnte sich jedoch nicht beherrschen. Schauen! Seit acht Tagen, seit sie aus dem Gefängnis gekommen war, tat sie nichts anderes. Wie ein ausgehungerter Mensch sich mit Nahrung vollstopft und nicht glaubt, je wieder satt zu werden, so ergriff sie mit den Augen wieder Besitz von der Welt. Die Blätter an den Bäumen, die leichten Wölkchen, ein Glockenturm, der sich in der Ferne abzeichnete, der Flug eines Vogels, das Gras an den Hängen, alles erschien ihr in überirdischem Glanz, weil sie wieder frei war.

Als die Tore des Schlosses Dourdan sich vor ihr geöffnet hatten, als der Hauptmann der Besatzung sich tief vor ihr verneigt, ihr eine glückliche Reise gewünscht und versichert hatte, welche Ehre ihr Besuch für ihn gewesen sei, war Johanna von einem Schwindelgefühl ergriffen worden.

»Werde ich mich je wieder an die Freiheit gewöhnen?« dachte sie.

In Paris erwartete sie eine Enttäuschung. Ihre Mutter hatte Hals über Kopf ins Artois reisen müssen. Sie hatte jedoch ihren Reisewagen, einige ihrer Gesellschafterinnen und zahlreiche Diener für Johanna zurückgelassen.

Während Schneider, Näherinnen und Stickerinnen in größter Eile wieder eine Garderobe für sie fertigten, benützte Johanna den mehrtägigen Aufenthalt, um in Begleitung Béatrices durch die Hauptstadt zu spazieren. Sie fühlte sich wie eine Fremde, die vom anderen Ende der Welt gekommen war und höchlichst staunte über alles, was sich hier ihren Blicken bot. Die Straßen! Sie wurde des Schauspiels dieser Straßen nicht müde. Die Auslagen der Galerie Mercière, die Läden am Quai des Orfèvres! . . . Sie hätte am liebsten alles angefaßt, alles gekauft. Obgleich sie die unnahbare, beherrschte Haltung, die ihr stets eigen gewesen war, beibehielt, strahlten ihre Augen, sie empfand ein körperliches Vergnügen bei der Berührung der Brokate, der Perlen, des Goldgeräts. Und dennoch gelang es ihr nicht, die Erinnerung daran zu verjagen, wie sie einst dieselben Läden zusammen mit

Margarete von Burgund, Blanche und den Brüdern Aunay besucht hatte.

»In meinem Gefängnis habe ich mir geschworen«, dachte sie, »daß ich, sollte ich je wieder frei werden, meine Zeit nicht mit Nichtigkeiten verschwenden würde. Und früher lag mir auch nicht soviel an dergleichen Tand! Woher kommt nur dieses übermäßige Verlangen?«

Sie musterte eingehend die Toiletten der Damen, um sich die neuen, modischen Einzelheiten und Charakteristika einzuprägen, die in diesem Jahr die Hauben, Kleider und Überkleider kennzeichneten. Sie versuchte, in den Augen der Männer zu lesen, ob sie noch immer gefallen konnte. Die stummen Komplimente, die ihr zuteil wurden, die Art, wie die jungen Leute sich nach ihr umdrehten, wenn sie vorüberging, konnten sie vollauf beruhigen. Sie fand eine heuchlerische Entschuldigung für ihre Koketterie: »Ich muß doch wissen«, dachte sie, »ob mich mein Gemahl noch immer liebenswert finden kann.«

Sie hatte tatsächlich die sechzehnmonatige Haft ohne körperliche Schäden überstanden. Die Behandlung in Dourdan war mit der in Château-Gaillard nicht zu vergleichen. Johanna war lediglich ein wenig blasser als früher, was sie in gewissem Sinn verschönte, denn die Sommersprossen waren aus ihrem Gesicht verschwunden. Unter den falschen Zöpfen, die über ihre Ohren gesteckt waren – »die Frauen, die dünnes Haar haben, stecken sich auch welche an«, hatte Béatrice d'Hirson sie getröstet –, hielt ihr Hals, der schönste Hals des Reiches, noch mit derselben Anmut das kleine Köpfchen mit den hohen Bakkenknochen und den nach den Schläfen hin etwas langgezogenen blauen Augen. Ihr Gang erinnerte an das geschmeidige Schreiten der hellen Windhunde aus der Berberei. Johanna hatte wenig Ähnlichkeit mit ihrer Mutter, mit Ausnahme ihrer unverwüstlichen Gesundheit. Äußerlich schlug sie mehr dem verstorbenen Pfalzgrafen nach, der eine äußerst elegante Erscheinung gewesen war.

Nun, da sie so kurz vor dem Ziel ihrer Reise war, fühlte Johanna, wie ihre Ungeduld wuchs; diese letzten Stunden kamen ihr länger vor als die verflossenen Monate. Gingen die Pferde nicht langsamer als zuvor? Konnte man die Kutscher nicht zur Eile antreiben?

»Ach, Madame, auch ich sehne mich nach der Ankunft, wenn auch nicht aus den gleichen Gründen wie Ihr«, sagte eine der Ehrendamen, die in der anderen Wagenecke saß.

Die Dame, Madame de Beaumont, war im sechsten Monat ihrer Schwangerschaft. Die Reise wurde ihr allmählich recht beschwerlich; manchmal senkte sie den Blick auf ihren Leib und seufzte so tief, daß die anderen Frauen lachen mußten.

Johanna von Poitiers fragte Béatrice leise:

»Weißt du ganz sicher, daß mein Gemahl während dieser langen Zeit sich nicht anderweitig schadlos hielt? Hast du mich nicht belogen?«

»Aber nein, Madame, ich versichere es Euch. Und selbst wenn Monseigneur von Poitiers ein Auge auf andere Frauen geworfen hätte, so würde er sie jetzt alle vergessen, denn er hat den Liebestrank getrunken, der ihn Euch völlig zurückgibt. Bedenkt doch, daß er selbst vom König Eure Freilassung erbeten hat! . . .«

»Und wenn er eine Mätresse haben sollte, was kümmert's mich, ich werde mich damit abfinden. Ein Mann, selbst wenn man ihn mit einer anderen teilen muß, ist auf jeden Fall besser als das Gefängnis«, sagte sich Johanna. Wieder zog sie den Vorhang zurück, als könne sie damit die Gangart der Pferde beschleunigen.

»Ich flehe Euch an, Madame«, warnte Béatrice von neuem, »zeigt Euch nicht so viel. Wir sind hier im Augenblick nicht sehr beliebt.«

»Aber die Leute scheinen doch äußerst freundlich gesinnt. Sehen diese Bauern, die uns da grüßen, nicht ganz einnehmend aus?« erwiderte Johanna.

Sie ließ den Vorhang fallen. Sie sah nicht, wie die drei Bauern, die soeben noch mit tiefer Verbeugung gegrüßt hatten, ins Unterholz liefen und, sobald der Reisewagen verschwunden war, ihre Pferde losbanden und im Galopp davonritten.

Kurz darauf fuhr der Wagen in den Hof des Herrenhauses von Vitz ein; die Geduld der Gräfin von Poitiers wurde neuerdings auf eine harte Probe gestellt. Johanna hatte geglaubt, in die Arme ihrer Mutter zu sinken und, vor allem, hier ihren Gemahl wiederzufinden. Statt dessen kam ihr Denis d'Hirson mit der Nachricht entgegen, daß weder die Gräfin von Artois noch der Graf von Poitiers gekommen seien und daß sie im Schloß von Hesdin, zehn Meilen weiter nördlich, auf sie warteten. Johanna erbleichte.

»Was bedeutet das?« fragte sie Béatrice heimlich. »Sieht es nicht aus, als wollten sie ein Zusammentreffen mit mir vermeiden?«

Und eine plötzliche Angst überfiel sie. Diese ganze Reise, das Blut, das ihrem Arm entnommen worden war, der Liebestrank, die Ehrenbezeigungen des Wachhauptmanns von Dourdan, gehörte das alles am Ende zu einer Komödie, in der Béatrice die Rolle der »Schurkin« übernommen hatte? Schließlich besaß Johanna keinen Beweis dafür, daß Ihr Gemahl sie hatte kommen lassen. Sollte sie nicht bloß von einem Gefängnis in ein anderes gebracht werden, wobei man dieser Überführung aus geheimnisvollen Gründen den Anstrich einer Befreiung verlieh? Wenn man nicht . . . wenn man nicht, und Johanna zitterte vor dem Gedanken an das Schlimmste, überhaupt beschlossen hatte, sie aus dem Wege zu räumen, nachdem man sie vorsichtshalber in Paris und im Artois herumgezeigt hatte, frei und in Gnaden wieder aufgenommen. Béatrice hatte ihr erzählt, wie Margarete von Burgund gestorben war. Johanna fragte sich, ob man nicht auch sie verschwinden lassen wolle, nur eben auf andere Art und Weise.

Sie tat der Mahlzeit, die Denis d'Hirson ihr auftischen ließ, wenig Ehre an. Das Glücksgefühl, das sie seit einer Woche durchströmt hatte, war plötzlich der quälendsten Angst gewichen, und sie suchte ihr Schicksal von den Gesichtern ihrer Begleiter abzulesen. Die schöne Béatrice und der Schatzmeister, ihr Onkel, schienen sich trefflich zu verstehen; sie hatten einander bei der Ankunft ein wenig länger umarmt, als zwischen Verwandten üblich war. Und außerdem waren zwei Edelleute anwesend, die recht verlegene Mienen zur Schau trugen, die Herren de Liques und de Nédonchel; man hatte sie Johanna als ihre Begleiter auf dem Wege nach Hesdin vorgestellt. Würden sie sich nicht an irgendeiner Wegbiegung eines blutigen Auftrags entledigen?

Niemand sprach zu Johanna über ihre Entlassung; alle taten, als sei sie nie im Gefängnis gewesen, aber nicht einmal dadurch fühlte sie sich beruhigt. Die Unterhaltungen, von denen sie nichts verstand, drehten sich ausschließlich um die Lage im Artois, die umstrittenen Gewohnheitsrechte, um das Treffen in Compiègne, das die Abgesandten des Königs vorgeschlagen hatten, um die Wirren, die Souastre, Caumont und Jean de Fiennes schürten.

»Habt Ihr unterwegs keine Unruhen wahrgenommen, Madame, keine Ansammlungen von Bewaffneten?« fragte Denis d'Hirson.

»Ich habe nichts dergleichen gesehen, Messire Denis«, erwiderte Johanna, »das ganze Land schien ruhig zu sein.«

»Dennoch hat man mir gemeldet, daß gestern und heute nacht allerlei vor sich ging; zwei unserer Profosen sind heute morgen angegriffen worden.«

Johanna neigte immer mehr zu der Ansicht, daß dieses ganze Gerede nur ihr Mißtrauen einschläfern sollte. Sie hatte den Eindruck, als zöge ein unsichtbares Netz sich immer enger um sie zusammen. Sie überlegte, wie sie entkommen könnte. Aber wohin sollte sie gehen? Wer könnte ihr helfen? Sie war allein, schrecklich allein, und sah sich in der Runde um, ohne einen Menschen zu finden, der ihr Verbündeter zu sein schien.

Die schwangere Dame aß mit ungewöhnlicher Gefräßigkeit und seufzte immer wieder tief, wenn sie auf ihren Leib blickte.

»Gräfin Mahaut wird nachgeben müssen, davon bin ich überzeugt, Messire Denis«, sagte Herr de Nédonchel, ein Mann mit langen Zähnen, gelber Gesichtsfarbe und gebeugten Schultern. »Macht von dem Einfluß Gebrauch, den Ihr auf sie habt. Sie soll wenigstens teilweise nachgeben. Sie soll Euren Bruder entlassen, so ungern wir es Euch sagen, oder wenigstens so tun, als entließe sie ihn, denn die ›Verbündeten‹ werden keinesfalls zu Verhandlungen bereit sein, solange er Kanzler ist. Wir selbst, das könnt Ihr mir glauben, begeben uns in große Gefahr, wenn wir der Gräfin treu bleiben, während wir vorgeben, mit den übrigen Baronen gemeinsame Sache zu machen. Je länger sie wartet, desto fester bekommt Robert die Barone in die Hand.«

In diesem Augenblick kam ein Büttel, barhäuptig und ganz außer Atem, in den Saal gelaufen.

»Was gibt es, Cornillot?« fragte Denis d'Hirson.

Der Büttel flüsterte Denis d'Hirson abgehackte Sätze ins Ohr. Denis wurde totenbleich, schlug das Tischtuch zurück, das über seinen Knien lag, und sprang von der Bank auf:

»Einen Augenblick, Messeigneurs, ich muß nachsehen . . .«, sagte er.

Und er schoß durch eine der Nebentüren des Saales hinaus, gefolgt von Cornillot, der sich an seine Fersen heftete. Man hörte ihn rufen: »Mein Schwert, mein Schwert . . .«

Dann verklangen seine hastigen Schritte auf der Treppe. Unmittelbar darauf – die Tafelrunde hatte sich noch nicht von ihrer Überraschung erholt – klang ein gewaltiger Lärm vom Hof herauf. Man hätte glauben können, eine ganze Armee komme im Galopp hereingeritten. Ein Hund, der wohl einen Huftritt abbekommen hatte, heulte zum Erbarmen. Liques und Nédonchel stürzten an die Fenster, die Gesellschafterinnen der Gräfin von Poitiers drängten sich in einer Ecke des Saales wie ein Schwarm Perlhühner zusammen. Nur Béatrice d'Hirson und die schwangere Dame, deren Gesicht eine ungesunde Farbe angenommen hatte, waren bei Johanna geblieben.

»Ein Hinterhalt«, dachte Johanna von Poitiers. An der Art, wie Béatrice sich an sie drängte und wie ihre Hände zitterten, erkannte Johanna, daß sie mit den Angreifern bestimmt nicht unter einer Decke steckte. Aber dadurch wurde die Lage nicht rosiger, und zum Nachdenken blieb ohnehin keine Zeit.

Die Tür flog auf und etwa zwanzig Barone, angeführt von Souastre und Caumont, stürmten mit dem Schwert in der Hand herein und brüllten:

»Wo ist der Verräter, wo ist der Verräter? Wo versteckt er sich?«

Dann stutzten sie vor dem Schauspiel, das sich ihnen bot. Sie hatten mehrere Gründe, überrascht zu sein. Einmal war Denis d'Hirson nicht da, mit dessen Anwesenheit sie bestimmt gerechnet hatten; er war

verschwunden wie hinter dem Schleier eines Zauberers. Und dann
diese Herde von Frauen, die angstvoll aufschrien und einer Ohnmacht
nahe waren, sich aneinanderdrängten und sich bereits einer allgemeinen Vergewaltigung ausgeliefert sahen. Und vor allem die Gegenwart
von Liques und Nédonchel, die sie für ihre Verbündeten gehalten hatten; noch vorgestern hatten diese beiden Ritter in Saint-Pol zu den
Verschwörern gehört, und nun fanden sie sie hier, wie sie in einem
Haus im feindlichen Lager tafelten.

Die Abtrünnigen wurden mit Schmährufen überhäuft; wieviel hatte
man ihnen für ihren Eidbruch geboten? Hatten sie sich an die Hirson
für dreißig Silberlinge verkauft? Und Souastre schlug mit seinem
Eisenhandschuh in das lange, gelbe Gesicht Nédonchels, dessen Mund
sogleich zu bluten anfing.

Liques wollte erklären, sich rechtfertigen.

»Wir sind hierhergekommen, um für unsere Sache zu plädieren; wir
wollten Menschenopfer und unnötige Verwüstungen vermeiden. Wir
waren im besten Zuge, durch unsere Worte mehr zu erreichen als Ihr
mit Euren Schwertern.«

Er wurde durch Schimpfkanonaden zum Schweigen gebracht. Aus
dem Hof drang der Lärm der übrigen »Verbündeten« herauf, die unten warteten. Es waren nicht weniger als hundert.

»Sagt meinen Namen nicht«, flüsterte Béatrice der Gräfin von Poitiers zu, »sie sind hinter meinen Onkeln her.«

Die schwangere Dame erlitt einen Nervenschock und krümmte sich
auf ihrer Bank.

»Wo ist Gräfin Mahaut? . . . Sie muß uns anhören! . . . Wir wissen,
daß sie hier ist, wir sind ihrem Reisewagen bis hierher gefolgt!«
schrien die Barone.

Johanna von Poitiers begann zu begreifen, daß diese Schreier es nicht
auf sie abgesehen hatten, daß nicht ihr Leben bedroht war. Nachdem
sie den ersten Schrecken überwunden hatte, stieg Zorn in ihr auf.
Trotz der sechzehnmonatigen Haft begann jäh das Blut der Artois mit
all seinem Ungestüm in ihren Adern zu kreisen.

»Ich bin die Gräfin von Poitiers, und ich reise in dem Wagen meiner
Mutter«, rief sie. »Und ich weiß es wenig zu schätzen, wenn man mit
solchem Lärm an einem Ort eindringt, wo ich mich aufhalte.«

Da die Aufständischen nichts von ihrer Freilassung gewußt hatten,
brachte diese unerwartete Neuigkeit sie für kurze Zeit zum Schweigen. Sie fielen entschieden von einer Überraschung in die andere.
Diejenigen unter ihnen, die Johanna bereits früher gesehen hatten,
erkannten sie wieder.

»Wollt Ihr mir Eure Namen nennen«, fuhr Johanna fort, »denn ich bin gewöhnt, nur mit Leuten zu sprechen, die mir vorgestellt wurden, und unter Euren Kriegsharnischen kann ich nicht erkennen, wer Ihr seid.«

»Ich bin der Herr de Souastre«, antwortete der Anführer mit den buschigen roten Brauen, »und das ist mein Freund Caumont; und hier sind Saint-Venant und Jean de Fiennes, und Messire de Longvillers; und wir suchen Gräfin Mahaut . . .«

»Wie?« fiel Johanna ihm ins Wort. »Ich höre lauter Namen von Edelleuten! Das hätte ich nicht gedacht, nach dem, wie Ihr mit Damen umgeht, die Ihr doch beschützen und nicht überfallen solltet! Seht Madame de Beaumont an, deren Niederkunft nahe bevorsteht und die Ihr so erschreckt habt, daß sie ohnmächtig wurde. Schämt Ihr Euch nicht?«

Die Haltung der Barone wurde unsicher. Johanna war schön, und die Art, wie sie ihnen entgegentrat, machte ihnen Eindruck. Und außerdem war sie die Schwägerin des Königs und schien wieder in Gnaden aufgenommen zu sein. Arnaud de Longvillers versicherte ihr, daß man ihr keinen Schaden zufügen wolle, daß die Schar einzig Denis d'Hirsons habhaft werden wolle, weil er seinem Bruder abgeschworen und seinen Eid gebrochen hatte.

In Wahrheit hatten sie gehofft, Mahaut in einer Falle zu fangen und sie mit Gewalt zur Erfüllung ihrer Versprechungen zu zwingen; sie waren reichlich verdutzt über den Fehlschlag. Einige stiegen wieder zu Pferd und ritten auf die Suche nach dem Schatzmeister; die übrigen plünderten, um sich für ihr Mißgeschick zu entschädigen, das Haus.

Eine Stunde lang hallte das Herrenhaus von Vitz wider von Türenknallen, vom Krachen aufgebrochener Möbelstücke, vom Klirren zerbrochenen Geschirrs. Tapeten und Wandbehänge wurden heruntergerissen, das Silberzeug von den Kredenzen geraubt.

Dann befahlen die Aufständischen, die sich ein wenig beruhigt hatten, aber immer noch bedrohlich genug aussahen, Johanna und ihren Frauen, wieder in den großen vergoldeten Reisewagen zu steigen; Souastre und Caumont übernahmen das Kommando über die Begleitmannschaft, und die Karosse schlug den Weg nach Hesdin ein, begleitet vom stählernen Klirren der Kettenpanzer ihrer Wächter.

Jetzt konnten die Verbündeten sicher sein, bis zur Gräfin von Artois vorzudringen.

Am Ausgang des Marktfleckens Ivergny, nach etwa einer Meile, hielt der Zug. Denis d'Hirson war gefangen worden, gerade als er durch die Sümpfe hindurch die Authie überqueren wollte. Schmutzverkrustet, verprügelt, blutig, mit schweren Ketten an Händen und Füßen, stolperte er zwischen zwei berittenen Baronen daher.

»Was werden sie mit ihm tun? Was werden sie mit ihm tun?« murmelte Béatrice. »Wie haben sie ihn zugerichtet!«

Und sie fing an, mit leiser Stimme geheimnisvolle Gebete herzusagen, die weder in französischer noch in lateinischer Sprache einen Sinn ergaben.

Nach vielem Hinundhergerede kamen die Barone überein, Denis als Geisel zu behalten und ihn in einem benachbarten Schloß gefangenzusetzen. Aber ihre mörderische Wut mußte ein Opfer haben. Sie fanden es unschwer.

Der Büttel Cornillot war zusammen mit Denis gefangen worden. Sein Unglück wollte es, daß ausgerechnet er, Cornillot, vor zehn Tagen Souastre und Caumont festgenommen hatte. Da er als Geisel wertlos war, beschloß man, auf der Stelle mit ihm abzurechnen. Sein Tod sollte als Exempel dienen und allen Handlangern Mahauts eine Warnung sein. Die einen wollten ihn aufhängen, die anderen rädern, wieder andere schlugen vor, er solle lebendig begraben werden. Sie überboten einander an Grausamkeit, indem sie vor ihm seine Todesart berieten, während er schweißgebadet vor ihnen kniete, laut schrie, daß er unschuldig sei, und um sein Leben flehte. Souastre fand eine Lösung, die alle zufriedenstellte, mit Ausnahme des Verurteilten.

Eine Leiter wurde herbeigebracht. Dann wurde Cornillot auf einen Baum gezogen und unter den Achseln aufgehängt; nachdem er eine Zeitlang unter dem schallenden Gelächter der Barone daran gezappelt hatten, schnitten sie das Seil durch, und er fiel zu Boden. Der Unglückliche brüllte mit gebrochenen Gliedern, während sein Grab geschaufelt wurde. Dann grub man ihn aufrecht stehend bis zum Kopf in die Erde.

Der Wagen der Gräfin von Poitiers wartete noch immer auf die Weiterfahrt, und die Begleiterinnen hielten sich die Ohren zu, um das Geschrei des Delinquenten nicht zu hören. Trotz ihrer Stärke fühlte die Gräfin von Poitiers ihre Sinne schwinden; sie wagte jedoch keine Einmischung, da sie fürchtete, der Zorn der Barone könne sich dann gegen sie wenden. Béatrice d'Hirson folgte trotz der eigenen mißlichen Lage allen Vorgängen mit befremdlicher Aufmerksamkeit.

Schließlich reichte Souastre einem seiner Reisigen sein großes Schwert. Die Klinge blitzte über den Boden hin, und der Kopf des Büttels Cornillot rollte ins Gras, während ein gewaltiger Blutstrom aus den durchschnittenen Adern schoß.

Als der Wagen sich wieder in Bewegung setzte, wurde die schwangere Dame von Wehen überfallen; sie brüllte vor Schmerzen, bäumte sich zurück und schlug die Röcke hoch. Es war allen klar, daß sie ihr Kind nicht austragen würde.

Hesdin war eine stattliche Festung mit einem dreifachen Mauergür-
tel, der von Gräben durchzogen war, von Türmen starrte und eine
Vielzahl von Gebäuden, Stallungen, Speichern, und Vorratskammern
umschloß. Mehrere unterirdische Gänge führten hinaus ins freie
Land.

Eine Besatzung von achthundert Bogenschützen konnte unter den
hier gegebenen Voraussetzungen und mit ausreichenden Lebensmit-
telvorräten eine mehrmonatige Belagerung leicht aushalten. Im
Inneren des dritten Hofes lagen die Wohnräume der Grafen von
Artois. Das Gebäude bestand aus mehreren Trakten, die eine Fülle
kostbarer Möbelstücke, Teppiche, Kunstgegenstände und Gold-
schmiedearbeiten bargen, die drei Generationen hier angesammelt
hatten und die ein unschätzbares Vermögen repräsentierten.

»Solange diese Festung in meinem Besitz ist«, pflegte Mahaut zu sagen, »werden meine ungebärdigen Barone nicht mit mir fertig werden. Sie werden sich die Köpfe einrennen, ehe meine Mauern nachgeben, und mein Neffe Robert täuscht sich schwer, wenn er glaubt, ich
würde ihm Hesdin jemals überlassen.«

»Hesdin gehört zu meinem rechtmäßigen Erbe«, erklärte andererseits
Robert von Artois; »meine Tante Mahaut hat es mir gestohlen wie
meine übrige Grafschaft. Aber ich werde nicht ruhen, bis ich es ihr
entrissen habe, und ihre boshafte Seele dazu.«

Als die »Verbündeten«, die noch immer Johannas Reisewagen begleiteten, bei sinkender Nacht vor der äußeren Umfassungsmauer ankamen, hatte ihre Zahl sich beträchtlich verringert. Der Herr de Journy
hatte den Zug unter dem Vorwand verlassen, er müsse die Grummet-
ernte auf seinem Gut überwachen, und der Herr de Givenchy hatte
es ihm nachgetan, da er seine Frau nicht zu lange allein lassen wollte.
Andere, deren Landsitze man sehen konnte, da sie nur einen Bogen-
schuß vom Weg entfernt lagen, waren zur Abendmahlzeit heimgerit-
ten und hatten ihre besten Freunde mitgenommen unter der Versicherung, bald wieder zurückzukommen. Auf diese Weise blieb nur
noch ein zähes Häuflein von etwa dreißig Rittern übrig; sie waren seit
drei Tagen ohne Unterlaß im Sattel gesessen. Die stählernen Rüstungen lasteten schwer auf ihren Schultern, und sie fühlten das dringende
Bedürfnis, sich zu waschen.

Ihr Zorn hatte sich an dem Büttel Cornillot Luft gemacht, dessen Kopf
sie, wie eine Trophäe, auf einer Lanzenspitze trugen.

Sie mußten eine Weile mit der vordersten Wache verhandeln, ehe sie
eingelassen wurden. Zwischen der ersten und der zweiten Umfas-

sungsmauer mußten sie wieder warten und Johanna von Poitiers mit ihnen.

Der junge Mond war an dem noch nicht ganz dunklen Himmel aufgegangen. In den Höfen von Hesdin jedoch verdichteten sich die Schatten. Alles war ruhig, zu ruhig, so schien es den Baronen. Sie wunderten sich, so wenig Bewaffnete zu sehen. Ein Pferd, das die Gegenwart der anderen Pferde gewittert hatte, wieherte im Stall.

Die Abendkühle sank herab, und Johanna erkannte die Düfte ihrer Kinderzeit wieder. Madame de Beaumont wimmerte unablässig, daß sie sterben müsse. Die Barone berieten sich untereinander. Einige fanden, sie hätten für den Augenblick genug getan, die ganze Geschichte sehe nach einer Falle aus, und es sei vorteilhafter, in größerer Anzahl später wiederzukommen. Johanna sah bereits voraus, daß sie entweder ebenfalls als Geisel mitgenommen oder hier in eine Schlacht verwickelt würde.

Endlich wurde die zweite Zugbrücke herabgelassen, dann die dritte. Die Barone zögerten.

»Weißt du ganz bestimmt, daß meine Mutter hier ist?« flüsterte Johanna Béatrice d'Hirson zu.

»Ich schwöre es Euch bei meinem Leben, Madame, und ich wünsche nicht weniger als Ihr, endlich bei Ihr zu sein.«

Jetzt beugte sich Johanna aus dem Wagen.

»Nun, Messeigneurs!« sagte sie. »Wo ist Euer Eifer, mit Eurer Lehensherrin zu sprechen, habt Ihr ihn verloren und Euren Mut dazu, nun, da Ihr der Gräfin gegenübertreten sollt?«

Diese Worte gaben den Ausschlag; um sich nicht in den Augen einer Frau verächtlich zu machen, ritten die Barone in den dritten Hof ein, wo sie absaßen.

Mag man noch so sehr auf ein Ereignis vorbereitet sein, es tritt doch immer auf eine unerwartete Weise ein.

Johanna von Poitiers hatte sich auf zwanzigerlei Arten den Augenblick ihrer Begegnung mit ihren Lieben ausgemalt. Sie war auf alles gefaßt, auf die eisige Begrüßung, die einer begnadigten Sünderin entgegengebracht wird, auf eine große, offizielle Versöhnungsfeier, auf einen Empfang im kleinsten Kreise voll Herzlichkeit und Umarmungen. Für jeden dieser Fälle hatte sie sich eine bestimmte Haltung zurechtgelegt und ihre Worte vorbereitet. Aber es wäre ihr nicht in den Sinn gekommen, daß sie in ihrem Familienschloß eintreffen würde, begleitet von den Wirren des Bürgerkrieges und mit einer Hofdame im Reisewagen, die jeden Augenblick niederkommen konnte.

Als Johanna den großen, von Kerzen erleuchteten Saal betrat, wo Gräfin Mahaut in aufrechter Haltung, mit verschränkten Armen und fest zusammengepreßten Lippen ihren Baronen entgegenblickte, waren ihre ersten Worte:

»Mutter, Madame de Beaumont braucht Hilfe, sie hat eine Frühgeburt. Eure Vasallen haben sie so sehr erschreckt.«

Sogleich schickte die Gräfin ihr Patenkind Mahaut d'Hirson, eine Schwester Béatrices – die gesamte Familie Hirson gehörte zu ihrer Hofhaltung: Pierre war Amtmann von Arras, Guillaume war Truchseß, drei weitere Neffen und Nichten waren ebenfalls bereits mit Sinekuren versorgt –, nach Meister Hermant und Meister de Pavilly, ihren Leibärzten, damit sie sich der Kranken annähmen. Dann schob sie die Ärmel zurück und wandte sich an die Barone:

»Sind das, Ihr ungetreuen Herren, ritterliche Taten, daß Ihr Euch meiner edlen Tochter und der Damen ihres Gefolges bemächtigt, und glaubt Ihr, mich damit niederzwingen zu können? Was würdet Ihr sagen, wenn Euren Frauen und Jungfrauen bei einer Reise über Land ähnliches zustieße? Los, antwortet, und sagt mir, was Ihr zur Entschuldigung Eurer Freveltaten vorzubringen habt, für die ich beim König Bestrafung fordern werde!«

Die Barone stießen Souastre an und flüsterten ihm zu:

»Rede! Sage, was du sagen sollst . . .«

Souastre räusperte sich und kratzte seinen drei Tage alten Stoppelbart. Er hatte so viel gesprochen und gepoltert, auf so vielen Versammlungen die anderen aufgestachelt, daß er nun, im entscheidenden Moment, nichts mehr zu sagen wußte.

»Je nun, Madame«, begann er, »wir möchten wissen, ob Ihr endlich Euren schlechten Kanzler entlaßt, der unsere Eingaben verschwinden läßt; und ob Ihr uns die Gewohnheitsrechte wieder einräumt, wie sie zur Zeit des heiligen Ludwigs unangetastet bestanden haben . . .«

Er unterbrach sich, denn jemand betrat das Zimmer. Dieser Neuankömmling war der Graf von Poitiers. Den Kopf leicht auf die Schulter geneigt, schritt er mit großen, ruhigen Schritten vorwärts. Die Barone, die nur kleine Grundherren waren und keineswegs erwartet hatten, daß plötzlich der Bruder des Königs hier auftauchen würde, drängten sich eng aneinander.

»Messeigneurs . . .«, sagte der Graf von Poitiers.

Er hielt inne, denn er hatte Johanna erblickt.

Er ging zu ihr und küßte sie mit der größten Selbstverständlichkeit vor allen Anwesenden auf den Mund, um dadurch deutlich zu bekunden, daß seine Gemahlin wieder in Gnaden aufgenommen war und für ihn die Interessen Mahauts zur Familienangelegenheit wurden.

»Messeigneurs«, sagte er, »ich sehe, Ihr seid unzufrieden. Nun, wir auch! Wenn wir uns nun beiderseits auf unsere Ansichten versteifen, wenn wir Gewalt anwenden, so werden wir nie zu einem Ergebnis kommen, das beide Seiten gleichermaßen befriedigt . . . Ah! Ich erkenne Euch, Messire de Balliencourt; ich habe Euch bei der Armee gesehen. Immer wohlauf? . . . Die Gewaltanwendung ist der letzte Ausweg für Leute, die nicht zu denken vermögen . . . Ich begrüße Euch, Messire de Caumont.«

Dabei ging er von einem zum anderen, schaute jedem fest in die Augen, begrüßte mit Namen diejenigen, an deren Gesichter er sich erinnerte, und hielt ihnen die Hand hin, mit dem Handrücken nach oben, damit sie als Zeichen ihrer Ehrerbietung die Lippen darauf drücken konnten.

»Wenn die Gräfin von Artois Euch für Eure Treulosigkeit ihr gegenüber bestrafen wollte, so wäre ihr dies ein leichtes. Seht doch, Messire de Souastre, schaut aus diesem Fenster und sagt mir, ob Ihr große Aussichten hättet, davonzukommen?«

Einige Barone traten an die Fenster und sahen, daß die Mauern plötzlich gespickt waren mit Helmen, die sich von der Dunkelheit abhoben. Eine Kompanie Bogenschützen hatte im Hof Aufstellung genommen, und Sergeanten hielten sich bereit, auf ein Zeichen die Zugbrücken hochzuziehen und die Fallgatter zu schließen.

»Fliehen wir, falls noch Zeit dazu ist!« murmelten einige Barone.

»Aber nein, Messeigneurs, flieht nicht«, sagte der Graf von Poitiers. »Ihr kämt nicht über die zweite Mauer hinaus. Ich sage Euch nochmals, wir wollen nicht Gewalt gegen Euch anwenden, und ich bitte Eure Lehensherrin, nicht die Waffen gegen Euch zu richten. Nicht wahr, Mutter?«

Gräfin Mahaut nickte eine kurze Bestätigung.

»Wir wollen versuchen, unsere Meinungsverschiedenheiten auf anderem Wege beizulegen«, fuhr Poitiers fort und setzte sich.

Er forderte die Barone ebenfalls auf, Platz zu nehmen, und ließ Getränke bringen.

Da nicht genügend Sitzplätze für alle vorhanden waren, ließen einige sich sogar auf dem Fußboden nieder. Die wechselweise Anwendung von Drohungen und Höflichkeit verwirrte sie.

Philipp von Poitiers redete lange auf sie ein. Er bewies ihnen, daß ein Bürgerkrieg nur Unglück bringe, daß sie zwar Untertanen der Gräfin Mahaut, aber in erster Linie Untertanen des Königs seien und sich dem Schiedsspruch des Herrschers unterwerfen müßten. Der König hatte zwei Unterhändler abgesandt, Messire Flotte und Messire Paumier, die einen Waffenstillstand abschließen sollten. Warum hatten sie den Waffenstillstand abgelehnt?

»Wir hatten kein Vertrauen mehr zu Gräfin Mahaut«, erwiderte Jean de Fiennes.

»Der Waffenstillstand war Euch im Namen des Königs angeboten worden; also tut Ihr dem König den Schimpf an, sein Wort in Zweifel zu ziehen.«

»Aber Monseigneur von Artois hatte uns versichert . . .«

»Ah! Genau das habe ich erwartet! Hütet Euch, meine guten Herren, den Ratschlägen Monseigneur Roberts ein allzu geneigtes Ohr zu leihen. Er gebraucht allzuleicht den Namen des Königs zum Vorwand, um Euch für seine eigene Rechnung arbeiten zu lassen; er setzt dafür vielleicht sein Geld ein, aber kaum seine Person. Unser Vetter Artois hat schon vor sechs Jahren seinen Prozeß gegen Madame Mahaut verloren, der König, mein Vater, Gott sei seiner Seele gnädig, hat selbst das Urteil gesprochen. Was in dieser Grafschaft geschieht, geht nur Euch, die Gräfin und den König etwas an.«

Johanna von Poitiers beobachtete ihren Gemahl. Glücklich lauschte sie dem gleichmäßigen Tonfall seiner Stimme. Sie erkannte seine besondere Art wieder, plötzlich die Lider zu heben, um einem Satz Nachdruck zu verleihen, und jene Lässigkeit der Haltung, unter der sich, wie sie nun wußte, seine Stärke verbarg. Er erschien ihr seltsam gereift. Philipps Züge waren jetzt stärker ausgeprägt. Die große, magere Nase sprang schärfer hervor; das Gesicht nahm allmählich seinen endgültigen Schnitt an. Gleichzeitig schien Philipp einen besonderen Einfluß erworben zu haben, als sei nach dem Tode seines Vaters ein Teil von dessen angeborener Herrschergabe auf ihn übergegangen.

Nach einer guten Stunde dauernden Unterhandelns hatte der Graf von Poitiers erreicht, was er wollte, oder wenigstens das Maximum dessen, was zu erreichen war. Denis d'Hirson würde freigelassen werden; Thierry sollte vorläufig den Fuß nicht wieder ins Artois setzen, aber die Verwaltung der Gräfin sollte bis zum Abschluß der Untersuchungen bestehenbleiben. Der Kopf des Büttels Cornillot sollte unverzüglich den Seinigen zurückgegeben werden, um ein christliches Begräbnis zu erhalten . . . denn, sagte der Graf von Poitiers:

»Ihr habt gehandelt, wie man es von Ungläubigen erwarten könnte, aber nicht von Verteidigern des wahren Glaubens. Derartige Taten öffnen der Vergeltung Tür und Tor, und Ihr würdet ihr bald selbst zum Opfer fallen.«

Die Herren de Liques und de Nédonchel sollten in Frieden gelassen werden, denn sie hatten nur das Wohl aller im Auge gehabt und sinnloses Blutvergießen vermeiden wollen. Die Frauen und Jungfrauen würden von beiden Parteien geachtet werden, wie es sich in einem ritterlichen Lande geziemte. Und schließlich wollte man sich nach

Ablauf von zwei Wochen, also am 7. Oktober, in Arras wieder treffen, um einen Waffenstillstand zu schließen, der dann zu der berühmten und so oft verschobenen Konferenz von Compiègne führen sollte, die endgültig für den 15. November festgesetzt wurde. Sollte es den beiden Guillaume, Flotte und Paumier, nicht gelingen, die Barone dem Willen des Königs gefügig zu machen, so wolle man versuchen, andere Unterhändler zu schicken.

»Heute bedarf es noch keiner Unterschriften; ich vertraue auf Euer Wort, Messeigneurs«, sagte der Graf von Poitiers, der wußte, daß man das Vertrauen seiner Gegner am besten dadurch erwarb, indem man so tat, als schenke man ihnen sein eigenes. »Ihr seid Männer von Verstand und Ehre; ich weiß wohl, daß Ihr, Balliencourt, und Ihr, Souastre, und Ihr, Loos, und Ihr alle zusammen, wie Ihr da seid, nicht im Schilde führt, mich zu hintergehen und mich vergebens beim König für Euch eintreten zu lassen. Und ich verlasse mich darauf, daß Ihr Eure Freunde zur Besonnenheit und zur Einhaltung unserer Abmachungen mahnt.«

Er hatte sie so geschickt behandelt, daß sie unter Dankesbezeigungen abzogen, als hätten sie in ihm einen Verteidiger gefunden. Sie stiegen wieder zu Pferd, ritten über die drei Zugbrücken und verschwanden in der Dunkelheit.

»Mein lieber Sohn«, sagte Mahaut, »Ihr habt mich gerettet. Ich hätte nicht soviel Geduld aufgebracht.«

»Ich habe Euch zwei Wochen Zeit verschafft«, sagte Philipp und zuckte die Achseln. »Gewohnheitsrechte des heiligen Ludwig! Sie gehen mir allmählich auf die Nerven, alle, mit ihren Rechten des heiligen Ludwig! Man könnte meinen, mein Vater habe nie gelebt. Müssen sich denn immer, wenn ein großer König das Reich einen Schritt vorwärtsgebracht hat, Dummköpfe finden, die sich darauf versteifen, den Schritt wieder zurückzutun. Und mein Bruder ermutigt sie noch!«

»Ach Philipp! Wie schade ist es, daß Ihr nicht König seid!« sagte Mahaut.

Philipp antwortete nicht; er sah seine Frau an. Johanna fühlte nun, da ihre Ängste sich zerstreut und so viele Monate der Hoffnung ihr Ziel gefunden hatten, alle ihre Kräfte nachgeben und kämpfte gegen die aufsteigenden Tränen.

Um ihre Verwirrung zu verbergen, ging sie im Zimmer umher, um wieder von all den vertrauten Dingen ihrer Kindheit Besitz zu ergreifen. Aber jeder Gegenstand, den sie wiedererkannte, steigerte ihre Gemütsbewegung. Sie entdeckte das Schachbrett aus Jaspis und Achat, auf dem sie das Spiel erlernt hatte.

»Du siehst, nichts hat sich verändert«, sagte Mahaut.

»Nein, nichts hat sich verändert«, wiederholte Johanna mit gepreßter Stimme und wandte sich zum Büchergestell.

Es enthielt zwölf Bände und stellte somit eine der bedeutendsten Privatbibliotheken des damaligen Frankreich dar. Johanna fuhr liebkosend über die Einbände . . . *Les Enfances d'Ogier, Le Roman de la Violette*, die Bibel in französischer Sprache, *La Vie des Saintes* [»Das Leben der Heiligen«], *Le Roman de Renart, Le Roman de Tristan*[11], . . . wie oft hatte sie zusammen mit ihrer Schwester Blanche die schön ausgemalten Bilder auf den Pergamentseiten betrachtet! Eine von Mahauts Gesellschafterinnen hatte ihnen den Text vorgelesen.

»Dieses hier kennst du . . . ja, ich hatte es damals schon gekauft. Es hat mich dreihundert Livres gekostet«, sagte Mahaut und zeigte auf »Die Reise ins Land des Großen Khan« von Messer Marco Polo.

Sie versuchte, die Verlegenheit zu zerstreuen, die sie alle überkommen hatte.

In diesem Augenblick trat Mahauts Zwerg ein, den man Jeannot le Folet nannte. Er saß auf dem Holzpferd, auf dem er sich durch den Wohnsitz zu tummeln hatte. Er war über vierzig Jahre alt, hatte einen großen Kopf mit riesigen Hundeaugen und einer kleinen Stupsnase; er war gerade so hoch wie die Tische, trug ein mit Chamäleons besticktes Kleid und eine runde Kappe.

Als er Johanna erblickte, wurde er von heftiger Rührung ergriffen; sein Mund öffnete sich, es kam jedoch kein Wort hervor, und anstatt in Luftsprüngen herbeizueilen, wie es seine Pflicht war, stürzte er auf die junge Frau zu und warf sich vor ihr zu Boden, um ihre Füße zu küssen.

Johannas Widerstandskraft, ihre Selbstbeherrschung brachen mit einem Schlag zusammen. Sie begann zu schluchzen, wandte sich nach dem Grafen von Poitiers um, sah, daß er lächelte, und warf sich in seine Arme.

»Philipp! . . . Philipp! . . .«, stammelte sie, »endlich, endlich habe ich Euch wieder.«

Die harte Gräfin Mahaut spürte einen kleinen Stich im Herzen, weil ihre Tochter in den Armen ihres Gemahls vor Glück weinte und nicht in den ihrigen.

»Aber was will ich denn mehr?« dachte Mahaut. »Hauptsache, ich habe gewonnen.«

»Philipp, Eure Frau ist müde«, sagte sie. »Führt sie in Eure Gemächer. Man wird Euch die Abendmahlzeit dort servieren.«

Und als sie dicht an ihr vorübergingen, flüsterte sie ihm zu: »Habe ich Euch nicht gesagt, daß sie Euch liebt?«

Sie sahen ihnen nach, wie sie Arm in Arm durch die Tür gingen. Dann bedeutete sie Béatrice d'Hirson, ihnen heimlich zu folgen.

Spät in der Nacht, als Gräfin Mahaut, um sich für die Strapazen zu entschädigen, ihre sechste und letzte Mahlzeit des Tages verschlang, trat Béatrice mit einem versteckten Lächeln um die Lippen ein.

»Nun?« sagte Mahaut.

»Nun, Madame, der Trank hat die erwartete Wirkung getan. Jetzt schlafen sie.«

Mahaut lehnte sich leicht in die Kissen zurück.

»Gott sei gelobt«, sagte sie. »Wir haben das zweite Paar des Königreichs wieder zusammengeführt.«

Die Freundschaft einer Dienerin

Und dann zogen ruhigere Wochen ins Land. Die feindlichen Parteien trafen sich zunächst in Arras, später in Compiègne, und der König versprach, noch vor Weihnachten seine Entscheidung über das Artois zu fällen. Die Barone aus dem Norden gaben sich vorläufig zufrieden und kehrten in ihre Schlösser zurück.

Die Felder waren schwarz und verlassen; die Schafe drängten sich in ihren Ställen dicht aneinander. Die französische Landschaft schlummerte in winterlichem Schweigen.

Es waren die kürzesten Tage des Jahres; bei Tagesanbruch stiegen die Dezembernebel auf wie Rauchschwaden aus grünem Feuerholz. Früh brach die Nacht über die königliche Residenz in Vincennes herein, die inmitten dichter Wälder lag.

Die Nachmittagsstunden verbrachte Königin Klementia über ihrer Stickerei. Sie arbeitete an einem großen Altartuch, auf dem das Paradies dargestellt war. Die Auserwählten lustwandelten dort unter einem ewig blauen Himmel, zwischen Zitronen- und Orangenbäumen; dieses Paradies hatte eine wunderliche Ähnlichkeit mit den Gärten Neapels.

»Man ist nicht Königin, um glücklich zu sein«, wiederholte sich Klementia oft die Worte ihrer Großmutter Maria von Ungarn. Sie war jedoch auch nicht ausgesprochen unglücklich; sie hätte dazu keinen Grund gehabt. »Ich gebe einer schlechten Regung nach«, dachte sie, »und ich bin ungerecht, daß ich dem Schöpfer nicht für all das danke, was er mir gegeben hat.« Sie konnte sich nicht erklären, woher diese Müdigkeit, diese Melancholie und dieser Überdruß kamen, die mit jedem Tag schwerer auf ihr lasteten.

Erwies man ihr nicht tausend Aufmerksamkeiten? Stets hatte sie mindestens drei Hofdamen um sich, die unter den edelsten Frauen des Reiches ausgewählt waren, um ihre kleinsten Wünsche zu erfüllen, ihren geringsten Andeutungen zuvorzukommen, ihr Meßbuch zu tragen, ihre Nadel einzufädeln, ihr den Spiegel zu halten, sie zu frisieren, ihr einen Mantel umzulegen, sobald es kühler wurde . . .

Die besten fahrenden Sänger lösten einander ab, um ihr die Abenteuer des Königs Artus, des Ritters Lancelot und die Heiligenlegenden zu erzählen.

Zehn Kuriere hatten nur eine einzige Aufgabe: sie ritten zwischen Neapel und Vincennes hin und her, um die Briefe zu befördern, die Klementia mit ihrer Großmutter, ihrem Onkel, König Robert, und allen ihren Verwandten wechselte.

Vier weiße Zelter mit silbernen Schabracken und aus Goldfäden geknüpften Zügeln standen zu ihrer ausschließlichen Verfügung. Und als sie den König zu den Verhandlungen nach Compiègne begleitet hatte, war ein so schöner Reisewagen für sie gefertigt worden, so reich verziert, mit Flammenrädern wie Sonnen, daß der von Gräfin Mahaut daneben wie ein Heuwagen ausgesehen hatte.

Und war Ludwig nicht wirklich der beste Ehemann der Welt? Weil sie beim Besuch in Vincennes geäußert hatte, daß dieses Schloß ihr gefiele und daß sie gerne hier leben möchte, war Ludwig unverzüglich von Paris hierher übergesiedelt. Sogleich hatten alle großen Adeligen Land in der Umgebung von Vincennes erworben und hier zu bauen begonnen. Es hieß sogar, Messer Tolomei habe diesen Herren bei ihren Käufen geholfen, und ihm sei es zu verdanken, daß viel Geld in diese Gegend geflossen war. Und Klementia, die keine Ahnung gehabt hatte, was ein Winter in Vincennes bedeuten konnte, wagte nun nicht, zu gestehen, daß sie lieber wieder nach Paris gegangen wäre, denn sie fürchtete, alle diese Leute bitter zu enttäuschen, die sich in Ausgaben gestürzt hatten, um in ihrer Nähe zu sein.

Der König verwöhnte sie wirklich! Kein Tag verging, an dem er ihr nicht ein neues Geschenk zu Füßen legte, so daß es ihr beinahe peinlich wurde.

»Ich will, Liebste«, hatte er gesagt, »daß Ihr die bestausgestattete Frau der Welt seid.«

Aber brauchte sie wirklich drei goldene Kronen, eine davon mit zehn dicken Ballas-Rubinen eingelegt, die andere mit vier großen und sechzehn kleinen Smaragden sowie achtzig Perlen und die dritte wieder mit Perlen, Smaragden und Rubinen[12]?

Für ihre Tafel hatte Ludwig zwölf Humpen aus vergoldetem Silber gekauft, die das Wappen von Frankreich und von Ungarn trugen. Und weil sie fromm war und er ihre Frömmigkeit sehr bewunderte, hatte er ihr für achthundert Livres einen großen Reliquienschrein mit einem Stück vom Wahren Kreuze gekauft. Wie hätte sie so viel guten Willen entmutigen und ihrem Gemahl erklären können, daß es sich in einem Garten genauso gut beten lasse und daß die schönste Monstranz der Welt, trotz aller Kunstfertigkeit der Goldschmiede und trotz aller Schätze des Reiches, noch immer die Sonne sei, wie sie über dem Mittelmeer strahlt.

Im vergangenen Monat hatte Ludwig ihr Ländereien geschenkt, die sie noch nicht hatte besichtigen können: die Häuser und Landsitze Maneville, Hébicourt, Saint-Denis de Fermans, Wardes und Dampiere, die Wälder von Lyons und Bray.

»Warum, mein liebster Herr«, hatte sie ihn gefragt, »wollt Ihr Euch denn so vieler Besitztümer zu meinen Gunsten berauben, da ich doch ohnehin nur Eure Dienerin bin und nur durch Euch einen Nutzen davon haben kann?«

»Ich beraube mich keineswegs«, hatte Ludwig geantwortet, »alle diese Besitzungen haben Marigny gehört, dem ich sie durch Gerichtsurteil entzogen habe; ich kann darüber nach Gutdünken verfügen. Ich will Euch, für den Fall, daß mir ein Unglück zustoßen sollte, als die reichste Dame des Reiches zurücklassen.«

Nur widerwillig trat sie die Erbschaft eines Gehenkten an; konnte sie jedoch diese Güter zurückweisen, die ihr als Gaben der Liebe entgegengebracht wurden, zumal der König darauf bestand, selbst in der Schenkungsurkunde diese Liebe kundzutun:

»Wir, Ludwig, von Gottes Gnaden König von Frankreich und von Navarra, tun hiermit allen zu wissen, lebenden und zukünftigen Generationen, daß wir, in Anbetracht der fröhlichen und angenehmen Gesellschaft, die Klementia uns untertänig und freundschaftlich entgegenbringt, wodurch sie wohl verdient, daß wir ihr artig zum Geschenk machen . . .«

Konnte man sich in einem offiziellen Schriftstück mit größerem Zartgefühl ausdrücken? Dazu hatte er ihr noch die Schlösser Corbeil und Fontainebleau zu eigen gegeben. Jede Nacht, die er bei ihr verbrachte, schien ein Schloß wert zu sein. Ja, Messire Ludwig liebte sie sehr! Niemals hatte er sich in ihrer Gegenwart als »Zänker« gezeigt, und sie verstand nicht, wie er zu diesem Beinamen gekommen war. Niemals gab es einen Streit zwischen ihnen, niemals ein heftiges Wort. Gott hatte ihr wahrhaftig einen guten Ehemann geschenkt.

Und trotz allem langweilte Klementia sich. Sie hörte den Gesang der Spielleute nicht und zog seufzend die Goldfäden durch ihre gestickten Zitronen.

Sie war aufrichtig bemüht gewesen, sich für die Probleme des Artois zu interessieren, die ihr Ludwig allabendlich ganz allein höchst ausführlich vortrug, wobei er mit langen Schritten im Zimmer auf und ab ging.

Sie ängstigte sich vor den weitschweifigen Ausführungen des Grafen Robert, dessen dröhnende Stimme die Schindeln von den Dächern von Vincennes springen ließ, der sie »liebe Cousine!« anredete, in einer Lautstärke, als rufe er seine Meute, und ihr versicherte, Madame Mahaut und Madame de Poitiers seien richtige Buhldirnen, was Klementia nicht glauben wollte.

Sie wurde gereizt, wenn Monseigneur von Valois dauernd um sie herumschwirrte und immer wieder fragte:

»Nun, liebste Nichte, wann werdet Ihr wohl dem Reich einen Erben schenken?«

»Wenn es Gottes Wille ist, lieber Onkel«, erwiderte sie sanft.

Sie hatte in der Tat keine Freunde. Da sie feinfühlig und ohne Eitelkeit war, empfand sie deutlich, daß alle ihr entgegengebrachte Liebenswürdigkeit vom Eigennutz diktiert war. Sie lernte, daß Könige nie um ihrer selbst willen geliebt werden und daß diejenigen, die sich neben sie niederknien, nur darum besorgt sind, die Machtkrümchen aufzupicken, die von den Lippen des Herrschers fallen.

»Man ist nicht Königin, um glücklich zu sein; vielleicht ist Königtum und Glück überhaupt unvereinbar«, sagte sich Klementia wieder einmal eines Nachmittags, als Monseigneur von Valois wie immer mit so eiligen Schritten, als gelte es, einen Feind zu vertreiben, bei ihr eintrat und sagte:

»Liebe Nichte, ich bringe eine Neuigkeit, die bei Hofe großes Aufsehen erregen wird: Eure Schwägerin, Madame de Poitiers, ist in anderen Umständen. Die Hebammen haben es heute morgen bestätigt. Eure Nachbarin Gräfin Mahaut beflaggt bereits ihr Schloß Conflans, als ziehe die Fronleichnamsprozession vorüber.«

»Ich freue mich sehr für Madame de Poitiers«, sagte Klementia.

»Hoffentlich weiß sie Euch Dank dafür«, erwiderte Karl von Valois, »denn ihren augenblicklichen Zustand verdankt sie nur Euch. Hättet Ihr nicht an Eurem Hochzeitstag Ihre Begnadigung erbeten, so zweifle ich sehr, ob Ludwig sie jemals freigelassen hätte.«

»Gott zeigt mir also, daß ich recht getan habe, denn er segnet diesen Bund.«

Valois, der sich am Kaminfeuer wärmte, drehte sich abrupt um und ließ seinen Mantel um sich flattern, als entrolle er eine Standarte.

»Es scheint, als habe Gott weniger Eile, den Eurigen zu segnen«, erwiderte er. »Wann endlich werdet Ihr Euch entschließen, liebe Nichte, dem Beispiel Eurer Schwägerin zu folgen? Es ist wirklich bedauerlich,

daß sie Euch zuvorgekommen ist. Klementia, erlaubt, daß ich wie ein Vater zu Euch spreche. Ihr wißt, ich rede nicht gerne um die Dinge herum . . . Unter uns: erfüllt Ludwig seine ehelichen Pflichten?«
»Er ist so aufmerksam gegen mich, wie ein Ehemann es nur sein kann.«
»Hört zu, liebe Nichte, mißversteht mich nicht; ich spreche von den Pflichten eines christlichen Gatten, den körperlichen Pflichten, wenn Ihr so wollt.«
Klementia stieg die Röte ins Gesicht. Sie stammelte:
»Ich verstehe nicht, was Ihr meint, lieber Onkel. Ich habe wenig Erfahrung, aber ich glaube nicht, daß Ludwig sich in dieser Hinsicht irgend etwas vorzuwerfen hat. Ich bin seit kaum fünf Monaten verheiratet und denke nicht, daß Ihr bereits Grund zur Besorgnis habt.«
»Beehrt er denn regelmäßig Euer Lager mit seinem Besuch?«
»Beinahe jede Nacht, lieber Onkel, wenn Ihr das durchaus wissen wollt, und mehr, als mich seinen Wünschen zu fügen, kann ich nicht tun.«
»Also gut! Hoffen wir das Beste! Hoffen wir das Beste!« sagte Karl von Valois. »Aber bedenkt, liebe Nichte, daß ich es war, der Eure Ehe zustande gebracht hat. Ich möchte nicht, daß man mir vorwirft, eine schlechte Wahl getroffen zu haben.«
Da überkam Klementia zum ersten Male eine zornige Aufwallung. Sie stieß ihre Stickerei zurück, stellte sich kerzengerade vor ihren Stuhl und erwiderte mit einer Stimme, in der der Tonfall der alten Königin Maria schwang:
»Ihr scheint zu vergessen, Messire von Valois, daß meine Großmutter von Ungarn dreizehn Kinder hatte und meine Mutter Klementia von Habsburg drei, als sie in meinem Alter starb. Die Frauen unserer Familie sind fruchtbar, lieber Onkel, und wenn dem Wunsch, den Ihr ausspracht, ein Hindernis entgegenstehen sollte, so käme es nicht von meiner Seite. Und nun, Messire, haben wir über diesen Punkt genug gesprochen, für heute und für immer.«
Und sie ging in ihr Zimmer und schloß sich ein.
Zwei Stunden später fand Eudeline, die das Bett zurechtmachen wollte, sie dort an einem Fenster sitzen, hinter dem die schwarze Nacht lag.
»Wie, Madame«, rief sie, »Ihr habt kein Licht! Ich werde rufen!«
»Nein, nein, ich will niemanden sehen«, sagte Klementia schwach.
Die Beschließerin schürte das niedergebrannte Feuer im Kamin und hielt einen Kienspan in die Glut, um damit eine Kerze auf einem eisernen Halter zu entzünden.
»Oh, Madame! Ihr weint!« sagte sie. »Hat man Euch weh getan?«

Die Königin trocknete sich die Augen. Sie schien völlig außer sich und hilflos zu sein.

»Eudeline, Eudeline«, rief sie aus, »ein schlimmes Gefühl quält meine Seele; ich bin eifersüchtig.«

Eudeline sah sie überrascht an.

»Ihr, Madame, eifersüchtig? Aber welchen Grund hättet Ihr dazu? Ich bin überzeugt, daß unser Herr Ludwig Euch nicht betrügt, daß er nicht einmal daran denken würde.«

»Ich bin eifersüchtig auf Madame von Poitiers«, fuhr Klementia fort. »Ich beneide sie, weil sie ein Kind haben wird, während ich noch immer keines erwarten darf. Oh, ich bin glücklich für sie, o ja! Ich freue mich für sie; aber ich wußte nicht, daß das Glück der anderen so tiefe Wunden schlagen kann.«

»Ach, gewiß, Madame! Es vermag heftige Schmerzen zu verursachen, das Glück der anderen!«

Eudeline hatte das in seltsamem Ton gesprochen, nicht wie eine Dienerin, die den Worten ihrer Herrin beipflichtet, sondern wie eine Frau, die den gleichen Schmerz erfahren hat und ihn versteht. Klementia entging dies nicht.

»Hast du ebenfalls keine Kinder?« fragte sie.

»O doch, Madame, o doch. Ich habe eine Tochter, die so heißt wie ich und elf Jahre alt ist.«

Sie wandte sich ab und machte sich am Bett zu schaffen, schlug die Decken aus Brokat und Pelzwerk zurück.

»Bist du schon lange Beschließerin in diesem Schloß?« fuhr Klementia fort.

»Seit dem Frühjahr, seit kurz vor Eurer Ankunft. Bis dahin war ich in der Residenz in Paris, wo ich die Wäsche unseres Herrn Ludwig verwaltete, nachdem ich zehn Jahre lang die seines Vaters, des Königs Philipp, verwaltet hatte.«

Dann trat Schweigen ein, man hörte nur, wie die Beschließerin die Kopfkissen aufschüttelte.

»Sie kennt bestimmt alle Geheimnisse dieses Hauses . . . und dieser Schlafzimmer«, dachte die Königin. »Aber nein, ich werde sie nichts fragen, ich werde sie nicht ausholen. Es ist schlecht, die Diener auszufragen . . . es ist meiner nicht würdig.«

Aber wer sonst könnte ihr das wahre Bild vermitteln, wenn nicht eine Dienerin, wenn nicht eines jener Wesen, die die Geheimnisse der Könige teilen, ohne an ihrer Macht teilzuhaben? Niemals hätte sie gewagt, den fürstlichen Familienmitgliedern die Frage vorzulegen, die ihr seit der Unterredung mit Karl von Valois auf dem Herzen brannte; im übrigen wäre sie überzeugt gewesen, keine aufrichtige Antwort zu erhalten. Von den hochgestellten Damen des Hofes besaß keine wirklich ihr Vertrauen, weil keine wirklich ihre Freundin war. Sie fühlte sich als Fremde, die man mit eitlen Lobsprüchen überschüttet, die man jedoch beobachtet, belauert, um ihr den kleinsten Fehler, die mindeste Schwäche niemals zu vergeben. Nur in Gegenwart ihrer Dienerinnen durfte sie ihre wahren Gefühle zeigen. Eudeline schien vor allen ihr Wohlwollen zu verdienen; mit geradem Blick, schlichtem Auftreten, sicheren und ruhigen Bewegungen hatte sich die Beschließerin von Tag zu Tag aufmerksamer erwiesen, und ihre Zuvorkommenheit war ohne Falsch.

Klementia entschloß sich plötzlich.

»Ist es wahr«, fragte sie, »daß die kleine Johanna von Navarra, die man vom Hofe fernhält und die ich nur einmal gesehen habe, nicht das Kind meines Gemahls ist?«

Dabei dachte sie: »Hätte man mich nicht früher in diese Geheimnisse der Krone einweihen müssen? Meine Großmutter hätte sich genauer erkundigen sollen; man hat mich in großer Unkenntnis über viele Dinge in diese Ehe hineingehen lassen.«

»Pah! Madame . . .«, erwiderte Eudeline und fuhr fort, die Kissen zurechtzuschütteln, als verwundere die Frage sie nicht übermäßig, ». . . ich glaube, das weiß niemand, nicht einmal unser Herr Ludwig. Jeder glaubt in dieser Sache, was ihm am besten zupaß kommt; diejenigen, die behaupten, Madame von Navarra sei die Tochter des Königs, haben ihren guten Grund dafür, genau wie die anderen, die sie für unehelich halten. Es gibt sogar einige, wie Monseigneur von Valois, die ihre Ansicht mit dem Mond wechseln, und das in einer Angelegenheit, in der es wohl nur eine Möglichkeit geben kann. Der einzige Mensch, von dem man Sicherheit darüber hätte erlangen können, war Madame von Burgund, und sie hat jetzt den Mund voll Erde . . .«

Eudeline unterbrach sich und sah zur Königin hinüber:

»Ihr macht Euch Gedanken darüber, Madame, ob unser Herr, der König . . .«

Wieder hielt sie inne, aber Klementia ermutigte sie mit einem Blick.

»Beruhigt Euch, Madame«, sagte Eudeline, »Monseigneur Ludwig ist nicht außerstande, einen Erben zu bekommen, wie böse Zungen im Reich und selbst am Hofe behaupten.«

»Weiß man . . .«, murmelte Klementia.

»Ich weiß es«, erwiderte Eudeline langsam, »und man hat gut dafür gesorgt, daß ich die einzige bleibe, die es weiß.«

»Was willst du damit sagen?«

»Ich will die Wahrheit sagen, Madame, denn auch mich drückt ein

schweres Geheimnis. Zweifellos müßte ich schweigen . . . Aber eine
Dame wie Euch, von so hoher Geburt und so großer Barmherzigkeit,
kann es wohl nicht kränken, wenn ich gestehe, daß ich von Monseigneur Ludwig, als er noch sehr jung war, ein Kind bekam, das jetzt
elf Jahre alt ist.«

Die Königin betrachtete Eudeline in maßlosem Erstaunen. Die Tatsache, daß Ludwig eine erste Gemahlin gehabt hatte, warf für Klementia
keine Probleme auf, höchstens solche dynastischer Art. Ludwig hatte
eine Frau gehabt, die sich unwürdig betragen hatte. Gefängnis und
Tod hatten ihn von ihr getrennt. In den fünf Monaten, seit sie dem
König von Frankreich vermählt war, hatte Klementia sich keine
Gedanken über das intime Verhältnis Ludwigs zu Margarete von
Burgund gemacht. Es war ihr nicht in den Sinn gekommen, sich die
körperlichen Beziehungen dieses Paares vorzustellen, sie hatte keinerlei Neugier empfunden; kein Zusammenhang zwischen Ehe und
Liebe hatte sich aufgedrängt; und nun stand die Liebe, die außerehe-
liche Liebe, in Gestalt dieser vollerblühten dreißigjährigen Frau, schön,
blond und rosig vor ihr; und nun erwachte Klementias Phantasie . . .

Eudeline faßte das Schweigen der Königin als Tadel auf.

»Ich habe es nicht gewollt, Madame, ich versichere Euch, daß er es
war, der mit aller Gewalt darauf bestand. Und dann war er noch jung,
ohne Unterscheidungsvermögen, vor einer großen Dame hätte er
zweifellos Angst gehabt.«

Klementia deutete durch eine Handbewegung an, daß sie keine weitere Erklärung wünschte.

»Dieses Kind«, fragte sie, »ist wohl die Tochter, von der du mir vorhin
erzähltest?«

»Ja, Madame, Eudeline.«

»Ich möchte sie sehen.«

Ein ängstlicher Ausdruck flog über die Züge der Beschließerin.

»Das könnt Ihr, Madame, sicher könnt Ihr das, denn Ihr seid die
Königin. Ich bitte Euch jedoch, nichts zu unternehmen, denn dann
wüßte man, daß ich mit Euch gesprochen habe. Sie sieht ihrem Vater
so sehr ähnlich, daß Monseigneur Ludwig, um Eure Augen nicht zu
beleidigen, sie kurz vor Eurer Ankunft in ein Kloster sperren ließ. Ich
sehe sie nur einmal im Monat, und sobald sie alt genug ist, wird sie
den Schleier nehmen.«

Klementias spontane Regungen waren stets großmütig. Für einen
Augenblick vergaß sie die eigene Not.

»Aber warum«, sagte sie leise, »warum tut man das? Wie konnte man
glauben, mir damit einen Gefallen zu erweisen? An welche Art Frauen
sind die Herrscher Frankreichs denn gewöhnt? Meinetwegen also,

arme Eudeline, hat man dir deine Tochter weggenommen! Ich bitte dich gar sehr um Verzeihung.«

»Oh, Madame«, erwiderte Eudeline, »ich weiß wohl, daß Ihr nichts damit zu tun habt.«

»Ich habe nichts damit zu tun, aber um meinetwillen ist es geschehen«, sagte Klementia nachdenklich. »Wir sind nicht nur für unsere eigenen bösen Taten verantwortlich, sondern für alles Böse, wozu wir Anlaß gaben, auch dann, wenn es ohne unser Wissen geschah.«

»Und mich, Madame«, fuhr Eudeline fort, »mich, die ich Erste Wäschebeschließerin im Schloß zu Paris war, hat Monseigneur hierher nach Vincennes geschickt, wo ich eine geringere Stellung einnehme als in der Hauptstadt. Niemand hat sich gegen den Willen der Könige aufzulehnen, gewiß. Aber ich muß doch sagen, daß das Schweigen, das ich bewahrte, übel vergolten wurde. Ohne Zweifel wollte Monseigneur Ludwig auch mich verstecken; er konnte nicht wissen, daß Ihr diesen Wohnsitz in den Wäldern dem großen Stadtschloß vorziehen würdet.«

Nachdem sie einmal mit ihren Geständnissen angefangen hatte, konnte sie nicht wieder aufhören.

»Ich will Euch gestehen«, fuhr sie fort, »daß ich zunächst wohl bereit war, auch für Euch meine Pflicht zu tun, aber ganz gewiß kein Vergnügen daran hatte, Euch zu dienen. Ihr seid jedoch eine so edle Dame, so gutherzig und so schön von Angesicht, daß ich Euch immer mehr ins Herz geschlossen habe. Ihr wißt nicht, wie sehr die einfachen Leute Euch lieben; ihr solltet sie hören, wenn sie in den Küchen, in den Ställen, in den Waschhäusern von der Königin sprechen! Dort, Madame, habt Ihr ergebene Seelen, mehr als unter den großen Baronen. Ihr habt alle ihre Herzen erobert und das meinige dazu, das Euch am meisten verschlossen war, und jetzt habt Ihr keine ergebenere Dienerin als mich«, schloß Eudeline, beugte ein Knie zur Erde und küßte die Hand der Königin.

»Ich werde dafür sorgen, daß du deine Tochter wiederbekommst, und ich werde sie beschützen. Ich will mit dem König darüber sprechen.«

»Tut das nicht, Madame, ich flehe Euch an!« rief Eudeline.

»Der König überschüttet mich mit so vielen Geschenken, die ich mir nie gewünscht habe! Er kann mir wohl auch eines zukommen lassen, das mir Freude macht!«

»Nein, nein, ich beschwöre Euch, tut das nicht«, wiederholte Eudeline. »Ich will meine Tochter lieber im Kloster sehen als im Sarg.«

Zum erstenmal seit Beginn des Gespräches lächelte Klementia, ja, sie lachte beinahe.

»Haben die Franzosen deines Standes denn so sehr Angst vor dem

König? Oder lastet noch die Erinnerung an König Philipp auf euch, von dem es hieß, er kenne keine Gnade?«

Wenn Eudeline auch aufrichtige Zuneigung für die Königin empfand, so hegte sie nicht minder einen handfesten Groll gegen den Zänker, und die Gelegenheit, beiden Gefühlen auf einmal freien Lauf zu lassen, war günstig.

»Ihr kennt Monseigneur Ludwig noch nicht so, wie jeder hier ihn kennt; er hat Euch noch nicht die Schattenseiten seines Charakters gezeigt. Niemand hat vergessen«, fuhr sie mit leiserer Stimme fort, »daß unser Herr Ludwig nach dem Prozeß gegen Madame Margarete die Dienerschaft seines Palais foltern ließ und daß unterhalb des Turmes von Nesle acht völlig verstümmelte und zerfleischte Leichen aus der Seine gefischt wurden. Glaubt Ihr, sie seien zufällig hineingestoßen worden? Ich möchte nicht, daß wir, meine Tochter und ich, auch zufällig hineingestoßen werden.«

»Ammenmärchen, die von den Feinden des Königs in Umlauf gesetzt werden . . .« Aber während sie so sprach, entsann Klementia sich der Anspielungen des Kardinals Duèze und der ausweichenden Antworten, die ihr Bouville auf dem Wege nach Lyon auf ihre Fragen nach Margaretes Tod gegeben hatte. Sie erinnerte sich daran, was ihr Philipp von Poitiers, ihr Schwager, zu verstehen gegeben hatte, als die Rede auf die Folterungen und Verurteilungen gekommen war, die alle einstigen Minister Philipps des Schönen unterschiedslos erleiden mußten.

»Habe ich denn einen Unmenschen geheiratet?« fragte sie sich.

»Es tut mir leid, wenn ich zuviel geschwatzt haben sollte«, fuhr Eudeline fort. »Wolle Gott, daß Ihr nie Schlimmeres erfahrt und daß Eure große Güte Euch in der Unwissenheit verharren läßt.«

»Welches Schlimmere könnte ich erfahren? . . . Madame Margarete . . . ist es wahr?«

Eudeline zuckte traurig die Schultern.

»Ihr seid der einzige Mensch am Hofe, Madame, für den noch ein Zweifel besteht; wenn man es Euch noch nicht hinterbracht hat, so nur deshalb, weil gewisse Leute auf einen Augenblick der Schwäche lauern, vielleicht, um Euch noch größeren Schaden zuzufügen. Er hat sie erwürgen lassen, man weiß es genau.«

»Mein Gott, mein Gott! Ist es möglich . . . ist es möglich, daß er getötet hat, um mich heiraten zu können!« klagte Klementia und barg das Gesicht in den Händen.

»Ach, Madame, fangt nicht wieder zu weinen an«, sagte Eudeline. »Bald ist es Zeit zum Abendessen, und Ihr könnt so nicht an der Tafel erscheinen. Ihr müßt Euer Gesicht erfrischen.«

Sie holte eine Schüssel mit frischem Wasser und einen Spiegel, preßte ein feuchtes Tuch auf die Wangen der Königin und steckte eine blonde Flechte, die sich gelöst hatte, wieder auf. Ihre Bewegungen waren voll Sanftheit, von fast mütterlicher Zärtlichkeit.

Einen Augenblick lang erschienen die Gesichter der beiden Frauen nebeneinander im Spiegel, zwei gleich helle, goldhäutige Gesichter, mit den gleichen großen, blauen Augen.

»Weißt du, daß wir einander ähnlich sehen?« sagte die Königin.

»Das ist wohl das schönste Kompliment, das man mir jemals gemacht hat, und ich wünschte sehr, es wäre wahr«, erwiderte Eudeline.

Da ihrer beider Rührung groß war, da beide das gleiche Bedürfnis nach Freundschaft empfanden, wandten sich die Gemahlin König Ludwigs X. und seine erste Geliebte einander zu und hielten sich einen Augenblick lang umschlungen.

Die Gabel und der Betstuhl

Mit hocherhobenem Kinn, ein Lächeln um die Lippen, die Füße zierlich nach auswärts gerichtet, betrat Ludwig X. Klementias Gemach. Über dem Nachtgewand trug er einen pelzgefütterten Hausmantel. Während der Abendtafel hatte er die Königin sonderbar düster, unnahbar, beinahe geistesabwesend gefunden; sie war dem Gespräch nur zerstreut gefolgt und hatte kaum geantwortet, wenn jemand das Wort an sie richtete. Aber Ludwig war dadurch nicht weiter beunruhigt: »Die Frauen haben ihre Launen«, sagte er sich, »und dieses Geschenk, das ich heute morgen für sie erworben habe, wird sie wohl wieder froh machen.« Denn der Zänker gehörte zu jenen phantasielosen Ehemännern, die eine geringe Meinung von den Frauen haben und glauben, ein Geschenk könne alles in Ordnung bringen. Also trat er in seiner anmutigsten Haltung bei der Königin ein; in der Hand trug er ein längliches Schächtelchen, auf das das Wappen der Königin geprägt war.

Er war einigermaßen erstaunt, Klementia auf ihrem Betschemel kniend vorzufinden. Gewöhnlich hatte sie ihre Abendandacht bereits vor seinem Kommen beendet. Er machte ihr mit der Hand ein Zeichen, das sagen sollte: »Laßt Euch durch mich nicht stören, betet ruhig zu Ende.« Er blieb in der entgegengesetzten Ecke des Gemaches, wußte nicht recht, was er mit sich anfangen sollte, und drehte das Schächtelchen in den Fingern.

Die Minuten vergingen; er ging zu einer Schale, die neben dem Bett stand, nahm ein Dragée heraus und zerbiß es. Klementia kniete noch immer, und Ludwig fand allmählich, daß ihr Gebet reichlich lange dauerte. Er trat näher an sie heran und sah, daß sie gar nicht betete. Sie sah ihn an.

»Seht her, Liebste«, sagte er, »ich habe Euch eine Überraschung mitgebracht. Oh! Es ist kein Schmuckstück, es ist vielmehr eine Rarität, eine Erfindung der Goldschmiede. Seht . . .«

Er öffnete die Schachtel, zog einen langen, blitzenden Gegenstand mit zwei spitzen Enden hervor, und Klementia wich auf ihrem Betschemel zurück.

»He! Liebste!« rief Ludwig lachend, »Ihr braucht keine Angst zu haben, das ist keine Waffe; das ist eine kleine Gabel zum Birnenessen. Seht nur, welch geschickte Arbeit«, fügte er hinzu und legte auf das Betpult eine Gabel mit zwei äußerst spitzigen Zinken nieder, die in einem ziselierten Griff aus Gold und Elfenbein saßen.

Ludwig war enttäuscht; die Königin bezeigte offensichtlich kein großes Interesse für sein Geschenk, sie wußte die Neuheit anscheinend nicht zu schätzen.

»Ich habe sie durch Vermittlung Messer Tolomeis herstellen lassen«, fuhr er fort, »der sie eigens bei einem Florentiner Goldschmied bestellte. Es scheint nur fünf solche Gabeln auf der Welt zu geben, und ich wollte, daß Ihr eine davon besitzt, damit Ihr Eure hübschen Finger beim Obstessen nicht beschmutzt. Es ist ein Gerät für Damen; nie würden Männer wagen oder lernen, sich eines so kostbaren Instrumentes zu bedienen; nur mein weibischer Vetter Eduard von England besitzt so eine Gabel, wie man mir berichtet hat, und bedient sich ihrer bei Tisch, ohne die Lächerlichkeit zu scheuen.«

Er hatte gehofft, sie durch diese Anekdote aufzuheitern, die Wirkung blieb jedoch völlig aus. Klementia hatte sich nicht von ihrem Betschemel gerührt, sie blickte ihren Gemahl unverwandt an; niemals war sie schöner gewesen, das lange goldene Haar fiel bis zu ihren Hüften herab. Ludwig war um weitere gute Einfälle verlegen.

»Ah!« fing er von neuem an, »Messer Tolomei hat mir soeben mitgeteilt, daß sein junger Neffe, den ich Euch zusammen mit Bouville nach Neapel entgegengeschickt hatte, wieder genesen ist. Er wird bald nach Paris aufbrechen können und spricht in jedem Brief an seinen Onkel von der Güte, die Ihr ihm erwiesen habt.«

»Was kann sie nur haben?« überlegte er. »Sie hätte sich doch wenigstens bedanken können.« Auf jede andere Frau, außer Klementia, wäre er bereits wütend geworden, aber er wollte sich noch nicht damit abfinden, daß seine erste häusliche Szene jeden Augenblick ausbrechen mußte. Noch einmal nahm er einen Anlauf:

»Diesmal bin ich überzeugt, daß die Angelegenheiten des Artois geregelt werden«, sagte er. »Ich bin froh darüber, die Dinge entwickeln sich gut. Die Besprechung von Compiègne, zu der Ihr mich liebenswürdigerweise begleitet habt, zeigt das erhoffte Ergebnis; ich werde bald meinen Großen Rat einberufen, um den Schiedsspruch zu fällen und den Vertrag zwischen Mahaut und ihren Baronen besiegeln zu lassen.«

»Ludwig«, sagte Klementia unvermittelt, »auf welche Weise ist Eure erste Gemahlin gestorben?«

Ludwig knickte zusammen, als habe er einen Schlag in den Leib erhalten und sah sie bestürzt an.

»Sie starb . . . sie starb«, stammelte er und fuchtelte mit den Händen, »sie starb an einem Brustfieber, das sie erstickte, nach dem, was man mir berichtet hat.«

»Ludwig, könnt Ihr vor Gott beschwören . . .?«

»Was soll ich beschwören?« sagte der Zänker mit erhobener Stimme. »Ich habe nichts zu schwören. Worauf wollt Ihr hinaus? Was wollt Ihr wissen? Ich habe Euch gesagt, was ich Euch gesagt habe, und, ich bitte, gebt Euch damit zufrieden, es gibt darüber nichts weiter zu erfahren.«

Er hatte angefangen, im Zimmer umherzulaufen. Sein Halsansatz, der aus dem Ausschnitt des Nachtgewands hervorschaute, hatte sich gerötet. In die großen, graugrünen Augen war plötzlich ein beunruhigendes Glitzern gekommen.

»Ich will nicht«, schrie er, »ich will nicht, daß man von ihr spricht. Niemals! Und Ihr noch weniger als alle anderen. Ich verbiete Euch, Klementia, jemals in meiner Gegenwart den Namen Margarete auszusprechen . . .«

Ein Hustenanfall unterbrach ihn.

»Könnt Ihr mir vor Gott schwören«, wiederholte Klementia, deren Stimme die ganze Weite des Gemaches überwinden mußte, »könnt Ihr mir schwören, daß Euer Wille keinen Anteil an ihrem Tode hatte?«

Bei Ludwig trübte der Zorn schnell den Verstand. Anstatt zu leugnen, ein Gelächter vorzutäuschen, erwiderte er heftig:

»Und wenn es so gewesen wäre? Ihr hättet zuallerletzt ein Recht darauf, mir Vorwürfe zu machen. Es ist nicht meine Schuld, es ist die Schuld Marias von Ungarn!«

»Meiner Großmutter?« murmelte Klementia. »Was hatte meine Großmutter damit zu tun?«

Der Zänker begriff, daß er eine Dummheit gemacht hatte, wodurch sein Zorn noch wuchs. Aber er konnte nun nicht mehr zurück. Er fühlte sich in die Enge getrieben.

»Sicherlich ist es die Schuld der Madame von Ungarn!« erwiderte er. »Sie bestand darauf, daß unsere Ehe noch vor dem Sommer geschlossen würde. Also habe ich mir gewünscht ... versteht mich richtig, ich habe mir nur gewünscht ... daß Margarete vor diesem Zeitpunkt sterben möchte. Ich habe es mit lauter Stimme gewünscht, und jemand hat es gehört, basta! Hätte ich diesem Wunsch nicht Ausdruck verliehen, so wärt Ihr heute nicht Königin von Frankreich. Spielt doch nicht die Unschuldige und werft mir nicht etwas vor, was Euch so gut zupaß kam und Euch eine höhere Stellung eingebracht hat, als Ihr jemals erhoffen durftet.«

»Niemals hätte ich eingewilligt«, rief Klementia aus, »wenn ich gewußt hätte, um welchen Preis es geschah. Wegen dieses Verbrechens, Ludwig, verweigert Gott uns einen Erben!«

Ludwig machte eine halbe Drehung um sich selbst und blieb wie angewurzelt stehen.

»Wegen dieses Verbrechens und all der anderen, die Ihr begangen habt«, fuhr die Königin fort und erhob sich von ihrem Betschemel. »Ihr habt Eure Gemahlin ermorden lassen! Ihr habt auf falsche Zeugnisse hin Messire Marigny aufhängen und die Minister Eures Vaters einkerkern lassen, die, wie man mir versichert hat, getreue Diener waren. Ihr habt Menschen, die Euch mißfielen, der Folter unterworfen. Ihr habt Euch am Leben und an der Freiheit von Geschöpfen Gottes vergriffen. Und deshalb straft Gott Euch jetzt und läßt nicht zu, daß Ihr neues Leben zeugt.«

Ludwig sah völlig verdutzt, wie sie auf ihn zukam. Es gab also einen dritten Menschen auf der Welt, der sich weder von seinen Ausbrüchen beeindrucken noch durch seine Wutanfälle einschüchtern ließ, sondern ihn beherrschte.

Ludwigs Gesicht verzog sich; er sah aus wie ein Kind, das weinen will.

»Und was glaubt Ihr, was ich jetzt tun soll?« fragte er mit kreischender Stimme. »Ich kann die Toten nicht auferwecken. Ihr wißt nicht, was es bedeutet, König zu sein! Nichts geschieht ausschließlich nach meinem Willen, aber mich macht man für alles verantwortlich. Was wollt Ihr erreichen? Wozu mir Vorwürfe machen über etwas, was sich nicht mehr ändern läßt? Trennt Euch doch von mir, geht nach Neapel zurück, wenn Ihr meinen Anblick nicht mehr ertragen könnt. Und wartet, bis wir einen Papst bekommen, der unseren Bund lösen kann! ... Ach, dieser Papst! Dieser Papst, dessen Wahl noch immer nicht zustande gekommen ist«, fügte er mit geballten Fäusten hinzu. »Ihr wißt nicht, welche Mühe ich mir gegeben habe! Nichts von alledem wäre geschehen, wenn wir einen Papst gehabt hätten.«

Klementia legte ihre Hände auf seine Schultern. Sie war ein wenig größer als er.

»Ich denke nicht an eine Trennung«, sagte sie. »Ich bin Euch vermählt, um Euer Leben zu teilen, in guten und in bösen Tagen. Ich will einzig und allein Eure Seele retten und Euch zur Reue bewegen, ohne die es keine Vergebung gibt.«

Er blickte ihr in die Augen und sah darin nur Güte und großes Mitgefühl. Er atmete freier; er hatte solche Angst gehabt, sie zu verlieren! . . . Und er zog sie an sich.

»Liebste«, flüsterte er, »Liebste, Ihr seid besser als ich, o wieviel besser, und ich weiß nicht, wie ich ohne Euch leben könnte. Ich verspreche Euch, mich zu bessern und alles Unrecht, das ich verursacht habe, tief zu bereuen.«

Dabei hatte er den Kopf in der Höhlung ihrer Achsel vergraben und liebkoste mit den Lippen ihren Halsansatz.

»Ach! Liebste«, fuhr er fort, »wie gut Ihr seid! Wie wohl tut es, Euch zu lieben! Ich werde so sein, ich gelobe es Euch, ich werde so sein, wie Ihr es wünscht. Glaubt mir, ich habe Gewissensbisse, die mich oft sehr ängstigen! Nur in Euren Armen kann ich Vergessen finden. Kommt, Liebste, kommt, laßt uns der Liebe pflegen.«

Er versuchte, sie zum Bett zu ziehen, sie jedoch blieb unbeweglich, und er fühlte ihr Zurückweichen, ihren Widerstand.

»Nein, Ludwig, nein«, sagte sie sehr leise. »Wir müssen Buße tun.«

»Aber wir werden Buße tun, Liebste; wir werden dreimal in der Woche fasten, wenn Ihr es wünscht. Kommt, ich brenne vor Verlangen nach Euch!«

Sie machte sich los, und als er sie gewaltsam festhalten wollte, gab eine Naht ihres Gewandes nach. Das Geräusch des zerreißenden Stoffes erschreckte Klementia. Sie bedeckte ihre entblößte Schulter mit der Hand und flüchtete in die andere Zimmerecke hinter ihren Betschemel.

Ihre Furcht löste bei dem Zänker einen neuen Wutanfall aus.

»Aber was habt Ihr denn eigentlich«, schrie er, »und was muß man noch alles tun, um Euch zu gefallen?«

»Ich will Euch nicht mehr angehören, ehe wir nicht eine Wallfahrt zum heiligen Johannes unternommen haben, der mich schon einmal vor den Wogen errettet hat. Und Ihr werdet mit mir kommen, und wir werden zu Fuß gehen; dann werden wir wissen, ob Gott uns verzeiht, indem er uns ein Kind schenkt.«

»Der beste Wallfahrtsort, um ein Kind zu bekommen, ist immer noch hier!« sagte Ludwig und wies auf das Bett.

»Oh! Spottet nicht über den Glauben«, erwiderte Klementia; »auf diese Weise werdet Ihr mich nicht überzeugen.«

»Euer Glaube ist recht wunderlich, wenn er Euch gebietet, Euch Eurem Gemahl zu verweigern. Habt Ihr nie von einer Pflicht gehört, der Ihr Euch nicht entziehen dürft?«

»Ludwig, Ihr versteht mich nicht!«

»O doch, ich verstehe Euch!« brüllte er. »Ich verstehe, daß Ihr Euch mir verweigert. Ich verstehe, daß ich Euch nicht mehr gefalle, daß Ihr mit mir umgeht wie Margarete . . .«

Sie sah, wie sein Blick sich auf die Gabel mit den zwei langen, spitzen Zinken heftete, die noch immer auf dem Betpult lag. Und nun bekam sie wirklich Angst. Langsam strecke sie die Hand aus, um den Gegenstand eher als er zu fassen. Glücklicherweise sah er ihre Bewegung nicht. Die große Panik, die große Verzweiflung, die ihn überkam, beherrschte alle seine Gedanken.

Nur einem gefügigen Körper gegenüber war Ludwig seiner männlichen Fähigkeiten sicher. Der Gedanke, Widerwillen zu erwecken, raubte ihm alle Kraft. Das Drama seiner ersten Ehe war nur darauf zurückzuführen. Wenn ihn diese Schwäche nun wieder überfallen würde? Nichts verursacht größeren Schmerz als die Unfähigkeit, den Menschen, den man am meisten begehrt, in Besitz zu nehmen. Wie konnte er Klementia erklären, daß in seinem Fall die Strafe dem Verbrechen vorausgegangen war? Die Vorstellung, daß der teuflische Kreis aus Weigerung, Ohnmacht und Haß sich von neuem schließen könnte, erschreckte ihn zu Tode. Er sprach wie zu sich selbst:

»Bin ich denn verdammt, bin ich denn verflucht, daß meine Liebe immer unerwidert bleibt?«

Nun kam Klementia, von Mitleid und Furcht bewegt, hinter ihrem Betpult hervor und sagte:

»Gut, ich will tun, was Ihr wünscht.«

Sie wollte die Kerzen löschen.

»Laßt die Kerzen brennen«, gebot der Zänker.

»Ludwig, Ihr wollt wirklich . . .?«

»Laßt Eure Gewänder fallen.«

Zu jeglicher Unterwerfung entschlossen, entkleidete sie sich völlig, es war ihr, als sollte sie sich dem Teufel ausliefern. Ludwig zog diesen schönen Körper mit den feinmodellierten Schatten, über den er nun wieder alle Macht hatte, auf das Bett. Um Klementia zu danken, murmelte er:

»Ich verspreche Euch, Liebste, ich verspreche Euch, Raoul de Presles und alle Legisten meines Vaters freizulassen. Im Grunde wollt Ihr immer das gleiche wie mein Bruder Philipp!«

Klementia dachte, daß ihre Einwilligung zur Schamlosigkeit mit einer guten Tat belohnt würde und daß dadurch Unschuldige befreit werden würden.

So geschah es, daß in jener Nacht ein langer Schrei sich am Deckengewölbe des königlichen Gemaches brach. Königin Klementia, die seit fünf Monaten verheiratet war, hatte entdeckt, daß man auch als Königin nicht nur unglücklich sein mußte und daß die Pforten der Ehe sich auf unbekannte Glücksgefilde öffnen konnten.

Lange blieb sie erschöpft, heftig atmend, voll Staunen und Entrückung liegen, als habe das Meer ihres heimischen Gestades sie an einen goldenen Strand gespült. Nun suchte sie Ludwigs Schulter, um daran einzuschlummern, während Ludwig, glühend vor Dankbarkeit, daß er so viel Freude gespendet hatte, sich königlicher fühlte als am Tage seiner Krönung und die erste schlaflose Nacht seines Lebens verbrachte, in der er nicht vom Schreckgespenst des Todes heimgesucht wurde.

Dieses Glück erfuhr jedoch, leider, keine Wiederholung. Schon am nächsten Morgen redete Klementia, der kein Beichtvater zu Hilfe kam, sich ein, das Vergnügen sei ein Teil der Sünde. Zweifellos war sie nervöser veranlagt, als es den Anschein hatte, denn von nun an verursachten ihr die Annäherungen ihres Gemahls unerträgliche Schmerzen, die es ihr unmöglich machten, die königliche Huldigung anzunehmen, nicht aus Mangel an gutem Willen, sondern weil ihr Körper den Gehorsam verweigerte. Sie beklagte es aufrichtig, entschuldigte sich, bemühte sich aufs äußerste, jedoch vergeblich, um Ludwigs beharrliche Liebesglut zu kühlen.

»Ich versichere Euch, liebster Herr, ich versichere Euch«, sagte sie, »wir müssen unsere Wallfahrt antreten. Eher werde ich nicht lieben können.«

»Nun gut, wir werden bald wallfahren, Liebste, und so weit Ihr wollt, und mit einem Strick um den Hals, wenn Ihr es wünscht; laßt mich nur zuvor noch die Streitigkeiten um das Artois beilegen.«

Der Schiedsspruch

Am Tage vor dem Heiligen Abend waren im größten Saal des Schlosses von Vincennes, der für diese Gelegenheit in einen Gerichtssaal verwandelt worden war, die bedeutendsten Adeligen des Reiches und eine große Zahl von Rechtsgelehrten versammelt; sie warteten auf den König.

Schon am Morgen war eine Abordnung der Barone des Artois eingetroffen. Sie wurden angeführt von Gérard Kierez und Jean de Fiennes und den unzertrennlichen Waffenbrüdern Souastre und Caumont. Alles schien wohl vorbereitet zu sein. Die Unterhändler des Königs hatten gute Arbeit geleistet. Sie hatten zahlreiche Begegnungen zwischen den feindlichen Parteien zustande gebracht; der Graf von Poitiers hatte Vernunftlösungen angeregt und seiner Schwiegermutter geraten, in mehreren Punkten nachzugeben, um in ihrer Grafschaft den Frieden wiederherzustellen und letzten Endes doch die Herrin zu bleiben.

Der König hatte Richtlinien erlassen, die zwar vage formuliert, aber in der Absicht eindeutig waren: »Ich will kein weiteres Blutvergießen; ich will nicht, daß Unschuldige noch länger in Kerkern schmachten; ich will, daß jedem sein Recht werde und daß gutes Einvernehmen und Freundschaft im ganzen Reiche herrschen.« Der Kanzler Etienne de Mornay hatte in diesem Sinne ein langes Urteil abgefaßt, worüber der Zänker, als es ihm vorgelegt wurde, unendlich stolz war, als habe er alle Artikel selbst diktiert.

Ludwig X. hatte Raoul de Presles freigelassen, zusammen mit den sechs weiteren Räten seines Vaters, die seit April im Gefängnis geschmachtet hatten. Es schien, als könne er dieser Aufwallung von Milde nicht mehr Einhalt gebieten, denn er hatte, trotz des heftigen Widerstandes Karls von Valois, sogar die Frau und den Sohn Enguerrand de Marignys begnadigt, die ebenfalls bis dahin eingekerkert gewesen waren. Ein derartiger Sinneswandel des Königs überraschte den Hof, und niemand konnte sich seinen Ursprung erklären. Der König war sogar so weit gegangen, Louis de Marigny zu empfangen; er hatte ihn in Gegenwart der Königin und mehrerer Würdenträger umarmt und ihm erklärt:

»Mein Sohn, die Vergangenheit ist vergessen.«

Der Zänker gebrauchte diese Phrase jetzt bei jeder Gelegenheit, als wolle er sich und die anderen überzeugen, daß eine neue Ära seiner Herrschaft angebrochen sei.

An jenem Morgen hatte er ein besonders gutes Gewissen, während ihm die Krone aufgesetzt und der weite, lilienbestickte Mantel umgelegt wurde.

»Mein Zepter! Mein Zepter!« sagte er. »Ist mein Zepter bereit?«

»Heute, Sire, braucht Ihr die *main de justice*«, erwiderte Mathieu de Trye, sein Erster Kämmerer, und reichte ihm die große, goldene Hand mit den zwei erhobenen Fingern.

»Wie schwer sie ist«, sagte Ludwig; »am Krönungstag ist sie mir leichter vorgekommen.«

»Eure Barone sind bereit, Sire«, fuhr der Kämmerer fort. »Werdet

Ihr zuerst Meister Martin empfangen, der soeben aus Paris gekommen ist, oder wollt Ihr ihn lieber erst nach der Ratssitzung sehen?«

»Meister Martin ist da?« rief Ludwig. »Ich will ihn hier empfangen, und man soll uns allein lassen.«

Der Eintretende war ein sehr stattlicher Mann von etwa fünfzig Jahren, mit tiefbraunem Teint und verträumten Augen. Obgleich er mit äußerster Einfachheit, beinahe wie ein Mönch, gekleidet war, hatten seine ganze Haltung, seine zugleich salbungsvollen und sicheren Bewegungen, die Art, wie er seinen Mantel über der Armbeuge faltete und sich grüßend verneigte, einen orientalischen Anstrich. Meister Martin war in seiner Jugend viel gereist, bis zu den Küsten von Zypern, Konstantinopel und Alexandrien.

Niemand wußte, ob er schon immer den Namen Martin getragen hatte, unter dem er jetzt bekannt war.

»Habt Ihr die Frage studiert, die ich Euch vorlegen ließ?« fragte der König, wobei er sich in einem Handspiegel betrachtete.

»Das habe ich getan, Sire, das habe ich getan, und es ist mir eine große Ehre, von Euch zu Rate gezogen zu werden.«

»Und? Sagt mir die Wahrheit, selbst wenn sie bitter sein sollte, ich fürchte mich nicht, sie zu hören.«

Ein Astrologe wie Meister Martin wußte, was er von einer solchen Einleitung halten durfte, zumal, wenn sie aus dem Munde eines Königs kam.

»Sire«, antwortete er, »unsere Wissenschaft ist nicht unfehlbar; wenn auch die Sterne niemals lügen, so kann sich doch unser menschlicher Verstand bei ihrer Beobachtung täuschen. Auf jeden Fall sehe ich keinen Grund für Eure Besorgnis, und nichts weist darauf hin, daß Ihr keine Nachkommen haben könntet. Der Himmel war zu Eurer Geburtsstunde in dieser Hinsicht günstig, und die Konstellation der Gestirne weist auf die Wahrscheinlichkeit einer Vaterschaft hin. Jupiter tritt in das Zeichen des Krebses, der die Fruchtbarkeit verkörpert, und dieser Jupiter, unter dem Ihr geboren seid, steht dazu mit dem Mond und dem Planeten Merkur in freundschaftlichem Trigon. Ihr solltet also die Hoffnung auf einen Erben nicht aufgeben, im Gegenteil. Andererseits sagt die Opposition, in der der Mond zum Mars steht, dem Kinde, das Ihr bekommen werdet, kein gefahrloses Leben voraus; es sollte von zartester Kindheit an von den wachsamsten und treuesten Dienern umsorgt werden.«

»Euer Rat ist mir wertvoll, Meister Martin, und Eure Worte trösten mich«, sagte der Zänker. »Habt Ihr ermitteln können, welche Stunde für die Zeugung der erwünschten Erben am günstigsten ist?«

Meister Martin zögerte ein wenig.

»Wir wollen zunächst nur vom ersten sprechen, Sire, denn über die weiteren könnte ich nicht mit genügender Zuverlässigkeit aussagen . . . Die Geburtsstunde der Königin fehlt mir; wie Ihr mir sagtet, weiß sie sie selbst nicht. Ich glaube jedoch, mit ziemlicher Sicherheit sagen zu können, daß Euch, noch ehe die Sonne in das Zeichen des Schützen tritt, ein Kind geboren wird, wodurch die Zeit der Empfängnis etwa auf die Februarmitte festgesetzt würde.«

»So müssen wir also noch vor diesem Zeitpunkt zum heiligen Johannes von Amiens wallfahrten, wie es die Königin so sehnlichst wünscht. Und wann denkt Ihr, Meister Martin, sollte ich meinen Krieg gegen die Flamen wiederaufnehmen?«

»Ich glaube, Sire, in diesem Falle solltet Ihr auf die Stimme Eurer Weisheit hören. Habt Ihr schon einen Zeitpunkt vorgesehen?«

»Ich werde die Armee wohl nicht vor dem kommenden August aufstellen können.«

Der träumerische Blick Meister Martins verharrte einen Augenblick auf dem Gesicht des Königs, auf der Krone, auf der *main de justice*, die Ludwig zu stören schien und die er auf der Schulter trug wie ein Gärtner den Stiel seines Spatens.

»Ehe der August kommt, muß der Juni überstanden werden . . .«, dachte der Astrologe.

»Im kommenden August, Sire«, antwortete er, »machen Euch die Flamen vielleicht keinen Kummer mehr.«

»Das glaube ich gerne«, rief der Zänker, der die Antwort im günstigen Sinne auffaßte; »denn ich habe ihnen im vergangenen Sommer große Angst eingejagt, daß sie sich zweifellos kampflos ergeben werden, noch ehe die Zeit für einen Einfall gekommen ist.«

Es ist ein seltsames Gefühl, vor einem Menschen zu stehen, von dem man sozusagen mit Sicherheit weiß, daß er vor Ablauf eines halben Jahres tot sein wird, und ihn sinnlose Pläne für eine Zukunft, die er aller Wahrscheinlichkeit nach nicht erleben wird, schmieden zu hören. »Vorausgesetzt, daß er nicht erst im November stirbt . . .«, hing Martin seinen Gedanken nach. Denn außer dem fatalen Termin im Juni konnte der Astrologe noch einen zweiten traurigen Aspekt nicht übersehen, eine ungünstige Beeinflussung durch den Saturn, siebenundzwanzig Jahre und vierundvierzig Tage nach der Geburt. »Das Unglück kann ihn treffen oder seine Frau oder das Kind, das er bis dahin haben würde . . . Wie dem auch sei, darüber spricht man besser nicht.«

Als Meister Martin sich bereits zum Gehen anschickte und die Börse, die der König ihm überreicht hatte, zwischen den Fingern spürte, zögerte er jedoch noch einmal; er empfand beinahe Gewissensbisse und fühlte sich verpflichtet, eine Mahnung auszusprechen:

»Sire, noch ein Wort über die Erhaltung Eurer Gesundheit. Hütet Euch vor Gift, besonders gegen Ende des Frühjahrs.«

»Ich soll also keine Maischwämme, Pfifferlinge und Morcheln zu mir nehmen, die ich so sehr gerne esse; sie haben mir allerdings, wie ich mich jetzt erinnere, schon manche Leibschmerzen verursacht, an denen ich ohnehin häufig leide.«

Plötzlich wurde er ängstlich.

»Gift! . . . Wollt Ihr am Ende damit sagen . . . Schlangenbiß?«

»Nein, Sire, ich spreche von Nahrungsmitteln.«

»Nun gut, ich danke Euch, Meister Martin, ich werde mich in acht nehmen.«

Und auf dem Wege zur Ratssitzung gebot Ludwig seinem Kämmerer, die Aufmerksamkeit in den Küchen zu verdoppeln, darauf zu achten, daß nur frische Lebensmittel von unverdächtiger Herkunft verwendet würden, und jedes Gericht zweimal vorkosten zu lassen, anstatt nur einmal, ehe es ihm serviert wurde.

Bei seinem Eintritt in den Großen Saal erhoben sich alle Anwesenden und blieben stehen, bis er sich unter dem Thronhimmel niedergelassen hatte.

Als er so auf seinem Thron saß, die Zipfel des Mantels über die Knie geschlagen, die *main de justice* leicht in die Armbeuge geneigt, fühlte sich Ludwig an Majestät den Christusfiguren gleich, die das Licht auf den Kirchenfenstern mit einem Heiligenschein umgibt. Beim Anblick seiner Barone, die rechts und links von ihm in prächtigen Gewändern und untertäniger Haltung standen, bei dem Gedanken, daß sie seinen Entscheidungen unterworfen seien, fand Ludwig, daß es manchmal doch Freude mache, König zu sein.

»Jetzt«, dachte er, »werde ich mein Urteil sprechen, und jeder wird sich danach richten, und ich werde den Frieden und das gute Einvernehmen zwischen meinen Untertanen wiederherstellen.«

Vor ihm standen die beiden Parteien, zwischen denen er den Schiedsspruch fällen sollte. Auf der einen Seite überragte Gräfin Mahaut, auch sie mit einer Krone auf dem Kopf, alle ihre Räte, die sich um sie scharten. Gegenüber befand sich die Abordnung der »Verbündeten« des Artois. Bei ihnen bemerkte man eine gewisse Disharmonie in der Aufmachung, denn jeder hatte sein bestes Gewand angelegt, das nicht immer der neuesten Mode entsprach. Diesen kleinen Adeligen sah man ihre ländliche Abkunft an; Souastre und Caumont hatten sich herausgeputzt, als sollten sie zum Turnier erscheinen; sie trugen riesige Helme, von denen der eine von einem Adler mit ausgebreiteten

Schwingen und der andere von einem Frauenkopf gekrönt war; unter den hochgeschlagenen Visieren äugten sie ein wenig unsicher ob der Verachtung, der sie begegneten, umher.

Die großen Barone, die man zu dieser Ratssitzung einberufen hatte, waren klugerweise in gleicher Anzahl unter den Parteigängern beider Gruppen ausgewählt worden. Karl von Valois, sein Sohn Philipp, Karl de la Marche, Ludwig von Clermont, der Herr de Mercœur, der Graf von Savoyen und vor allem Robert von Artois, Graf von Beaumont-le-Roger, unterstützten die »Verbündeten«. Man wußte, daß auf der anderen Seite Philipp von Poitiers, Ludwig von Evreux, Henri de Sulli, der Graf de Boulogne, der Graf de Forez und Messire Miles des Noyers die Sache Mahauts vertraten.

Der Kanzler Etienne de Mornay saß vor dem König, seine Pergamente lagen auf einem Tischchen ausgebreitet.

»*In nomine patris et filii . . .*«

Die Anwesenden betrachteten einander voll Erstaunen. Zum erstenmal eröffnete der König seine Ratssitzung mit einem Gebet und rief die göttliche Erleuchtung auf seine Entscheidungen herab.

»Er ist völlig verwandelt«, flüsterte Robert von Artois seinem Vetter Philipp von Valois zu; »jetzt hält er sich gar für einen Bischof auf der Kanzel.«

»Meine lieben Brüder, meine lieben Onkel, meine guten Herren und vielgeliebten Untertanen«, begann Ludwig X., »es ist unser größter Wunsch und es wurde uns durch Gottes Auftrag zur Pflicht gemacht, unserem Land den Frieden zu erhalten und die Spaltung unter unseren Untertanen zu verurteilen . . .«

Er, der sonst stets zu stottern anfing, wenn er in der Öffentlichkeit sprechen mußte, drückte sich heute in langsamer, aber klarer Redeweise aus; er fühlte tatsächlich eine göttliche Eingebung, und wer ihn an diesem Tage gehört hatte, fragte sich, ob er seine wahre Bestimmung nicht im Amte eines vortrefflichen Landpfarrers gefunden hätte.

Er richtete zunächst das Wort an Gräfin Mahaut und bat sie, seinen Ratschlägen zu folgen. Mahaut erhob sich und antwortete:

»Sire, das habe ich immer getan und werde es immer tun.«

Dann wandte der König sich an die »Verbündeten« mit der gleichen Empfehlung.

»Als gute und getreue Untertanen, Sire«, erwiderte Gérard Kierez, »bitten wir Euch demütig, Ihr wollet alles nach Eurem Willen tun und anordnen.«

Ludwig sah der Reihe nach seine Onkel, Brüder und Vettern an, und seine Miene sagte: »Seht, wie gut ich alles zu schlichten vermag.«

Dann forderte er den Kanzler de Mornay auf, den Urteilsspruch zu verlesen.

Etienne de Mornay war zwar noch jung, aber sehr kurzsichtig. Er hielt die dicken Pergamentrollen dicht vor die Augen und begann:

»Die Vergangenheit ist vergessen. Haß, Beleidigungen und Ränke sind von beiden Parteien vergeben. Gräfin Mahaut anerkennt ihre Verpflichtungen gegenüber ihren Untertanen; sie soll im Lande Artois den Frieden aufrechterhalten, den Verbündeten nichts Böses noch Gemeines zufügen und auch keine Gelegenheit dazu suchen. Sie wird, dem Beispiel des Königs folgend, die Gewohnheitsrechte besiegeln, die zur Zeit des heiligen Ludwig im Artois galten und die ihr von allen vertrauenswürdigen Leuten bestätigt werden sollen, den Rittern, Geistlichen, Bürgern, Advokaten . . .«

Ludwig X. hörte nicht mehr zu. Er hatte den ersten Satz diktiert und glaubte, damit genug getan zu haben. Nun folgten juristische Spitzfindigkeiten, von denen er nichts verstand. Er überlegte und zählte dabei an den Fingern: »Februar, März, April, Mai . . . demnach würde mir etwa im November ein Erbe geboren . . .«

»Nun zu den Garantien«, fuhr Etienne de Mornay fort. »Wird über Gräfin Mahaut Klage geführt, so wird der König Untersuchungen darüber anstellen lassen, ob die Klage begründet ist. Ist dies der Fall und weigert sich die Gräfin, dem Recht Genüge zu tun, so wird der König sie dazu zwingen. Andererseits soll die Gräfin das Recht haben, das Bußgeld, das sie fordert, in jedem einzelnen Fall selbst zu bestimmen. Die Gräfin muß ihren Grundherren die Ländereien zurückgeben, die sie ohne rechtliche Handhabe beschlagnahmt hat . . .«

Mahaut wurde unruhig, aber die Brüder Hirson, die neben ihr standen, beschwichtigten sie.

»Davon war bei der Zusammenkunft von Compiègne keine Rede!« sagte Mahaut.

»Besser einen kleinen Teil als alles«, flüsterte Denis.

Die Erinnerung an den kleinen Spaziergang, den er am Todestag des Büttels Cornillot in Ketten zurückgelegt hatte, machte ihn kompromißbereit.

Mahaut schob die Ärmel zurück und lauschte aufmerksam. Noch bezwang sie den aufsteigenden Zorn.

Die Lesung dauerte beinahe eine Viertelstunde. Kierez wandte sich mehrmals nach den Verbündeten um und bedeutete ihnen durch ein Nicken, daß alles zum besten stehe.

Eine Welle der Spannung ging durch den Saal, als das Urteil den Fall Thierry d'Hirsons berührte. Alle Blicke richteten sich auf Mahauts Kanzler und seine Brüder.

»Was Meister Thierry d'Hirson anbelangt, den die Verbündeten vor Gericht zu stellen wünschen, so entscheidet der König, daß die Klage vor den Bischof von Thérouanne gebracht werden solle, dem Meister Thierry als Propst von Ayre untersteht; er kann jedoch nicht in das Artois, um dort seine Verteidigung zu führen, da der genannte Meister Thierry in diesem Land gar sehr verhaßt ist. Auch seine Brüder, Schwestern und Neffen können nicht dorthin, ehe das Urteil vom Bischof von Thérouanne gesprochen und vom König bestätigt ist . . .«

Von diesem Augenblick an gaben die Hirson die versöhnliche Haltung auf, die sie bisher bewahrt hatten.

»Schaut Euren Neffen an; seht nur, wie er triumphiert!«

Tatsächlich lächelte Robert von Artois zu Karl und Philipp von Valois hinüber.

So viel seelenruhig zur Schau getragene Unverschämtheit trieb Mahauts Erbitterung auf die Spitze. Mit einer Geste beider Hände gebot sie den Brüdern Hirson Schweigen und antwortete ihnen mit leiser Stimme:

»Das letzte Wort ist noch nicht gesprochen, Freunde, das letzte Wort ist noch nicht gesprochen! Habe ich Euch je im Stich gelassen, Thierry? Geduldet Euch.«

Die eintönige Stimme des Kanzlers schwieg; die Lesung des Schiedsurteils war zu Ende. Der Bischof von Soissons, der den Verhandlungen beigewohnt hatte, erhob sich mit dem Evangelium in der Hand; er schritt auf die Barone zu, um es ihnen zum Schwur hinzuhalten; alle Barone standen auf und erhoben die rechte Hand, während Gérard Kierez in ihrem Namen auf das Buch der Bücher schwor, daß sie sich in allen Dingen dem Entscheid des Königs beugen wollten. Dann trat der Bischof auf Mahaut zu.

Der König war gerade in Gedanken unterwegs. »Gewiß werden wir die Wallfahrt nach Amiens zu Fuß machen, aber nur die letzte Meile. Den übrigen Weg legen wir im Wagen zurück, unter warmen Decken. Wir brauchen auch feste Pelzstiefel, und für Klementia werde ich einen Hermelin anfertigen lassen, den sie noch über ihrem Pelzmantel tragen kann, damit sie sich nicht erkältet . . . Hoffentlich wird sie von diesen Schmerzen erlöst, die sie in der Liebe behindern.« Er war in Träumereien versunken und betrachtete die goldenen Finger der *main de justice*, als er plötzlich eine laute Stimme feststellen hörte:

»Ich verweigere den Eid; nie werde ich diesen üblen Schiedsspruch besiegeln.« – Eisiges Schweigen legte sich über die Versammlung, und alle Blicke wandten sich dem Zänker zu. Die Kühnheit dieser Weigerung, die dem Herrscher ins Gesicht geschleudert wurde, erschreckte durch ihre Ungeheuerlichkeit selbst die Mutigsten. Man fragte sich, welche fürchterliche Vergeltung aus dem königlichen Munde kommen würde.

»Was geht vor?« fragte Ludwig und beugte sich zu seinem Kanzler. »Wer weigert sich? Dieser Schiedsspruch erscheint mir recht gut.« Seine großen, blassen Augen musterten alle Anwesenden, von denen mehr als einer, als sie ihn so zerstreut, so unfähig einer Entgegnung sahen, bei sich dachte: »Ein armseliger Herrscher, weiß Gott, den wir da haben.«

Da erhob sich Robert von Artois. Mit einer weitausholenden Bewegung stieß er seinen Stuhl zurück, schritt auf den König zu, und die Fliesen bebten unter seinen roten Stiefeln. Er atmete so tief ein, als wolle er die ganze Luft im Saale in seine Lungen ziehen, und rief mit seiner Schlachtenstimme:

»Sire, liebster Cousin, werdet Ihr noch länger dulden, daß man Euch trotzt, Euch einen Schlag ins Gesicht versetzt? Wir, Eure Verwandten und Ratgeber, ertragen es nicht mehr. Seht doch, wie schlecht man Eure Milde lohnt! Ihr wißt, daß ich für mein Teil immer gegen ein freundschaftliches Übereinkommen mit Madame Mahaut gewesen bin, für deren Zugehörigkeit zu meiner Familie ich mich schäme; denn jedes Wohlwollen, das man ihr entgegenbringt, legt sie als Zeichen der Schwäche aus; es ermutigt sie nur zu noch größeren Schurkereien. Wird man mir endlich Glauben schenken, Messeigneurs«, fuhr er fort, indem er die ganze Versammlung als Zeugen anrief und sich dröhnend auf die scharlachbedeckte Brust schlug, »wird man endlich meinem Wort, meiner Versicherung, die ich seit so vielen Jahren abgebe, Glauben schenken, daß ich getäuscht, betrogen, bestohlen wurde von diesem Ungeheuer in Weibergestalt, das weder vor der Macht des Königs noch vor der Macht Gottes die geringste Achtung kennt! Aber ist das ein Wunder, bei einer Frau, die selbst den Willen ihres sterbenden Vaters mißachtete und sich Güter angeeignet hat, die ihr nicht zustanden, die mich beraubt hat, als ich noch ein Kind war, mich, eine Waise!«

Mahaut stand mit verschränkten Armen da und betrachtete ihren Neffen mit tiefster Verachtung; zwei Schritte von ihr entfernt stand der Bischof von Soissons mit seiner schweren Bibel unter dem Arm und wußte nicht, wie er sich verhalten sollte.

»Wißt Ihr, Sire«, fuhr Robert fort, »warum Madame Mahaut heute Eure Entscheidung verwirft, der sie gestern noch zustimmte? Weil Ihr ein Urteil über Meister Thierry d'Hirson hinzugefügt habt, über diese käufliche und verdammte Seele, diesen Meisterschurken, dem ich nur zu gerne die Stiefel auszöge, um zu sehen, ob er keinen Bocksfuß hat!

Er hat damals auf Befehl Madame Mahauts das Testament meines Großvaters, des Grafen Robert II., entwendet und mit ihr zusammen versteckt, das Testament, das mir seine Grafschaft, seine Gerichtsbefugnisse und seine Besitztümer zusprach. Das Geheimnis dieses Diebstahls hat die beiden aneinandergekettet, und daraufhin hat Gräfin Mahaut allen Brüdern und Verwandten Thierrys Pfründen verschafft. Und nun plündern sie dieses unglückliche Volk, das einst so wohlhabend war und jetzt so elend ist, daß es nur noch zum Aufstand seine Zuflucht nehmen kann.«

Die Barone aus dem Artois hatten sich aufgerichtet, ihre Gesichter strahlten, und man sah, daß sie Robert am liebsten Beifall geklatscht hätten, wie einem fahrenden Sänger nach einer besonders schwungvollen Stelle einer Heldenerzählung.

»Wenn Ihr die Stirn habt, Sire«, fuhr Artois fort, indem er vom Zorn zur Ironie überwechselte, »wenn Ihr die Kühnheit habt, Meister Thierry zu beleidigen, ihm auch nur einen winzigen Bruchteil seiner Beute streitig zu machen, den kleinen Nagel des kleinen Fingers des kleinsten seiner Neffen zu bedrohen, ah! Sire! Welche Unvorsichtigkeit begeht Ihr da! Seht nur Madame Mahaut an, jetzt hat sie die Krallen ausgestreckt und ist bereit, Gottvater selbst ins Gesicht zu spucken. Denn die Gelübde, die sie bei der Taufe abgelegt hat, und die Huldigung, die sie Euch mit gebeugtem Knie erwies, gelten nichts neben ihrer Bindung gegenüber Meister Thierry, der in Wahrheit ihr oberster Gebieter ist!«

Er war mit seiner Rede zu Ende. Mahaut hatte sich nicht gerührt. Tante und Neffe maßen einander lange mit den Blicken.

»Lüge und Verleumdung fließen wie Speichel aus deinem Mund, Robert«, sagte die Gräfin ruhig. »Gib acht, daß du dich nie in die Zunge beißt, du könntest daran sterben.«

»Schweigt, Madame!« schrie plötzlich der Zänker, der seinem Cousin an Temperament nicht nachstehen wollte. »Schweigt! Ihr habt mich getäuscht! Ich verbiete Euch, ins Artois zurückzukehren, ehe Ihr das Urteil besiegelt habt, das ich abgefaßt habe und das ein gutes Urteil ist, wie mir jeder bestätigt. Und bis dahin werdet Ihr in Paris wohnhaft bleiben oder in Conflans und nirgends sonst. Genug für heute, die Sitzung ist aufgehoben.«

Er wurde von einem heftigen Hustenanfall geschüttelt, so daß er sich auf seinem Thron zusammenkrümmte.

»Wenn er nur verrecken würde!« murmelte Mahaut zwischen den Zähnen.

Der Graf von Poitiers hatte kein einziges Wort gesprochen. Er ließ ein Bein baumeln und strich sich nachdenklich das Kinn.

3
Das Erscheinen des Kometen

Der neue Herr von Neauphle

Am zweiten Donnerstag nach dem Dreikönigsfest, dem Markttag in Neauphle-le-Château, herrschte in der lombardischen Bank große Aufregung. Das ganze Haus wurde auf den Kopf gestellt und geputzt, als stehe der Besuch eines Fürsten bevor; der Dorfmaler strich die dicke Eingangstür; die Geldtruhen wurden so lange poliert, bis ihre Eisenbeschläge heller als Silber glänzten; von den Türfüllungen wurden die Spinnweben gekehrt, die Wände gekalkt und die Pulte gewachst; und die Schreiber, die nirgends mehr ihre Register, Abrechnungen und Zählmarken fanden, beherrschten nur mit Mühe ihre Nervosität, wenn sie die Kunden bedienten.

Ein schönes, hochgewachsenes junges Mädchen von etwa siebzehn Jahren betrat mit vor Kälte geröteten Wangen das Kontor und blieb überrascht ob dieses Treibens auf der Schwelle stehen. Der Mantel aus feiner, heller Wolle, in den es eingehüllt war, die Silberschließe, die ihn am Kragen zusammenhielt, und seine ganze Haltung verrieten auf den ersten Blick seine adelige Abkunft. Die Dörfler zogen bei seinem Anblick die Mützen.

»Ah! Fräulein Marie!« rief Ricard, der Erste Gehilfe. »Seid willkommen! Tretet ein und wärmt Euch. Euer Körbchen ist gepackt, wie jede Woche, ich habe es aber bei diesem Getriebe wegschließen lassen.«

Dann wandte er sich an einen dicken Bauern, der einige Silberstücke gegen einen Louisdor eintauschen wollte:

»Ja, Ihr werdet sogleich bedient, Meister Guillemard.«

Und er rief dem Zweiten Gehilfen zu:

»Piton, kümmere dich um Meister Guillemard!«

Er ließ das junge Mädchen in ein Nebenzimmer eintreten, das den Bankgehilfen als Aufenthaltsraum diente. Hier brannte ein helles Feuer. Ricard holte aus einem Wandschrank ein Weidenkörbchen, das mit einem Leinentuch bedeckt war.

»Nüsse, Öl, frischer Speck, Weizenmehl, getrocknete Erbsen und drei dicke Würste«, sagte er zu Marie. »Solange wir hier zu essen haben, werdet auch Ihr nicht hungern. So hat Messire Guccio es angeordnet. Und ich schreibe alles auf seine Rechnung, wie gewöhnlich . . . Der Winter dauert nun schon recht lange, und ich würde mich wundern, wenn nicht am Ende noch eine Hungersnot käme wie im vergangenen Jahr. Aber diesmal werden wir keinen Mangel leiden.«

Marie nahm das Körbchen.

»Kein Brief?« fragte sie.

Der Erste Gehilfe – er war halb italienischer und halb französischer Abkunft und hieß eigentlich Ricardo – schüttelte mit gespielter Traurigkeit den Kopf.

»Leider nein, schönes Fräulein! Diesmal gibt's keinen Brief.«

Er lächelte über die Enttäuschung, die sich auf Maries Zügen ausdrückte, und fügte hinzu:

»Nein, keinen Brief, aber eine gute Nachricht!«

»Ist er wieder gesund?« rief das junge Mädchen.

»Für wen glaubt Ihr denn, daß wir alle diese Vorbereitungen treffen, mitten im Januar, während man sonst nie vor April den Maler kommen läßt?«

»Ricard! Ist es wirklich wahr? Euer Herr kommt hierher?«

»Ja! *Si, Santo Dio!* Er kommt; er ist bereits in Paris und hat uns benachrichtigen lassen, daß er morgen hier sein wird. Es muß ihn schon gewaltig hierherziehen, denn er scheint unterwegs kein einziges Mal Rast gemacht zu haben.«

»Wie freue ich mich! Wie freue ich mich auf das Wiedersehen!«

Dann faßte sie sich, als sei der Freudenausbruch unziemlich gewesen und sagte:

»Meine ganze Familie wird sich auf das Wiedersehen freuen.«

»Gewiß, aber ich habe heute Ohrenschmerzen«, erwiderte Ricard, »und dazu ist auch noch Markttag. Muß denn alles zu gleicher Zeit über mich hereinbrechen? . . . Hört, Dame Marie, ich möchte Euren Rat wegen der Wohnung, die wir ihm eingerichtet haben. Sagt mir doch, ob sie Euch gefällt.«

Er führte sie ins obere Stockwerk und öffnete die Tür eines geräumigen, wenngleich niedrigen Gemachs mit frisch gewachsten Deckenbalken. Es war mit einigen ziemlich plumpen Eichenmöbeln ausgestattet, einem schmalen Bett, auf dem jedoch eine schöne Decke aus italienischem Brokat lag, mit Zinngerät und einem Leuchter. Marie ließ die Augen im Zimmer umherschweifen.

»Das sieht alles sehr ordentlich aus«, sagte sie. »Aber ich glaube und hoffe, daß Euer Herr bald im Schlosse Wohnung nehmen wird.«

Ricard setzte wieder sein verstecktes Lächeln auf.

»Ich denke auch«, erwiderte er. »Jeder hier, das dürft Ihr mir glauben, zerbricht sich den Kopf über Messire Guccios Ankunft und die Nachricht, daß er dauernd hierbleiben will. Seit gestern kommen die Leute unaufhörlich unter jedem erdenklichen Vorwand zu uns, als könne ihnen niemand sonst im Städtchen zwölf Heller für einen Sous hinzählen. Und alles nur, um Maul und Augen aufzureißen über die Arbeiten, die hier im Gange sind, und sich immer wieder den Grund dafür sagen zu lassen. Man muß zugeben, daß Messire Guccio hier zu Lande große Beliebtheit genießt, seit er den Profos Portefruit zum Teufel gejagt hat, über den jeder sich mit gutem Grund beklagte. Man wird ihm einen großartigen Empfang bereiten, und ich sehe schon, daß er der eigentliche Herr von Neauphle werden wird . . . nach Euren Brüdern, versteht sich«, fügte er hinzu, führte das junge Mädchen wieder hinunter und ließ es durch das Gartenpförtchen hinaus.

Niemals war Marie der Weg von Neauphle zum Schloß Cressay kürzer vorgekommen. »Er kommt . . . er kommt . . . er kommt . . .«, sang sie wie ein Lied vor sich hin und hüpfte von einer Wagenspur zur anderen. »Er kommt, er liebt mich, bald werden wir verheiratet sein. Er wird wirklich der Herr von Neauphle werden.« Der Korb mit Lebensmitteln wog leicht an ihrem Arm.

Als sie den Hof von Cressay betrat, begegnete sie ihrem Bruder Pierre.

»Er kommt!« rief sie und flog ihm an den Hals.

»Wer kommt?« fragte der grobschlächtige junge Mann erstaunt. Zum erstenmal seit Monaten sah er, wie seine Schwester sich aufrichtig freute.

»Guccio kommt!«

»Ah! Eine gute Nachricht!« rief Pierre de Cressay. »Er ist ein angenehmer Gesellschafter, ich freue mich schon auf ein Wiedersehen.«

»Er wird in Neauphle bleiben, sein Onkel hat ihm das dortige Kontor anvertraut. Und vor allem . . .«

Sie hielt plötzlich inne, dann jedoch, unfähig, ihr Geheimnis noch länger bei sich zu behalten, zog sie das bärtige Gesicht ihres Bruders ganz dicht zu sich heran und flüsterte ihm ins Ohr:

»Er wird um meine Hand anhalten.«

»Ach, was!« erwiderte der große Pierre. »Wie kommst du denn auf diesen Unsinn?«

»Das ist kein Unsinn, ich weiß es . . . ich weiß es . . . ich weiß es.«

Der Klang ihrer Stimmen lockte auch Jean de Cressay herbei, der im Stall eigenhändig sein Pferd gestriegelt hatte. Er hielt ein Strohbüschel in der Hand.

»Jean, es sieht ganz so aus, als sollten wir einen Schwager aus Paris bekommen«, sagte der jüngere.

»Einen Schwager? Wessen Schwager?«

»Ah! Hör zu! Unsere Schwester hat einen Mann gefunden!«

»Nun, das wäre ganz vortrefflich«, erwiderte Jean.

Er wollte ihnen nicht das Spiel verderben; er hielt das Ganze für einen Backfischstreich.

»Und wie heißt«, fuhr er fort, »der mächtige Herr, der so großes Verlangen trägt, sich mit unseren morschen Türmen und unserem Vermögen aus Schuldscheinen zu verbinden? Ich hoffe doch sehr, liebe Schwester, daß er reich ist, denn wir hätten es bitter nötig.«

»Nun ja, reich ist er«, antwortete Marie. »Es ist Guccio Baglioni.«

Als sie den Blick sah, den ihr älterer Bruder ihr zuwarf, wußte sie sofort, daß eine Tragödie bevorstand. Plötzlich spürte sie die Kälte, und ihre Ohren dröhnten.

Jean de Cressay tat noch ein Weilchen, als hielte er das Ganze für einen Scherz, aber der Ton seiner Stimme hatte sich verändert. Er wollte wissen, welchen Grund seine Schwester für ihre Reden hatte. Empfand sie wirklich eine besondere Zuneigung für Guccio? Hatte sie mit ihm Gespräche geführt, die über die Grenzen der Schicklichkeit hinausgegangen waren? Hatte er ohne Wissen der Familie an sie geschrieben?

Marie antwortete auf alle Fragen mit »Nein«, aber ihre Unruhe wuchs. Auch Pierre fühlte sich unbehaglich. »Ich habe wieder einmal eine Dummheit gemacht«, dachte er, »ich hätte besser den Mund gehalten.«

Alle drei betraten den großen Saal des Herrenhauses, wo ihre Mutter, Dame Eliabel, am Kamin Wolle spann. In den vergangenen Monaten hatte die Schloßherrin dank Guccios wöchentlichen Lebensmittelsendungen ihre Stattlichkeit wiedergewonnen.

»Geh in dein Zimmer«, befahl Jean de Cressay seiner Schwester.

Als Ältester hatte er die Autorität des Familienoberhauptes, und Marie gehorchte ohne Widerspruch.

Als man hörte, daß im oberen Stock die Tür geschlossen wurde, setzte Jean seine Mutter über alles ins Bild, was er soeben erfahren hatte.

»Weißt du das ganz bestimmt, mein Junge? Ist das möglich?« rief sie aus. »Wer könnte auf den Gedanken kommen, ein Mädchen unseres Standes, deren Vorfahren seit drei Jahrhunderten der Ritterschaft angehören, würde jemals einen Lombarden heiraten? Ich bin überzeugt, daß dieser kleine Guccio, übrigens ein recht angenehmer junger Mann, der sich des Standesunterschiedes wohl bewußt ist, nicht im Traum daran gedacht hat.«

»Ich weiß nicht, ob er daran gedacht hat, Mutter«, erwiderte Jean, »aber ich weiß, daß Marie daran denkt.«

Dame Eliabels feiste Wangen röteten sich.

»Die Kleine hat sich Grillen in den Kopf gesetzt!« sagte sie. »Wenn dieser junge Mann mehrmals hierher zu Besuch gekommen ist und uns so große Freundlichkeit erwiesen hat, so deshalb, meine Lieben, weil er sich für die Mutter interessiert und nicht für die Tochter. Oh! Ohne alle Hintergedanken«, fügte sie eilends hinzu, »er ist mir mit keinem Wort zu nahe getreten. Aber solche Dinge errät man als Frau, und ich habe sehr wohl begriffen, daß er mich verehrt . . .«

Bei diesen Worten richtete sie sich auf ihrem Stuhl auf, und ihr Mieder straffte sich.

»Ich will Euer Urteil nicht in Zweifel ziehen, Mutter«, erwiderte Jean de Cressay, »indessen bin ich nicht so ganz überzeugt. Erinnert Euch, bei Guccios letztem Besuch haben wir ihn mehrmals mit unserer Schwester allein gelassen, als sie so krank zu sein schien; und genau seit dieser Zeit ist sie wieder genesen.«

»Wahrscheinlich, weil sie seit dieser Zeit wieder genug zu essen hat, und wir ebenfalls«, bemerkte Pierre.

»Ja, aber ich stelle auch fest, daß wir seitdem alle Nachrichten von Guccio durch Marie erhalten. Seine italienische Reise, der Beinbruch . . . Ricard bestellt jede Botschaft an Marie, nie an uns. Und wie sie darauf besteht, immer selbst die Lebensmittel im Kontor abzuholen! Ich sage euch, dahinter stecken Machenschaften, die wir nicht wachsam genug verfolgt haben.«

Dame Eliabel wandte sich von ihrer Kunkel ab, wischte mit einer Handbewegung die Wollfasern von ihrem Rock, erhob sich und erklärte in gekränktem Ton:

»Es wäre wahrlich zuviel der Schurkerei, wenn dieses Jüngelchen sein unredlich erworbenes Geld dazu verwendet hätte, meine Tochter zu verführen; wenn er verlangte, für seine paar Gaben an Nahrungsmitteln und Kleidung in unsere Familie aufgenommen zu werden, während er doch mit unserer Freundschaft hinlänglich belohnt sein dürfte.«

Pierre de Cressay besaß als einziger in der Familie einen gesunden Sinn für die Wirklichkeit. Er war schlicht, anhänglich und ohne Vorurteile. Soviel Treulosigkeit gepaart mit so großer Anmaßung ärgerte ihn. »Sie sind auf Marie eifersüchtig, jeder auf seine Weise«, dachte er, als er sah, wie seine Mutter und sein Bruder gegenseitig ihre Entrüstung schürten.

»Ihr scheint beide zu vergessen«, sagte er, »daß wir Guccios Onkel immer noch dreihundert Livres schulden und daß er sie aus reiner

Gefälligkeit noch nicht eingefordert hat und auch die stets wachsenden Zinsen stundet. Und wenn uns der Profos Portefruit nicht gepfändet und aus unseren Mauern verjagt hat, so verdanken wir das ebenfalls Guccio. Und erinnert euch, daß er uns vor dem Hungertod gerettet hat mit all den Lebensmitteln, die wir nie bezahlt haben. Ehe ihr ihn so weit von euch weist, solltet ihr überlegen, ob ihr ihm das Seinige zurückbezahlen könnt. Guccio ist reich und wird mit den Jahren noch reicher werden. Er genießt allerhöchste Protektion, und wenn er dem König von Frankreich gut genug war, um die neue Königin aus Neapel mit abzuholen, so sehe ich nicht ein, warum wir uns so sehr zieren müssen.«

Jean zuckte die Achseln.

»Auch dafür haben wir nur Maries Erzählung als Beweis«, sagte er. »Er ist als Geschäftsmann hierhergekommen, um einen Handel abzuschließen.«

»Und selbst wenn ihn der König nach Neapel geschickt hat, so heißt das noch nicht, daß er ihm seine Tochter gäbe!« rief Dame Eliabel.

»Arme Mutter«, erwiderte Pierre, »Marie ist, soviel ich weiß, nicht die Tochter des Königs von Frankreich! Gewiß, sie ist sehr schön . . .«

»Ich verkaufe meine Schwester nicht für Geld!« schrie Jean de Cressay.

Eine seiner Augenbrauen war höher gewölbt als die andere, und der Zorn ließ diese Unregelmäßigkeit noch deutlicher hervortreten.

»Du verkaufst sie nicht, nein«, gab Pierre zurück, »aber du wirst ihr einen alten adeligen Knacker aussuchen und ihm seinen Reichtum nicht verübeln, vorausgesetzt, daß er an seinen Gichtfüßen Sporen schleifen kann! Wenn sie Guccio liebt, so verkaufst du sie nicht! . . . Der Adel? Pah! Wir zwei sind genug, um ihn zu vererben. Ich meinerseits, das sage ich euch offen, würde diese Heirat nicht gar so ungern sehen.«

»Und du würdest deine Schwester auch nicht ungern in Neauphle, auf unserem Lehensgrund, hinter einem Bankschalter sehen, wie sie Münzen wiegt und mit Gewürzen handelt? Du bist nicht bei Verstand, Pierre, ich frage mich nur, wie du unserem Stand so wenig Achtung entgegenbringen kannst«, sagte Dame Eliabel. »Auf jeden Fall werde ich, solange ich lebe, niemals meine Einwilligung zu dieser unpassenden Verbindung geben und dein Bruder auch nicht, nicht wahr, Jean?«

»Gewiß, Mutter, wir haben bereits zu viele Worte darüber verschwendet, und ich möchte Pierre ersuchen, nie mehr davon anzufangen.«

»Gut, gut, du bist der Ältere, mach nur, was du für richtig hältst«, sagte Pierre.

»Ein Lombarde, ein Lombarde!« Dame Eliabel konnte sich gar nicht beruhigen. »Dieser junge Guccio kommt hierher, habt ihr gesagt? Laßt mich nur machen, liebe Söhne. Das Geld und die Dankbarkeit, die wir ihm schulden, hindern uns daran, ihm unsere Tür zu verschließen. Sei's drum, wir werden ihn also empfangen; wir werden ihn nur zu gut empfangen; aber wenn er hinterhältig ist, so werde ich es auch sein, und ich verspreche euch, daß ihm die Lust vergehen wird, noch einmal hierherzukommen, wenn das dahintersteckt, was wir befürchten!«

Dame Eliabels Willkommensgruß

Am nächsten Morgen hätte man meinen können, das Fieber, das im Kontor von Neauphle herrschte, habe auch auf das Herrenhaus von Cressay übergegriffen. Dame Eliabel schubste ihre Dienerin herum, und sechs Bauern aus der Nachbarschaft waren zum Frondienst einberufen worden. Die Steinplatten der Fußböden wurden mit Strömen von Wasser geschrubbt, Tische gedeckt wie zu einer Hochzeit, zerhackte Bäume zu beiden Seiten des Kamins aufgeschichtet; im Stall wurde frisches Stroh aufgeschüttet, der Hof mit Birkenreisern gekehrt, und in der Küche drehten sich bereits ein junges Wildschwein und ein ganzer Hammel am Spieß; die Pasteten buken im Ofen; und im Weiler verbreitete sich das Gerücht, die Cressay erwarteten den Besuch eines königlichen Gesandten.

Die Luft war kalt und leicht, einige Strahlen der Januarsonne verschönten die nackten Zweige und tanzten in funkelnden Flecken auf den Pfützen der Wege.

Guccio kam gegen Mittag an. Er trug einen warmen, pelzgefütterten Mantel, eine Gugel aus grünem Tuch, deren Zipfel ihm bis auf die Schulter fiel, und ritt einen schönen, wohlgenährten Fuchs mit prächtigem Zaumzeug. Er wurde von einem ebenfalls berittenen Diener begleitet, und schon auf eine Meile Entfernung sah man ihm seinen Wohlstand an.

Dame Eliabel und ihre beiden Söhne erwarteten ihn. Sie trugen ihre Festtagskleider, und Guccio war über diesen Empfang entzückt. Die reichbeschickte Tafel, die Aufmerksamkeit der Diener, die herzliche Umarmung Dame Eliabels, die Freude, die sein Kommen ausgelöst hatte, all das wertete er als günstige Zeichen. Bestimmt hatte Marie über ihre Pläne gesprochen, und sie waren mit Begeisterung aufgenommen worden. Die Familie wußte, warum er gekommen war, und behandelte ihn bereits als den Verlobten der Tochter. Nur Pierre de Cressay schien ein wenig verlegen zu sein.

»Meine lieben Freunde«, rief Guccio aus, »wie freue ich mich, Euch wiederzusehen! Aber Ihr hättet Euch nicht dermaßen in Unkosten stürzen sollen. Behandelt mich doch, als gehörte ich zur Familie.« Dieses Wort mißfiel Jean, und er tauschte einen heimlichen Blick mit seiner Mutter.

Guccio hatte sich äußerlich ein wenig verändert. Von seinem Unfall her war sein rechtes Bein leicht steif geblieben, was seinen Bewegungen eine gewisse hochmütige Eleganz verlieh. Auch war er während seines Aufenthalts im Spital noch ein Stück gewachsen; er war um mindestens einen Daumen größer geworden, seine Züge hatten sich schärfer ausgeprägt, und sein Gesicht hatte jenen ernsten, gereiften Ausdruck gewonnen, der eine Folge lange getragener körperlicher Leiden ist. Er war dem Jünglingsalter entwachsen und ein Mann geworden. Er hatte nichts von der früheren Sicherheit seines Auftretens verloren, ganz im Gegenteil, aber er versuchte nicht mehr, um jeden Preis auf seine Umgebung Eindruck zu machen. Sein Französisch war besser geworden; er sprach fast akzentfrei und ein wenig langsamer, aber immer noch mit lebhaften Handbewegungen.

Guccio betrachtete das Haus, als sei er bereits der Eigentümer. Er erkundigte sich nach Pierres und Jeans Plänen. Hatten sie noch vor, einige Reparaturen an ihrem Schloß ausführen zu lassen? Es umbauen zu lassen, damit es dem Geschmack der Zeit entspräche? »In Italien«, sagte er, »habe ich gemalte Zimmerdecken gesehen, die sich hier noch besser ausnehmen würden. Und habt Ihr nicht vor, Eure Badestube wieder instand setzen zu lassen? Heute macht man sie viel kleiner und bequemer; nach meiner Meinung ist eine Badestube für die Körperpflege eines Edelmannes unerläßlich.«

Er wollte damit diskret andeuten: »Ich bin bereit, die Kosten für das alles zu tragen, denn ich möchte in einer angenehmen Umgebung leben.« Er äußerte auch allerhand Ideen über neue Möbel und Bildteppiche, mit denen man die Wände verschönern könnte. Damit verstimmte er Jean de Cressay ernstlich, und selbst Pierre fand Guccio reichlich voreilig, der, kaum hereingeschneit, schon Pläne machte, das ganze Haus umzukrempeln.

Guccio war nun eine halbe Stunde da, und Marie war noch immer nicht erschienen. »Vielleicht«, dachte er, »sollte ich mich zuerst erklären . . .«

»Werde ich das Vergnügen haben, Fräulein Marie zu sehen; wird sie uns bei Tisch Gesellschaft leisten?«

»Gewiß, gewiß; sie zieht sich an, sie wird sogleich herunterkommen«, erwiderte Dame Eliabel. »Ihr werdet sie sehr verändert finden; sie ist völlig von ihrem neuen Glück durchdrungen.«

Guccio erhob sich klopfenden Herzens, und seine Wangen färbten sich leicht. Wenn andere Menschen erröteten, nahm er einen oliven- farbenen Teint an.

»Wirklich?« rief er. »Oh! Dame Eliabel, Ihr macht mir eine große Freude!«

»Ja, auch wir freuen uns, daß wir einen so lieben Freund, wie Ihr es seid, mit einer so freudigen Nachricht überraschen können. Unsere liebe Marie hat sich verlobt . . .«

Sie ließ sich Zeit, um ihren Triumph auszukosten und Guccio erblei- chen zu sehen.

». . . sie hat sich mit einem unserer Verwandten verlobt, dem Herrn de Saint-Venant, einem Ritter aus dem Artois. Er ist von sehr altem Adel und sterblich in sie verliebt, genau wie sie in ihn.«

Guccio fühlte alle Blicke auf sich ruhen und fragte mühsam:

»Und wann wird die Hochzeit stattfinden?«

»In den ersten Sommertagen«, antwortete Dame Eliabel.

»Aber es ist bereits alles beschlossene Sache«, bekräftigte Jean de Cressay, »sie haben einander das Wort gegeben.«

Guccio stand wie in einem Nebel, er war keines Wortes mächtig und betastete nur mechanisch das goldene Amulett, das ihm Königin Kle- mentia geschenkt hatte und das auf seinem zweifarbigen Wams nach neuester italienischer Mode funkelte. Er hörte, wie Jean de Cressay eine Tür öffnete und nach seiner Schwester rief. Dann erkannte er Maries Schritt; sein Stolz gewann die Oberhand, und er zwang sich, gute Miene zu machen. Marie trat in steifer, unnahbarer Haltung ein, ihre Augen waren jedoch gerötet. Mit leiser Stimme bot sie Guccio den Willkommensgruß. Guccio beglückwünschte sie mit größtmögli- cher Natürlichkeit, und sie nahm seine Komplimente mit größtmög- licher Würde entgegen. Um ein Haar wäre sie in Tränen ausgebro- chen, aber das wußte nur sie allein, und sie beherrschte sich so gut, daß Guccio für wirkliche Kälte hielt, was nur Maries Furcht vor der eigenen Schwäche war und vor der Strafe, die man ihr angedroht hatte, falls sie sich verriete.

Die überreichliche Mahlzeit war eine Qual für beide. Dame Eliabel, die sich an ihrer eigenen Falschheit ergötzte, zwang ihren Gast, von jedem Gericht mehrmals herauszunehmen, und befahl unaufhörlich den Dienern, ihm noch ein Stück Hammel oder eine Scheibe Wild- schwein auf seine Brotschnitte zu legen.

»Habt Ihr auf Euren weiten Reisen den Appetit verloren?« rief sie.

»Wacker, wacker, Meister Guccio. In Eurem Alter muß man reichlich essen. Schmeckt es Euch nicht? . . . Nehmt doch mehr von dieser Pastete!«

Guccio hätte ihr am liebsten seinen Napf ins Gesicht geschüttet. Nicht ein einziges Mal konnte er Maries Blick erhaschen.

»Sie scheint nicht sehr stolz darauf zu sein, daß sie mir die Treue gebrochen hat«, dachte Guccio. »Bin ich deshalb dem Tode entronnen, um eine solche Schmach zu erleben! Ach! Meine Befürchtungen und meine Verzweiflung im Spital waren nur zu berechtigt. Und alle die Briefe, die ich ihr geschickt habe! Aber warum hat sie mir durch Ricard bestellen lassen, daß sie noch immer gleichen Sinnes sei und mich mit großer Sehnsucht erwarte . . . wenn sie sich anderweitig gebunden hat? Das ist Verrat, und ich werde ihr niemals verzeihen! Ah! Was für eine gräßliche Mahlzeit. Eine schlimmere habe ich noch nicht erlebt, soweit ich zurückdenken kann!«

Das Trachten nach Rache lenkt zuweilen den Kummer ein wenig ab. Guccio überlegte, wie er die ihm angetane Demütigung am wirkungsvollsten vergelten könnte. »Ich könnte natürlich die sofortige Zahlung der Schuld fordern, das würde sie vielleicht in solche Schwierigkeiten stürzen, daß sie auf die Hochzeit verzichten müßten.« Aber dieses Vorgehen dünkte ihm zu gemein. Eine bürgerliche Familie hätte er vielleicht so behandelt; Edelleuten gegenüber, die ihn mit ihrer adeligen Abkunft erdrücken wollten, wollte er die Erwiderung eines Edelmannes finden. Er wollte ihnen beweisen, daß er von adeligerer Gesinnung war als sämtliche Cressay und Saint-Venant zusammen.

Dieser Gedanke beschäftigte ihn, während die Süßspeise und der Käse verzehrt wurden. Als die Mahlzeit zu Ende war, löste er plötzlich das Amulett und reichte es dem jungen Mädchen mit den Worten:

»Hier, schöne Marie, das ist mein Hochzeitsgeschenk für Euch. Königin Klementia . . .«, und Guccio ließ den Namen laut und deutlich erklingen, »Königin Klementia hat es mir eigenhändig um den Hals gehängt, zum Andenken an die Dienste, die ich ihr erweisen durfte, und die Freundschaft, mit der sie mich beehrt. Dieses Amulett enthält eine Reliquie des heiligen Johannes des Täufers. Ich habe nicht gedacht, daß ich mich je davon trennen würde; aber es scheint, daß man sich ohne allzu großen Schmerz auch von dem trennen kann, was man für das Liebste hielt . . . und ich würde mich freuen, wenn Ihr es von nun an tragen wolltet, auf daß es Euch beschütze und Eure Kinder, die Euer Ritter aus dem Artois Euch hoffentlich schenken wird.«

Er hatte keinen anderen Ausweg gefunden, um ihr seine Verachtung deutlich zu machen, und er hatte die Gelegenheit, sich in Positur zu setzen, teuer bezahlt. Guccios große Seelenregungen schienen den Cressay gegenüber, die keine drei Heller ihr Eigen nannten, unweigerlich in einer kostspieligen Geste zu enden. Und sooft er gekommen war, um etwas zu holen, war er um einiges ärmer wieder abgezogen.

Marie brach nur deswegen nicht in Tränen aus, weil die Furcht vor ihrer Mutter und ihrem Bruder stärker war als das Unglück, das sie niedergeschmettert hatte; aber ihre Finger zitterten, als sie das Amulett aus Guccios Hand entgegennahm. Sie führte es an die Lippen; das konnte sie ungestraft tun, da es eine Reliquie enthielt. Guccio sah jedoch ihre Geste nicht; er hatte sich bereits abgewandt.

Er schützte seine Verletzung vor, die Reisemüdigkeit, eine dringende Verpflichtung, derentwegen er schon am nächsten Tag wieder nach Paris zurück mußte, und verabschiedete sich unverzüglich. Er rief seinen Knecht, warf den pelzgefütterten Mantel um, schwang sich in den Sattel und ritt aus dem Hof von Cressay, überzeugt, nie wieder einen Fuß dorthin zu setzen.

»Nun müssen wir auf alle Fälle unserem Vetter Saint-Venant schreiben«, sagte Dame Eliabel zu ihrem Sohn Jean, als Guccio zum Tor hinaus war.

Im Kontor von Neauphle tat Guccio den ganzen Abend den Mund nicht auf. Er ließ sich die Bücher vorlegen und tat, als sei er in die Prüfung der Abrechnungen vertieft. Der Gehilfe Ricard, der ihn am Morgen so fröhlich hatte fortreiten sehen, begriff wohl, daß etwas schiefgegangen war. Guccio teilte ihm mit, daß er sich am folgenden Morgen wieder auf den Weg machen wolle; er schien nicht zu Vertraulichkeiten aufgelegt zu sein, und Ricard hielt es für klüger, sich jeder Frage zu enthalten.

In dem Gemach, das mit soviel Liebe für seinen längeren Aufenthalt vorbereitet worden war, verbrachte Guccio eine schlaflose Nacht. Schon tat es ihm leid, daß er sein Amulett weggegeben hatte, und er fand seine großartige Geste einfach lächerlich. »Soviel hat sie gar nicht verdient; ich bin ein Dummkopf . . . Und wie wird Onkel Spinello meinen Entschluß aufnehmen?« dachte er und wälzte sich zwischen den zerwühlten Laken. »Er wird sagen, daß ich nicht weiß, was ich will; schließlich habe ich ihm so sehr zugesetzt, mir dieses Kontor zu übergeben . . . aber so werde ich es wohl immer machen. Ich hätte in das Gefolge der Königin eintreten und mir in ihrer Hofhaltung eine Stellung erwerben können; aber ich verfehle das Ufer, weil ich zu hastig springe, und schon liege ich ein halbes Jahr im Spital. Anstatt nach Paris zurückzukehren und ein Vermögen zu verdienen, stürze ich in dieses gottverlassene Nest, um ein Landmädchen zu heiraten, das mir seit beinahe zwei Jahren im Kopf spukt, als gebe es keine anderen

Frauen auf der Welt! . . . . Und all das, damit sie einem einfältigen Tropf ihres Standes den Vorzug geben kann. *Bel lavoro! Bel lavoro!* Das soll mir zur Lehre dienen; somit wäre die Jugend zu Ende.« Bei Tagesanbruch hatte er sich beinahe davon überzeugt, daß das Schicksal ihm einen großen Dienst erwiesen hatte. Er rief seinen Knecht und ließ sein Bündel schnüren und sein Pferd satteln.

Vor der Abreise verzehrte er noch rasch eine Schüssel Suppe; da erschien die Dienerin, die er am Abend zuvor in Cressay gesehen hatte, im Kontor und verlangte, ihn unter vier Augen zu sprechen. Sie hatte eine Botschaft zu bestellen: Marie war es gelungen, für eine Stunde zu entwischen, sie erwartete Guccio auf halbem Weg zwischen Neauphle und Cressay, am Ufer der Mauldre, »Ihr wißt schon, wo«, fügte sie hinzu.

Da Guccio Marie nur ein einziges Mal außerhalb des Hauses getroffen hatte, begriff er, daß es sich um die Gruppe von Apfelbäumen am Flußufer handelte, wo sie ihren ersten Kuß getauscht hatten. Er antwortete jedoch, es müsse sich hier um ein Mißverständnis handeln, er seinerseits habe Madame Marie nichts zu sagen, und sie hätte sich nicht die Mühe machen sollen, eigens aus dem Hause zu gehen, um ihn zu treffen.

»Es ist ein Jammer, Madame Marie anzusehen«, sagte die Dienerin. »Ich beschwöre Euch, Messire, sucht sie auf; was immer man Euch angetan hat, es war nicht ihre Schuld.«

Ohne sie einer Antwort zu würdigen, schwang er sich in den Sattel und machte sich auf den Weg. »Der Hafen von Marseille! Der Hafen von Marseille!« wiederholte er sich unablässig. »Genug mit den Dummheiten; wer weiß, was mir noch alles bevorsteht, wenn ich zu diesem Stelldichein gehe. Soll sie ihre Tränen alleine verschlucken, wenn sie Lust zum Weinen hat!«

Unter solchen Selbstgesprächen ritt er ein paar hundert Meter in Richtung auf Paris; dann riß er plötzlich vor seinem erschrockenen Diener sein Pferd herum, ließ es in Galopp fallen und schlug den Weg über die Felder ein.

In wenigen Minuten war er am Ufer der Mauldre; er erblickte die Baumgruppe und unter den Apfelbäumen Marie, die auf ihn wartete.

Hochzeit um Mitternacht

Als Guccio kurz nach dem Abendläuten vor dem Bankhaus Tolomei in Paris abstieg, war das Fell seines Pferdes schaumbedeckt.
Er warf seinem Diener die Zügel zu, durchschritt die große Galerie

mit den Kontoren und stieg, so schnell es seine steife Hüfte erlaubte, die Treppe zum Arbeitszimmer seines Onkels hinauf.

Er öffnete die Tür; der breite Rücken des Grafen von Artois verdeckte die Lampe. Robert drehte sich um.

»Ah! Die Vorsehung schickt Euch, Freund Guccio«, rief er und breitete die Arme aus. »Soeben habe ich Euren Onkel um einen schnellen und sicheren Boten ersucht, der auf der Stelle nach Arras zu Jean de Fiennes reiten könnte. Aber Ihr müßt vorsichtig sein, junger Mann«, setzte er hinzu, als bestehe an Guccios Einwilligung kein Zweifel; »denn meine lieben Freunde Hirson scheuen keine Mühe, sie haben ihre Hunde losgelassen, damit sie sich auf alles stürzen, was von mir kommt.«

»Monseigneur«, erwiderte Guccio, der von seinem Ritt noch ganz außer Atem war, »ich habe im vergangenen Jahr auf See beinahe die Seele aus dem Leib gespuckt, um für Euch nach England zu gehen; gerade bin ich von einer sechs Monate langen Krankheit aufgestanden, die ich mir im Dienste des Königs auf der Rückreise von Neapel zugezogen habe, und alle diese Unternehmungen haben mir wenig Glück gebracht. Erlaubt, daß ich Euch diesmal nicht zur Verfügung stehe, denn ich habe eigene Angelegenheiten zu erledigen, die keinen Aufschub dulden.«

»Ich werde Euch so gut bezahlen, daß es Euch nicht leid tun wird«, sagte Robert.

»Ohne Zweifel mit dem Geld, das ich Euch erst borgen muß, Monseigneur«, sagte mit sanfter Stimme Onkel Tolomei, der sich im Schatten hielt, die Hände über dem Bauch gefaltet.

»Ich würde nicht einmal für tausend Livres gehen!« rief Guccio. »Und schon gar nicht ins Artois.«

Robert wandte sich nach Tolomei um:

»Sagt mir, Freund Bankier, habt Ihr schon jemals so etwas gehört? Ein Lombarde, der tausend Livres ausschlägt, die ich ihm übrigens gar nicht angeboten habe! Er muß schon ernsthafte Gründe haben. Sollte Euer Neffe von Meister Thierry bestochen sein . . . den Gott erwürgen möge, und mit seinen eigenen Gedärmen, wenn möglich!«

Tolomei lachte.

»Fürchtet nichts, Monseigneur; ich hege den Verdacht, daß mein Neffe verliebt ist und daß er sogar das Herz einer hochgeborenen Dame erobert hat.«

»Ah! Wenn es sich um Minnedienst handelt, bin ich machtlos, und ich verstehe seine Weigerung. Aber ich brauche dennoch jemanden, der mir das, wovon ich Euch erzählt habe, befördert.«

»Ich habe, was Ihr braucht, sorgt Euch nicht; einen ausgezeichneten

Boten, der Euch um so bessere Dienste leisten wird, als er Euch überhaupt nicht kennt. Und dann . . . eine Mönchskutte erregt wenig Aufsehen auf den Straßen.«

»Ein Mönch?« fragte Robert und verzog das Gesicht.

». . . aus Italien.«

»Ah! Das ist schon besser . . . denn wisset, Tolomei, ich bereite einen großen Schlag vor. Da der König meiner Tante Mahaut verboten hat, Paris zu verlassen, will ich die Gelegenheit benützen, um ihr von den Verbündeten ihr Schloß Hesdin wegnehmen zu lassen . . . oder besser gesagt, *mein* Schloß Hesdin! Ich habe mich, und zwar mit Eurem Gelde, wie Ihr sogleich einwerfen werdet, des Gewissens zweier Sergeanten dieser guten Gräfin versichert, zweier Schufte, wie alle, die in ihrem Dienste stehen, die sich vom Meistbietenden kaufen lassen und die meine Freunde in die Festung einlassen werden. Und wenn ich schon nicht genießen kann, was mir zusteht, so verspreche ich Euch wenigstens eine famose Plünderung, und Ihr sollt mir die Beute verkaufen.«

»He! Monseigneur, Ihr zieht mich da in eine schöne Geschichte hinein!«

»Pah! Gehenkt ist gehenkt, und so kommt wenigstens etwas dabei heraus! Da Ihr Bankier seid, seid Ihr auch ein Dieb, und Hehlerei sollte Euch nicht groß erschrecken; ich habe noch nie jemanden veranlaßt, seinem Stande untreu zu werden.«

Seit dem Tage des Schiedsspruches war er in strahlender Laune.

»Adieu, mein Freund, ich bin Euch sehr gewogen«, fuhr er fort. »Ah, ich vergaß . . . die Namen meiner beiden Büttel. Gebt mir ein Blatt.«

Und während er die Botschaft abfaßte, sagte er noch:

»Dem Herrn de Fiennes, nicht wahr, und niemandem sonst. Souastre und Caumont werden zu scharf überwacht.«

Er erhob sich und steckte die Schließe seines Mantels fest. Dann legte er Guccio beide Hände auf die Schultern, so daß der junge Mann glaubte, auf die halbe Größe zusammenzuschrumpfen, und rief ihm aufmunternd zu:

»Ihr habt recht, Kleiner, amüsiert Euch nur mit den hochgeborenen Damen, das steht Eurer Jugend zu. Wenn Ihr ein paar Jahre älter seid, werdet Ihr wissen, daß sie genauso liederlich sind wie die anderen und daß man das Vergnügen, das sie sich so teuer bezahlen lassen, in jedem Bordell für zehn Sous haben kann.«

Er ging, und noch sekundenlang hörte man sein schallendes Gelächter, das die Treppe erzittern ließ.

»Nun, lieber Neffe, wann soll die Hochzeit sein?« fragte Messer Tolomei. »Ich habe dich nicht so schnell zurückerwartet.«

»Onkel, Onkel, Ihr müßt mir helfen!« rief Guccio. »Wißt Ihr, daß diese Leute wahre Ungeheuer sind, daß sie Marie verboten haben, mich wiederzusehen, daß ihr Vetter aus dem Norden ein Ausbund an Häßlichkeit ist und daß es ganz bestimmt ihr Tod sein wird!«

»Welche Leute? Welcher Vetter?« fragte Tolomei. »Mir scheint, mein Sohn, die Sache ist nicht ganz nach Wunsch gegangen. Erzähle mir alles und möglichst der Reihe nach.«

Guccio berichtete nun seinem Onkel von seiner Reise nach Neauphle. Mit dem Hang zum Dramatisieren, der den romanischen Völkern eigen ist, versäumte er nicht, das Bild noch schwärzer zu malen. Das junge Mädchen wurde hinter Schloß und Riegel gehalten, sie hatte ihr Leben aufs Spiel gesetzt, als sie über die Felder gelaufen war, um Guccio anzuflehen, er möge sie retten. Die Familie Cressay hatte Maries Pläne entdeckt und wollte sie zwingen, einen entfernten Verwandten zu heiraten, einen Menschen, der mit sämtlichen körperlichen und geistigen Mängeln behaftet war.

»Ein Greis von fünfundvierzig Jahren!« rief Guccio empört.

»Danke«, bemerkte Tolomei.

»Aber Marie liebt nur mich, sie hat es mir gesagt, immer wieder. Sie will keinen anderen Mann, und ich weiß bestimmt, daß sie sterben wird, wenn man sie zwingt, einen anderen zu heiraten. Onkel, Ihr müßt mir helfen.«

»Aber wie soll ich dir denn helfen, mein Lieber?«

»Ihr müßt mir helfen, Marie zu entführen. Ich werde sie mit nach Italien nehmen, wir werden dort bleiben . . .«

Spinello Tolomei hatte ein Auge fast geschlossen, das andere weit offen und betrachtete seinen Neffen mit halb beunruhigter, halb belustigter Miene.

»Ich habe es dir gesagt, mein Junge, daß das nicht so einfach sein wird und daß du dich nicht in ein adeliges Mädchen hättest vernarren sollen. Diesen Leuten gehört nicht einmal das Hemd auf dem Leib; daß sie zu essen haben, verdanken sie nur uns . . . aber ja! Ich weiß alles . . . sie schulden uns sogar das Bett, in dem sie schlafen, aber sie spucken uns ins Gesicht, wenn einer unserer Söhne sich mit hineinlegen will. Vergiß das Ganze, glaube mir. Wenn wir eine Beleidigung einstecken müssen, so haben wir sie gewöhnlich durch unseren Vorwitz selbst herausgefordert. Such dir doch ein schönes Mädchen aus unseren Kreisen, das von unseren Banken eine stattliche Mitgift in Gold erhält und dir ebenso schöne Kinder schenken wird; ihr Prachtwagen wird die schmutzigen Füße deiner kleinen Landpomeranze über und über mit Dreck bespritzen.«

Guccio kam plötzlich eine Eingebung.

»Saint-Venant, ist er nicht einer der Verbündeten des Artois?« rief
er aus. »Wenn ich Monseigneur Roberts Botschaft befördern würde,
könnte ich Saint-Venant aufsuchen, ihn herausfordern und töten!«
Seine Hand fuhr nach dem Dolchmesser.

»Feine Sache«, sagte Tolomei, »wirbelt gar keinen Staub auf. Und
dann würden sich die Cressay einen neuen Bräutigam in der Bretagne
oder im Poitou suchen, und du müßtest hingehen und ihn auch umbringen. Oh! Du hast allerhand Arbeit vor dir!«

»Ich werde Marie heiraten oder keine, Onkel, und ich lasse nicht zu,
daß ein anderer sie bekommt.«

Tolomei hob die Hände über den Kopf.

»Ach, diese Jugend! In fünfzehn Jahren wird deine Frau auf alle Fälle
häßlich sein, *figlio mio*; und dann wirst du ihr runzeliges Gesicht anschauen, ihren dicken Bauch, die schlaffen Brüste, und wirst dich fragen, ob dies all die Mühe wert war, die du dafür aufgewendet hast.«

»Das ist nicht wahr! Das ist nicht wahr. Und außerdem denke ich nicht
fünfzehn Jahre voraus, sondern an das Heute, und ich weiß, daß nichts
auf der Welt mir Marie ersetzen kann. Sie liebt mich.«

»Sie liebt dich? Nun gut, mein Junge, wenn sie dich so sehr liebt –
aber erzähle unserem Freund, dem Erzbischof von Sens, nicht, was
ich dir jetzt sage –, wenn sie dich so liebt, glaube mir, dann ist die Ehe
nicht der einzige Ausweg, um zu zweien glücklich zu werden. Du soll-
test dich freuen, daß man für sie einen kretinösen, mißgestalteten
Gatten ausgesucht hat, dem die Zähne ausfallen, wenn ich deiner
Beschreibung glauben soll . . . nichts könnte dir gelegener kommen.«

»*Schifoso! Queste sono parole schifose! Vengono da un uomo che
non conosce Maria!* [›Gemein! Das sind gemeine Worte, die nur ein
Mensch aussprechen kann, der Marie nicht kennt!‹] Ihr wißt nicht,
wie rein sie ist, wie gläubig. Nur in einer Ehe wird sie mir angehören,
nie wird sie sich einem anderen zu eigen geben als dem, mit dem sie
vor Gott verbunden ist . . . Wenn du so denkst, so werde ich sie ohne
deine Hilfe entführen, wir werden über die Straßen ziehen wie arme
Landfahrer, und dein Neffe wird auf dem Weg übers Gebirge vor
Hunger und Kälte umkommen.«

Italienische und französische Ausdrücke, das »Du« und das »Ihr«
mischten sich jetzt in seiner Rede; und mehr als sonst mußte er mit
den Händen fuchteln.

»Und überhaupt«, fuhr er fort, »brauche ich deine Hilfe nicht, ich
werde mich an die Königin wenden.«

Tolomei schlug leicht mit der flachen Hand auf den Tisch.

»Jetzt schweigst du«, sagte er, fast ohne die Stimme zu heben, aber sein Auge, das sonst stets geschlossen war, öffnete sich plötzlich. »Du wirst dich an niemanden wenden und schon gar nicht an die Königin, denn seit sie hier ist, stehen unsere Chancen nämlich nicht so gut, daß wir einen Skandal brauchen könnten, der die Aufmerksamkeit auf uns zieht. Die Königin ist die Güte, die Barmherzigkeit, die Gläubigkeit in Person, ja, ich weiß! Jedem, der ihr in den Weg läuft, gibt sie Almosen, aber inzwischen, während sie alle Gedanken des Königs beherrscht, schröpft man uns, die armen Lombarden, bis aufs Blut. Mit unserem Geld teilt die Krone Almosen aus! Wir werden beschuldigt, Halsabschneider zu sein, und jeder Vorwand ist gut genug, um uns die Torheiten ausbaden zu lassen. Allen voran Monsigneur von Valois, der uns sehr enttäuscht. Königin Klementia wird dich mit schönen Worten und vielen Segenswünschen entlassen; aber zu viele Leute ihrer Umgebung würden dich mit Freuden festnehmen lassen und dich mit der Strafe belegen, die auf die Verführung eines adeligen Mädchens steht, und wäre es nur, um mir etwas anzutun. Vergißt du, daß ich Generalkapitän der Lombarden von Paris bin? Während deiner Abwesenheit hat sich der Wind gedreht. Marignys Freunde, die mir wohl kaum zugetan sind, wurden freigelassen und bilden eine ganze Partei um den Grafen von Poitiers ...«

Aber Guccio hörte nichts; im Augenblick scherte er sich den Teufel um Steuern, Verfügungen, Legisten und Machtkämpfe. Er verbiß sich in sein Vorhaben; ohne alle fremde Hilfe würde er Marie entführen.

»Segnato da Dio!« sagte Tolomei und tippte an seine Stirn, als habe er es mit einem Schwachsinnigen zu tun. »Du armer Irrer, keine zehn Meilen weit würdest du kommen, ohne festgenommen zu werden. Deine Jungfer würde dir weggenommen und ins Kloster gesteckt; und du ... Du willst sie heiraten, also gut! Du sollst sie heiraten, denn es scheint das einzige Mittel zu sein, um dich zu heilen .... Ich will dir helfen.«

Und sein linkes Auge schloß sich wieder.

»Eine Narretei für die andere, da man einem Narren nicht anders helfen kann. Aber es wird immer noch besser sein, als dich allein handeln zu lassen«, fügte er hinzu. »Warum muß man auch für alle Dummheiten seiner Angehörigen verantwortlich sein!«

Er schwang ein Glöckchen; ein Gehilfe trat ein.

»Geh ins Kloster der Augustiner«, befahl ihm Tolomei, »und hol mir Bruder Vincento, der gestern aus Perugia gekommen ist.«

Zwei Tage später machte Guccio sich neuerdings auf den Weg nach Neauphle, diesmal in Begleitung eines italienischen Mönches, der die Botschaft Monseigneur Roberts ins Artois brachte. Da er eine fette

Belohnung erhalten hatte, war Fra Vincento sogleich einverstanden gewesen, einen Umweg zu machen und Tolomei noch einen zweiten Dienst zu erweisen.

Der Bankier hatte den Fall unter einem äußerst eingängigen Aspekt darzustellen gewußt. Guccio habe ein junges Mädchen verführt, sie seien der Sünde der Fleischeslust erlegen, und Tolomei wolle diese beiden Kinder nicht länger im Stande der Todsünde wissen. Diskretion sei jedoch geboten, damit die Familie keinen Verdacht schöpfe.

Da diese guten Gründe von einem Beutelchen voll Gold begleitet wurden, fand Bruder Vincento sie höchst statthaft. Überdies war er, wie alle seine Landsleute, selbst wenn sie einem Orden angehörten, stets bereit, in einem Liebeshandel mitzuspielen.

Es war bereits Nacht, als Guccio und sein Mönch im Schloß Cressay eintrafen. Dame Eliabel und ihre Kinder hatten soeben zu Bett gehen wollen. Der junge Lombarde bat, sie für die Nacht zu beherbergen. Er gab vor, er habe Ricard nicht mehr rechtzeitig benachrichtigen können, so daß seine Wohnung in Neauphle nicht darauf vorbereitet sei, einen Kirchenmann würdig zu empfangen. Da Guccio bereits mehrmals in Cressay übernachtet hatte, und zwar auf Drängen der Familie selbst, war dieses Ansinnen nicht allzu befremdlich; die Cressay taten alles, um den Reisenden einen guten Empfang zu bereiten.

»Bruder Vincento und ich werden gern in einem Zimmer schlafen«, sagte Guccio.

Bruder Vincento hatte ein pausbäckiges Gesicht, das ebensoviel Vertrauen einflößte wie seine Kutte; außerdem sprach er nur Italienisch, so daß es ihm erspart blieb, auf indiskrete Fragen zu antworten.

Er sprach mit großer Andacht das Tischgebet, ehe er die Speisen berührte, die ihm vorgesetzt wurden.

Marie wagte nicht, Guccio in die Augen zu schauen; als sie jedoch einmal nahe an ihm vorüberging, benutzte Guccio die Gelegenheit, um ihr zuzuflüstern:

»Schlafe heute nacht nicht!«

Als man einander gute Nacht wünschte, richtete Bruder Vincento an Guccio eine Frage, die den Cressay unverständlich war; die Wörter *chiave* und *capella* kamen darin vor.

»Bruder Vincento fragte«, übersetzte Guccio für Dame Eliabel, »ob Ihr ihm den Schlüssel zur Kapelle anvertrauen könnt, denn er muß morgen mit dem frühesten aufbrechen und möchte zuvor seine Messe lesen.«

»Aber gewiß«, erwiderte die Schloßherrin, »einer meiner Söhne kann mit ihm aufstehen, um zu ministrieren.«

Guccio protestierte lebhaft: vor allem sollte niemand sich stören las-

sen. Bruder Vincento würde wirklich sehr früh aufstehen, schon vor
Tagesanbruch, und Guccio setzte seine Ehre darein, selbst seinen
Meßdiener zu machen. Pierre und Jean hüteten sich, auf ihrem Ange-
bot zu bestehen.

Dame Eliabel händigte dem Mönch eine Kerze und die Schlüssel zur
Kapelle und zum Tabernakel aus; dann trennte man sich.

»Ich bin überzeugt, daß wir diesen Guccio falsch eingeschätzt haben«,
sagte Pierre zu seiner Mutter, ehe sie zu Bett gingen; »er bringt der
Religion die größte Hochachtung entgegen.«

Gegen Mitternacht, als das ganze Haus im Schlaf zu liegen schien,
schlichen Guccio und der Mönch sich aus ihrem Zimmer. Der junge
Mann kratzte leise an Maries Tür; sogleich kam das junge Mädchen
heraus. Wortlos ergriff Guccio seine Hand; sie stiegen die Wendel-
treppe hinunter und gingen durch den Küchenausgang hinaus.

»Seht, Marie«, flüsterte Guccio, »der Himmel ist voller Sterne . . .
Der Bruder wird uns zusammengeben.«

Sie schien gar nicht überrascht zu sein. Er hatte ihr versprochen wiederzukommen, und er war wiedergekommen, um sie zu heiraten; und
jetzt würde er es tun. Die Umstände taten nichts zur Sache; sie war
ihm völlig bedingungslos ergeben. Ein Hund knurrte, dann erkannte
er Marie und schwieg.

Die Nacht war eisig, aber weder Guccio noch Marie empfanden die
Kälte.

Sie betraten die Kapelle. Bruder Vincento entzündete die Kerze an
dem winzigen Lämpchen, das über dem Altar brannte. Obgleich niemand sie hören konnte, sprachen sie nur mit leiser Stimme. Guccio
übersetzte Marie die Frage des Priesters, der sich erkundigte, ob die
Braut gebeichtet habe. Sie erwiderte, sie habe es am Vortag getan, und
Bruder Vincento erteilte ihr die Absolution für alle Sünden, die sie
seitdem möglicherweise begangen hatte. Er tat es mit um so größerer
Bereitwilligkeit, als er ihre Beichte ohnehin nicht verstanden hätte.
Guccio hatte die Formalität noch erfüllt, solange er mit dem Mönch
im Schlafzimmer gewesen war.

Wenige Minuten später waren kraft eines zweimal gehauchten »Ja«
der Neffe des Generalkapitäns der Lombarden und die schöne Marie
de Cressay vor Gott vereinigt, wenn auch nicht vor den Menschen.

»Ich hatte mir so gewünscht, Euch eine prachtvolle Hochzeit zu bereiten«, flüsterte Guccio.

»Für mich, mein Liebster, hätte es keine schönere geben können«, erwiderte Marie, »denn diese hat mich mit Euch verbunden.«

Als sie die Kapelle verlassen wollten, gab der Mönch Zeichen höchster
Beunruhigung von sich.

»*Che cosa?*« fragte Guccio leise.

Bruder Vincento machte ihn darauf aufmerksam, daß die Tür während der Trauung geschlossen gewesen war.

»*E allora?*«

Der Mönch erklärte ihm, daß man, damit eine Eheschließung gültig sei, während der ganzen Zeremonie die Kirchentüren offen lassen müsse, damit theoretisch jedermann Zeuge sein konnte, daß die Gelübde ordnungsgemäß und ohne Widerspruch abgelegt wurden. Andernfalls konnte die Ehe für ungültig erklärt werden.

»Was sagt er?« wollte Marie wissen.

»Er rät uns, schnell ins Haus zurückzukehren«, antwortete Guccio.

Sie betraten das Schloß und stiegen die Treppe hinauf. Vor Maries Tür ergriff der Mönch, dessen Skrupel sich gelegt hatten, Guccios Schultern und schob ihn sanft in das Gemach . . .

Seit zwei Jahren liebte Marie Guccio. Seit zwei Jahren dachte sie nur an ihn, war ihr ganzes Sehnen danach gerichtet, ihm anzugehören. Nun, da ihr Gewissen Frieden hatte und die Angst vor der ewigen Verdammnis gebannt war, brauchte sie ihre Leidenschaft nicht länger zu zügeln.

Marie war auf dem Lande aufgewachsen, weitab von Koketterie und falscher Scham. Sie hatte nach der Liebe verlangt, noch ehe sie sie kannte; nun überließ sie sich ihr freimütig, in schwindelnder Freude.

Die Schmerzen der jungen Frauen in ihrer Hochzeitsnacht entspringen weit häufiger der Furcht als der körperlichen Beschaffenheit. Marie kannte die Furcht nicht. Guccio hatte trotz seiner neunzehn Jahre genügend Erfahrung, um jede Ungeschicklichkeit zu vermeiden, aber nicht genug, um keine Erregung mehr zu empfinden. In jener Nacht machte er aus Marie eine glückliche Frau, und da man in der Liebe so reichlich empfängt, wie man gibt, war auch er überglücklich.

Gegen vier Uhr weckte der Mönch sie auf, und Guccio schlich in sein Zimmer im anderen Flügel des Schlosses zurück. Dann ging Bruder Vincento hinunter, wobei er möglichst viel Lärm machte, stattete der Kapelle einen Besuch ab, holte sein Maultier aus dem Stall und entschwand in der Nacht.

Beim ersten Schein der Morgenröte öffnete die mißtrauische Dame Eliabel die Tür der Reisenden einen Spalt weit und spähte ins Zimmer. Guccio schlief fest, sein Atem ging regelmäßig; die schwarzen Locken ringelten sich auf dem Kopfkissen; sein Gesicht trug den friedvollen Ausdruck eines schlummernden Kindes.

»Ach ja! Er ist wirklich ein hübscher Junge!« dachte Dame Eliabel und seufzte.

Guccio schlief so tief, daß sie es wagte, sich auf Zehenspitzen ans Bett zu schleichen und auf das Haar des jungen Mannes einen Kuß zu drücken, der für sie den ganzen verführerischen Zauber der Sünde trug.

Der Komet

Um die gleiche Zeit, gegen Ende des Januar, als Guccio heimlich Marie de Cressay geheiratet hatte, waren der König, die Königin und ein Teil des Hofes zur Wallfahrt nach Amiens aufgebrochen.

Nach einem Fußmarsch durch den zähen Schlamm hatte der Zug auf den Knien die Runde um das Kirchenschiff gemacht; lange waren die Pilger in einer eisigen Kapelle vor der Reliquie des Täufers im Gebet verharrt. Die Überreste des Heiligen hatte vor einem Jahrhundert ein gewisser Wallon de Sartou, der 1202 ins Heilige Land gefahren war und in der geweihten Erde nach verehrungswürdigen Gebeinen gesucht hatte, in seinem Gepäck mitgebracht; im ganzen waren es drei unschätzbare Stücke gewesen: das Haupt des heiligen Christophorus, das des heiligen Georg und ein Teil vom Schädel des heiligen Johannes.

Die Reliquie zu Amiens bestand nur aus den Gesichtsknochen. Sie waren in ein vergoldetes Silbergehäuse eingearbeitet, dessen gewölbtes Oberteil die Schädeldecke ersetzte. Das Knochengesicht, ganz schwarz unter seiner Krone aus Saphiren und Smaragden, schien zu lachen und war ausgesprochen furchteinflößend? Über der linken Augenhöhle erblickte man ein Loch wie von einem Dolchstoß. Die Sage berichtete, Herodes habe mit dem Stilett nach dem Haupt Johannes' des Täufers gestochen, als man es vor ihn brachte. Das ganze ruhte auf einem goldenen Teller.

Klementia war völlig in Andacht versunken und schien die Kälte nicht zu bemerken, und sogar Ludwig X. wurde von ihrem Eifer so sehr angesteckt, daß es ihm gelang, während der ganzen Zeremonie unbeweglich zu verharren und seinen Geist in Höhen aufzuschwingen, die er gewöhnlich nicht erreichte. Der dicke Bouville jedoch holte sich ein Brustübel, dessen Heilung sich über zwei Monate hinzog.

Die Früchte dieser Wallfahrt wurden bald offenbar. Gegen Ende des Monats März zeigten sich bei der Königin Symptome, die auf eine Erhörung ihres Wunsches schließen ließen; sie erkannte darin die wohltätige Fürsprache des heiligen Johannes des Täufers.

Die Ärzte und Hebammen, die Klementia betreuten, konnten jedoch noch keine eindeutige Diagnose stellen und erklärten, daß sie erst nach Ablauf eines weiteren Monats Gewißheit geben könnten.

Je länger sich die Wartezeit hinzog, um so mehr gewann die mystische Neigung der Königin Gewalt über ihren Gemahl. Um den Segen des Himmels auf sich herabzurufen, regierte der Zänker, als habe er sich in den Kopf gesetzt, heiliggesprochen zu werden.

Der Versuch, den Charakter eines Menschen gewaltsam zu ändern, hat oft verhängnisvolle Auswirkungen; besser einen Bösewicht in seiner Bosheit belassen, als ein Bähschaf aus ihm machen zu wollen. So hatte der König, um, wie er sich einbildete, seine Fehler wiedergutzumachen, die Gefängnisse geöffnet; mit dem Erfolg, daß in Paris das Verbrechen überhandnahm und man nach Einbruch der Dunkelheit nicht mehr auf die Straße konnte, ohne sich der Gefahr eines räuberischen Überfalls auszusetzen. Nie waren während der letzten vierzig Jahre so viele Diebstähle, Überfälle und Morde verübt worden, und die Wache war machtlos.

Karl von Valois empfand das alles als weit über das Ziel hinausgehend; aber nachdem er sich einmal zu seinem eigenen Nutzen zum Verfechter des Glaubens und der Gewohnheitsrechte von einst aufgeworfen hatte, konnte er sich schwerlich den Maßnahmen widersetzen, die im Namen der sittlichen Ordnung ergriffen wurden.

Die Lombarden, die sich ungern geduldet fühlten, handhaben nur noch zögernd die Schlüssel ihrer Truhen, wenn es sich um Bedürfnisse des Hofes handelte. Gleichzeitig bildeten die ehemaligen Legisten Philipps des Schönen mit Raoul de Presles an der Spitze eine Oppositionspartei um den Grafen von Poitiers, und der Konnetabel Gaucher de Châtillon hatte freimütig erklärt, auf ihrer Seite zu stehen.

Klementia war so weit gegangen, Ludwig zu bitten, er solle dem Konnetabel die Besitzungen Marignys wieder wegnehmen, die er ihm geschenkt hatte, und sie den Erben des einstigen Koadjutors des Königs zurückerstatten.

»Ah! Das, Liebste, kann ich nicht tun«, hatte der Zänker erwidert, »ich kann mir nicht in diesem Maß selbst widersprechen; der König kann nicht unrecht haben. Aber ich verspreche Euch, sobald es die Staatsfinanzen erlauben, meinem Patensohn Louis de Marigny eine Pension auszusetzen, die ihn reichlich entschädigt.«

Die Lage im Artois besserte sich nicht. Trotz aller angewandten Mittel, aller Verhandlungen und Vorschläge blieb Gräfin Mahaut unbeugsam. Sie führte Klage darüber, daß die Barone durch einen Überraschungsangriff ihr Schloß hätten einnehmen wollen[13]. Der Verrat der beiden Büttel, die das Schloß an die Verbündeten hatten ausliefern sollen, war rechtzeitig entdeckt worden; und nun baumelten zur Abschreckung zwei Skelette von den Zinnen von Hesdin. Allerdings war die Gräfin, die sich der Entscheidung des Königs beugen mußte, seit dem Schiedsspruch von Vincennes nicht wieder ins Artois zurückgekehrt, sowenig wie die Mitglieder der Familie Hirson. Im ganzen Lande rund um Arras herrschte daher die größte Verwirrung, jeder erhob Machtansprüche, wie es ihm beliebte; und die guten Worte glitten an den Baronen ab wie das Wasser an ihren Rüstungen.

»Nur kein Blutvergießen, liebster Herr, nur kein Blutvergießen«, riet Klementia. »Bringt Euer Volk durch Gebete zur Vernunft.«

Das verhinderte nicht, daß auf den Straßen nach dem Norden blutige Gemetzel stattfanden.

Des Zänkers Vorrat an Geduld, den er erst seit so kurzer Zeit angesammelt hatte, erschöpfte sich allmählich. Vielleicht wäre er energischer an die Beilegung dieses Falles gegangen, wenn nicht gleichzeitig, etwa um die Ostertage, die Lage in der Hauptstadt seine volle Aufmerksamkeit beansprucht hätte.

Der Sommer des Jahres 1315 war für die Ernten genauso verhängnisvoll gewesen wie für den Krieg; des Königs Siege und das Brot des Volkes waren im Morast versunken. Die Bauern, durch die Erfahrung des Vorjahres gewitzigt, hatten, so arm sie auch waren, den geringen Getreideertrag nicht verkauft. Die Hungersnot wechselte von den Provinzen zur Hauptstadt über. Nie zuvor war der Weizen so teuer und das Volk so mager gewesen.

»Mein Gott, mein Gott, man muß ihnen zu essen geben«, sagte Königin Klementia beim Anblick der ausgemergelten Horden, die sich bis nach Vincennes schleppten und um Brot bettelten.

Es kamen ihrer so viele, daß der Zugang zum Schloß durch Soldaten abgesperrt werden mußte. Klementia riet der gesamten Geistlichkeit zu großen Prozessionen, die durch alle Straßen ziehen sollten, und legte dem ganzen Hof auch nach Ostern die gleichen Fasten auf wie in der Passionszeit. Monseigneur von Valois unterwarf sich ihnen willfährigst, und er ließ die Nachricht davon auch unters Volk bringen, um ihm kundzutun, daß der Hof seine Leiden teile. Aber er selbst handelte mit dem Getreide aus seiner Grafschaft.

Wenn Robert von Artois nach Vincennes befohlen war, ließ er sich zuvor von seinem getreuen Lormet eine Mahlzeit für vier Männer servieren. Während er sie verschlang, zitierte er einen seiner Lieblingssprüche: »Wer gut ißt, wird fett sterben.« Danach fiel es ihm leichter, sich an der Tafel der Königin mit einem Büßermahl zu begnügen.

Inmitten dieses schlimmen Frühlings tauchte am Himmel von Paris ein Komet auf und blieb drei Nächte lang über der Stadt stehen. Nichts kann der Vorstellung von künftigem Unheil Einhalt gebieten. Das

Volk wollte in dieser Erscheinung ein Vorzeichen schlimmster Plagen erblicken, als genügten die augenblicklichen noch nicht. Panikstimmung bemächtigte sich der Menge, und an verschiedenen Stellen brachen Aufstände aus, ohne daß man eigentlich wußte, gegen wen sie sich richteten.

Der Kanzler riet dem König, wenigstens für einige Tage in die Hauptstadt zurückzukehren, um sich dem Volke zu zeigen. So zog also nun, da die Wälder um Vincennes zu grünen begannen und der Aufenthalt für Klementia reizvoll geworden wäre, der ganze Hof in das große Stadtschloß, das der Königin so feindlich und kalt erschien.

Dort fand auch die Beratung der Ärzte und Hebammen statt, die sich nun über Klementias Schwangerschaft aussprechen sollten.

Der König war am Morgen dieses Konsiliums äußerst aufgeregt, und um sich über seine Ungeduld hinwegzutäuschen, hatte er im Garten des Schlosses ein Ballspiel angesetzt. Der Spielplatz lag genau gegenüber der Judeninsel. Aber in zwei Jahren verblassen die Erinnerungen; und Ludwig fühlte sich durch seine Bekehrung so entsühnt, daß nichts sein Vergnügen trübte, als er am selben Platz einem Lederball nachlief, wo sein Vater und er vor fünfundzwanzig Monaten den Fluch aus einem flammenumlohten Munde vernommen hatten . . .

Er war schweißbedeckt und brüstete sich soeben einer Runde, die seine Höflinge ihn hatten gewinnen lassen, als Mathieu de Trye, sein Erster Kämmerer, sich eilenden Schrittes näherte. Ludwig unterbrach die Partie und fragte:

»Nun, ist die Königin in anderen Umständen?«

»Man weiß es noch nicht, Sire, die Ärzte haben eben erst mit der Beratung begonnen. Aber Monseigneur von Poitiers läßt Euch bitten, ihn, wenn es Euch gefällig ist, dringend aufzusuchen. Er hat sich mit Eurem Bruder und Messire de Noyers eingeschlossen.«

»Ich will nicht belästigt werden; mir steht jetzt der Sinn nicht nach Geschäften.«

»Die Sache ist ernst, Sire, und Monseigneur von Poitiers hat mir versichert, daß sie Euch interessiere. Es werden Worte fallen, die Ihr mit eigenen Ohren hören müßt.«

Ludwig warf dem Lederball einen bedauernden Blick zu, trocknete sich die Stirn, warf sein Gewand über das Hemd und sagte:

»Spielt ohne mich weiter, Messeigneurs!«

Auf dem Rückweg ins Schloß fügte er zu seinem Kämmerer hinzu:

»Sobald man es weiß, Mathieu, benachrichtigt Ihr mich.«

Über das Gesicht des Mannes liefen nervöse Zuckungen; die schwarzen Augen standen nahe beieinander, und sein Schädel war geschoren wie der eines Mönches. Er war hochgewachsen, wirkte jedoch kleiner, da sein rechtes Bein kürzer war.

Er wurde nicht von zwei Büttel bewacht wie ein gewöhnlicher Angeklagter; zwei Edelknappen des Grafen von Poitiers, Adam Héron und Pierre de Garancière, hatten ihn in ihre Mitte genommen.

Ludwig X. würdigte ihn kaum eines Blickes. Er grüßte mit einem Kopfnicken seinen Onkel Valois, seine Brüder Poitiers und de la Marche, seinen Vetter Clermont und Miles de Noyers, den Schwager des Konnetabels, die sich alle bei seinem Eintritt erhoben hatten.

»Worum handelt es sich?« fragte er, nahm in ihrer Mitte Platz und bedeutete ihnen, sich ebenfalls zu setzen.

»Um einen ernsten Fall von Zauberei, wie man uns versichert«, erwiderte Karl von Valois in leicht spöttischem Ton.

»Konnte man nicht den Siegelbewahrer beauftragen, den Prozeß einzuleiten, ohne mich an einem solchen Tag zu belästigen?«

»Genau das gleiche habe ich Eurem Bruder Philipp auch vorgeschlagen«, sagte Valois.

Gelassen faltete der Graf von Poitiers die Hände und stützte das Kinn darauf.

»Mein Bruder«, sagte er, »der Fall ist ernst, nicht so sehr deshalb, weil es sich um Zauberei handelt, was recht häufig vorkommt, sondern weil diese Zauberei inmitten des Konklaves ausgeübt wird und uns einen Einblick in die Gefühle eröffnet, die gewisse Kardinäle gegen Euch hegen.«

Noch vor einem Jahr hätte allein das Wort »Konklave« den Zänker in tödliche Aufregung versetzt. Seit dem Tode Margaretes jedoch hatte er jedes Interesse an dieser Angelegenheit verloren.

»Dieser Mann nennt sich Evrard«, fuhr der Graf von Poitiers fort.

»Evrard . . .«, wiederholte der König mechanisch, um zu zeigen, daß er zuhörte.

»Er ist Geistlicher in Bar-sur-Aube; aber früher hat er dem Templerorden angehört und den Rang eines Ritters bekleidet.«

»Ein Templer! Ah ja! . . .« bemerkte der König.

»Vor zwei Wochen hat er sich selbst unseren Leuten in Lyon gestellt, die ihn zu uns geschickt haben.«

»Die ihn zu *Euch* geschickt haben«, berichtigte Karl von Valois.

Der Graf von Poitiers schien diese Bemerkung nicht gehört zu haben. Sie spielte auf eine kleine Überschneidung der Kompetenzen an;

Valois war gekränkt, weil sich die Sache über seinen Kopf hinweg abgespielt hatte.

»Evrard sagte aus, er habe Enthüllungen zu machen«, fuhr Philipp von Poitiers fort, »und es wurde ihm zugesichert, daß ihm kein Leid geschehen werde, wenn er die Wahrheit gestehe, ein Versprechen, das wir ihm hier bestätigen. Nach seiner Aussage . . .«

Die Augen des Königs waren auf die Tür geheftet, er lauerte auf das Erscheinen seines Kämmerers; seine einzige Sorge galt im Augenblick der Hoffnung auf Vaterschaft. Die größte Schwäche dieses Königs bei der Ausübung seiner Regierung bestand vielleicht in seiner Unfähigkeit, sich auf die Frage zu konzentrieren, die zur Debatte stand. Es war ihm unmöglich, seine Aufmerksamkeit auf eine bestimmte Sache zu zwingen, und diese mangelnde Konzentrationsgabe kommt der Untauglichkeit zur Herrschaft gleich.

Die Stille, die im Zimmer herrschte, riß ihn unversehens aus seiner Träumerei.

»Nur weiter, mein Bruder . . .«, sagte er.

»Mein Bruder, ich wollte um keinen Preis Eure Gedanken stören. Ich warte, bis Ihr zu Ende überlegt habt.«

Der Zänker errötete leicht.

»Nein, nein, ich höre Euch wohl, fahrt nur fort«, sagte er.

»Evrard sagte aus«, nahm Poitiers den Faden wieder auf, »er sei nach Valence gegangen, um in einem Streit, den er mit seinem Bischof hatte, den Schutz eines Kardinals anzurufen . . . Übrigens müssen wir uns über diesen Punkt noch Klarheit verschaffen«, wandte er sich zu Miles de Noyers, der die Untersuchung führte.

Evrard hörte zu, ohne einen Ton von sich zu geben.

Poitiers fuhr fort:

»Dabei habe er zufällig, wie er behauptet, die Bekanntschaft des Kardinals Francesco Caetani gemacht . . .«

»Er ist der Neffe von Papst Bonifaz«, sagte Ludwig, um zu beweisen, daß er folgte.

»Eben dieser . . . und dieser Kardinal habe ihn ins Vertrauen gezogen. Caetani muß ein sehr geschickter Alchimist sein, denn ein Zimmer seines Hauses ist, wie Evrard berichtet, ganz mit Feuerstellen und allerlei Pulvern angefüllt.«

»Alle Kardinäle sind mehr oder weniger Alchimisten; das ist ihr Steckenpferd«, sagte Karl von Valois und zuckte die Achseln. »Monseigneur Duèze hat, glaube ich, sogar eine Abhandlung darüber geschrieben . . .«

»Das stimmt, Onkel; ich habe einen Teil dieser Abhandlung über die Verwandlung von Stoffen, die als Standardwerk gilt, gelesen, allerdings, wie ich zugeben muß, ohne sehr viel davon zu begreifen. Aber der vorliegende Fall geht weit über die Alchimie hinaus, die eine höchst nützliche und respektable Wissenschaft ist . . . Kardinal Caetani war auf der Suche nach einem Mann, der den Teufel anrufen und Beschwörungen vornehmen könnte.«

Karl de la Marche sagte im gleichen spöttischen Ton wie zuvor sein Onkel:

»Also ein Kardinal, der verdächtig nach Scheiterhaufen riecht.«

»Nun gut, so soll man ihn verbrennen«, sagte der Zänker gleichgültig und richtete die Blicke wieder auf die Tür.

»Wen wollt Ihr verbrennen, mein Bruder? Den Kardinal?«

»Ach! Es handelt sich um den Kardinal? . . . Nein, in diesem Fall geht es nicht.«

Philipp von Poitiers seufzte müde, ehe er mit etwas mehr Betonung weitersprach:

»Evrard antwortete dem Kardinal, er kenne einen Mann, der für den Grafen de Bar Gold herstelle . . .«

Bei der Erwähnung dieses Namens stand Valois entrüstet auf und rief:

»Wirklich, mein Neffe, man stiehlt uns unsere Zeit! Ich kenne den Grafen de Bar genug, um zu wissen, daß er sich niemals auf derartige Torheiten einließe! Wir haben eine falsche Anzeige wegen Teufelskunst vor uns, wie täglich zwanzig erhoben werden, sie verdient nicht, daß wir ihr unser Ohr leihen!«

Obgleich er sich zur Ruhe zwang, verlor Philipp schließlich die Geduld.

»Ihr habt den Anzeigen wegen Hexerei sehr wohl Euer Ohr geliehen, als sie sich gegen Marigny richteten«, erwiderte er ziemlich unwirsch; »habt nun auch hier wenigstens die Güte zuzuhören. Zunächst handelt es sich nicht um Euren Freund, den Grafen de Bar, wie Ihr gleich hören werdet. Evrard hat den genannten Mann nicht aufgesucht, sondern stellte dafür dem Kardinal einen gewissen Jehan du Pré vor, ebenfalls einen ehemaligen Templer, der sich auch gerade in Valence aufhielt, ganz zufällig . . . nicht wahr, Evrard, so war es doch?«

Der Gefragte senkte in schweigender Zustimmung den schwarzen Schädel.

»Findet Ihr nicht, lieber Onkel«, fuhr Poitiers fort, »daß hier recht viele Zufälle zusammenkommen und viele Templer beim Konklave ausgerechnet in der Umgebung des Neffen von Papst Bonifaz?«

»Das stimmt, das stimmt . . .«, murmelte Valois kleinlaut.

Poitiers wandte sich wieder an Evrard und fragte unvermittelt:

»Kennst du Messire Jean de Longwy?«

Evrards Züge wurden von seinen gewohnten Zuckungen zerrissen, und seine Hände mit den langen, platten Fingern umkrampften die Schnur seiner Kutte. Aber er antwortete unbeirrt:

»Nein, Monseigneur, ich kenne ihn nur dem Namen nach. Ich weiß nur, daß er der Neffe unseres einstigen Großmeisters ist.«

»Und du bist ganz sicher, daß du nie selbst mit ihm zu tun gehabt hast?« beharrte Poitiers. »Daß du auch nie durch einen deiner ehemaligen Brüder eine Nachricht von ihm erhalten hast?«

»Ich weiß vom Hörensagen, daß Messire Longwy mit einigen von uns Verbindung aufzunehmen suchte; das ist alles.«

»Und du kennst auch nicht, zum Beispiel durch Jehan du Pré, den Namen eines ehemaligen Templers, der zum flandrischen Heerzug stieß, um Herrn de Longwy Botschaften zu überbringen und die seinigen weiterzubefördern?«

Auf den Gesichtern von Valois und la Marche machte sich der gleiche Ausdruck der Überraschung breit. Philipp war über vieles besser im Bilde als jedermann sonst; aber warum behielt er sein Wissen stets für sich?

Evrard hatte dem Blick des Grafen von Poitiers standgehalten. Philipp dachte: »Ich bin so gut wie sicher, daß er es ist, er entspricht zu gut der Beschreibung, die man mir gegeben hat. Ein Hinkender . . .«

»Bist du früher einmal gefoltert worden?« fragte er.

»Mein Bein, Monseigneur! Mein Bein antwortet für mich«, rief Evrard und begann zu zittern.

Der Zänker wurde unruhig. »Diese Ärzte brauchen zu lang. Klementia ist nicht in anderen Umständen, und niemand wagt, es mir beizubringen.« Er wurde in die Gegenwart zurückgerufen, als Evrard auf den Knien vor ihm hinrutschte und zu heulen begann:

»Sire! Sire! Gnade, laßt mich nicht noch einmal foltern! Ich schwöre zu Gott, daß ich die Wahrheit sage!«

»Man soll nicht schwören; das ist eine Sünde«, verwies ihn der König.

Die beiden Edelknappen rissen Evrard in die Höhe.

»Noyers, auch über diese Sache beim Heerzug muß Klarheit geschaffen werden«, gebot Poitiers dem Ratgeber des Parlaments. »Fahrt mit dem Verhör fort.«

Miles de Noyers, ein Mann von etwa dreißig Jahren, mit dichtem Haar und zwei tiefen Falten auf der Stirn, fragte:

»Also, Evrard, was hat Euch der Kardinal gesagt?«

Der ehemalige Templer hatte sich noch nicht von seinem Schrecken erholt; er sprudelte hervor – und jetzt war kaum anzunehmen, daß er log –:

»Der Kardinal hat uns, Jehan du Pré und mir, gesagt, er wolle das Andenken seines Onkels rächen und Papst werden; um dies zu erreichen, müsse er seine Feinde, die sich dem Plan widersetzten, beseitigen; und er versprach uns dreihundert Livres, wenn wir ihm dabei helfen könnten. Und die beiden ersten Feinde, die er uns nannte . . .«
Evrard sah den König an und stockte.
»Nun, sprecht weiter«, gebot Miles de Noyers.
»Er nannte uns den König von Frankreich und den Grafen von Poitiers und sagte, er würde sie nur zu gerne mit den Füßen voran aus ihren Türen kommen sehen.«
Der Zänker schaute unwillkürlich auf seine Schuhe; dann fuhr er auf seinem Sitz hoch und schrie:
»Mit den Füßen voran? Aber dann wünscht dieser gemeine Kardinal ja meinen Tod!«
»Richtig, mein Bruder«, sagte Poitiers lächelnd. »Und meinen dazu.«
»Und ihr, Hinkebein, wißt Ihr nicht, daß Ihr für einen solchen Frevel in dieser Welt verbrannt und in der anderen auf ewig verdammt werdet?« fuhr der Zänker fort.
»Sire, der Kardinal hat uns die Vergebung aller Sünden versprochen, sobald er Papst sei.«
Den Oberkörper weit vorgeneigt, die Hände auf den Knien, betrachtete Ludwig bestürzt den ehemaligen Templer.
»Bin ich denn so sehr verhaßt, daß man meinen Tod wünscht?« sagte er. »Und auf welche Weise wollte der Kardinal mich ins Jenseits befördern?«
»Er sagte uns, daß Ihr zu sorgfältig bewacht wäret, Sire, als daß man mit Schwert oder Gift an Euch herankäme. Er wollte sein Ziel auf einem anderen Weg erreichen: er schickte uns ein Pfund Rohwachs, das wir in dem Gemach mit den Feuerstellen in einem Becken heißen Wassers erweichten. Dann modellierte Jehan du Pré sehr geschickt eine Figur mit einer Krone auf dem Kopf . . .«
Ludwig X. bekreuzigte sich hastig.
». . . und dann noch eine kleinere mit einem kleinen Krönchen. Der Kardinal besuchte uns, während wir arbeiteten; er schien in bester Laune, und als er die erste Figur sah, lachte er sogar und sagte zu uns: ›Er hat ein gar mächtiges Glied[14].‹«
Karl von Valois prustete vor Lachen.
»Ja, nur weiter«, sagte der Zänker gereizt. »Was habt Ihr mit diesen Figuren gemacht?«
»Wir haben die Zettel hineingesteckt.«
»Welche Zettel?«

»Die Zettel, auf die man den Namen desjenigen schreibt, den die Figur darstellen soll, sowie die Beschwörungsformel. Aber ich schwöre Euch, Sire«, rief Evrard, »daß wir weder Euren Namen noch den des Grafen von Poitiers daraufgeschrieben haben! Im letzten Moment bekamen wir es mit der Angst zu tun und haben die Namen von Giacomo und Pietro Colonna geschrieben . . .«

»Die Namen der beiden Kardinäle Colonna?« fragte Poitiers.

». . . weil der Kardinal sie ebenfalls als seine Feinde bezeichnet hat. Ich schwöre, ich schwöre, daß es so ist!«

Diesmal verlor Ludwig X. kein Wort darüber; er schien bei seinem jüngeren Bruder Beistand zu suchen.

»Glaubt Ihr, Philipp, daß dieser Mann die Wahrheit spricht?«

»Ich weiß nicht«, antwortete Philipp.

»Die Folterknechte müssen ihn gründlich bearbeiten«, sagte Ludwig.

Die Ausdrücke »foltern« und »Folterknechte« schienen über Evrard eine unheimliche Gewalt auszuüben; wieder fiel er auf die Knie, rutschte vor den König hin und wiederholte mit aufgehobenen Händen, man habe ihm versprochen, ihn nicht zu foltern, wenn er ein lückenloses Geständnis ablege! Weißer Schaum stand vor seinem Mund, und die Angst verlieh ihm den Blick eines Wahnsinnigen.

»Haltet ihn fest! Er darf mich nicht anfassen!« schrie Ludwig X. »Dieser Mensch ist besessen!«

Man hätte nicht entscheiden können, wer von den beiden, der König oder der Hexenmeister, mehr Angst vor dem anderen hatte.

»Die Folter führte zu nichts«, heulte Evrard. »Auf der Folter habe ich Gott geleugnet.«

Miles de Noyers vermerkte dieses spontane Geständnis.

»Jetzt lenkt die Reue meine Schritte«, fuhr Evrard, noch immer auf den Knien, fort. »Ich will alles sagen . . . Wir hatten kein Salböl, um die Figuren zu taufen, und ließen dies ganz leise dem Kardinal melden, der sich im Konsistorium in der Hauptkirche befand. Der gab zur Antwort, wir sollten uns an einen bestimmten Priester in einer bestimmten Kirche hinter dem Schlächterladen wenden und vorgeben, das Salböl werde für einen Sterbenden gebraucht.«

Nun waren keine Fragen an Evrard mehr nötig. Ganz von selbst gab er die Namen der Handlanger des Kardinals preis. Er nannte den Kaplan-Sekretär Andrieu, den Priester Pierres und den Frater Bost.

»Dann nahmen wir die beiden Figuren, zwei geweihte Kerzen und einen Topf Weihwasser und versteckten das Ganze unter unseren Kutten. So gingen wir zum Goldschmied des Kardinals, einem gewissen Baudon, der ein recht entgegenkommendes junges Frauchen hat. Er sollte den Paten machen und seine Frau die Patin. Wir tauften die

Figuren über einem Barbierbecken. Danach brachten wir sie dem Kardinal zurück, der uns überschwenglich dankte und eigenhändig die Nadel in die Herzen und lebenswichtigen Körperteile stieß.«

Stille trat ein. Da öffnete sich die Tür, und Mathieu de Trye streckte den Kopf ins Zimmer. Der König machte ihm jedoch ein Zeichen, wieder zu verschwinden.

»Und was weiter?« fragte Miles de Noyers.

»Dann beauftragte uns der Kardinal mit weiteren Beschwörungen«, antwortete Evrard. »Aber nun wurde ich ängstlich, denn mit der Zeit waren zu viele Leute eingeweiht worden, und ich begab mich nach Lyon, wo ich mich den Leuten des Königs stellte.«

»Habt ihr die dreihundert Livres ausgegeben?«

»Ja, Messire.«

»Pest!« sagte Karl de la Marche. »Wofür kann ein Ordensmann dreihundert Livres verbrauchen?«

Evrard senkte den Kopf.

»Die Weiber, Monseigneur«, erwiderte er verschämt.

»Oder auch der Temple . . .«, überlegte laut der Graf von Poitiers.

Ludwig X. sagte nichts, er war völlig in seinen geheimsten Ängsten versunken.

»Ins Petit Châtelet«, gebot Poitiers seinen beiden Edelknappen und wies auf Evrard.

Der ließ sich ohne den geringsten Widerstand abführen. Er schien plötzlich am Ende seiner Kräfte zu sein.

»Diese ehemaligen Templer bilden eine wahre Brutstätte für Zauberer«, begann Poitiers.

»Man hätte den Großmeister nicht verbrennen dürfen«, murmelte Ludwig X.

»Ah! Genau das habe ich immer gesagt!« rief Valois.

»Gewiß, mein Onkel, das habt Ihr gesagt«, erwiderte Poitiers. »Aber darum geht es jetzt nicht mehr. Es springt ins Auge, daß die überlebenden Templer ein Netz bilden und daß sie zu allem bereit sind, wenn sie damit unseren Feinden nützen können. Dieser Evrard hat nicht die Hälfte gesagt von dem, was er weiß. Seine Geschichte war einstudiert, das dürft Ihr mir glauben, und erst gegen das Ende zu hat er sich verraten. Aber es ist auch ersichtlich, daß dieses Konklave, das sich seit nunmehr zwei Jahren von Stadt zu Stadt schleppt, eine Schande für die Christenheit ist und anfängt, dem Reich zu schaden; und die Kardinäle betragen sich in ihrer Gier nach der Papstkrone so schändlich, daß sie verdienten, exkommuniziert zu werden.«

»Hat uns am Ende Kardinal Duèze diesen Mann in die Hände gespielt«, meinte Miles de Noyers, »um Caetani zu schaden?«

»Das ist sehr wohl möglich«, sagte Poitiers. »Evrard scheint mir einer jener unruhigen Geister zu sein, die aus allen Trögen fressen, wenn das Futter nur schon ein wenig faulig ist.«

Er wurde von Monseigneur von Valois unterbrochen, der eine äußerst ernsthafte und tiefsinnige Miene aufgesetzt hatte:

»Glaubt Ihr nicht, Philipp«, sagte er, »daß Ihr selbst einmal dieses Konklave aufsuchen solltet, nachdem Ihr Euch in dieser Angelegenheit so gut auszukennen scheint. Ihr könntet Ordnung machen und uns einen Papst verschaffen. Ihr seid meiner Ansicht nach dazu berufen . . .«

Philipp lächelte leicht: »Jetzt kommt er sich äußerst gerissen vor, der gute Onkel Karl!« dachte er. »Endlich hat er eine Möglichkeit entdeckt, mich aus Paris zu entfernen und mitten in ein Wespennest zu schicken . . .«

»Ah! Da gebt Ihr uns einen weisen Rat, lieber Onkel!« rief Ludwig X. aus. »Ja, Philipp muß uns diesen Dienst erweisen, nur er allein kann es tun. Mein Bruder, ich wüßte Euch Dank, wenn Ihr einverstanden wäret . . . und wenn Ihr Euch selbst nach diesen Zetteln umsehen würdet, die man in die Figuren gesteckt hat, und erkunden, ob diese Figuren auf unsere Namen getauft wurden. Ja, Ihr müßt Euch so bald wie möglich auf den Weg machen, die Sache geht Euch genauso an wie mich. Wißt Ihr, durch welche Gnadenmittel der Religion man sich der Zauberei erwehren kann? Wie dem auch sei, Gott ist stärker als der Teufel . . .«

Er sah jedoch nicht so aus, als sei er dessen ganz sicher.

Der Graf von Poitiers überlegte. Im Grunde reizte ihn der Vorschlag. Für einige Wochen vom Hof wegzukommen, wo er doch keine Torheit verhindern konnte und dauernd mit der herrschenden Strömung in Konflikt geriet . . ., und endlich etwas Nützliches tun zu können. Er würde seine Getreuen, Gaucher de Châtillon, Miles de Noyers und Raoul de Presles mitnehmen . . . Und dann, wer weiß? Wer einen Papst gekrönt hat, hat die besten Aussichten, ebenfalls eine Krone zu erwerben. Der Thron des Deutschen Reiches, an den sein Vater bereits für ihn gedacht hatte und auf den er als Pfalzgraf Anspruch erheben durfte, konnte eines Tages wieder frei werden . . .

»Nun gut! Es sei, mein Bruder, ich nehme an, Euch zu Gefallen«, antwortete er.

»Oh! Ihr seid ein guter Bruder!« rief Ludwig X. erfreut.

Er erhob sich, um Philipp zu umarmen, stockte jedoch mitten in der Bewegung und stieß einen Schrei aus.

»Mein Bein! Mein Bein! Es ist eiskalt, es kribbelt überall, und ich kann den Boden nicht mehr unter den Sohlen spüren.«

Man hätte glauben können, der Teufel habe sich bereits in seine Wade gekrallt.

»Ach was! Mein Bruder«, sagte Philipp. »Euer Bein ist eingeschlafen, weiter nichts. Reibt es ein wenig.«

»So? Ihr glaubt, daß mir weiter nichts fehlt?« meinte der Zänker. Und er ging hinkend hinaus wie Evrard.

Als er in seine Gemächer kam, erfuhr er, daß die Ärzte sich positiv ausgesprochen hatten und daß er, mit Gottes Hilfe, etwa im Monat November Vater sein werde. Er zeigte im Augenblick weniger Freude darüber, als man erwartet hätte.

»Ich unterstelle das Artois der Krone«

Am nächsten Tag suchte Philipp von Poitiers seine Schwiegermutter auf, um ihr seine Abreise anzukündigen. Gräfin Mahaut residierte augenblicklich in ihrem neuen Schloß Conflans, das so hieß, weil es genau am Zusammenfluß von Seine und Marne bei Charenton lag.

Béatrice d'Hirson war bei ihrem Gespräch zugegen. Als der Graf von Poitiers vom Verhör des Zauberers erzählte, tauschte sie einen kurzen Blick mit Mahaut. Beiden Frauen war der gleiche Gedanke gekommen. Der Mann des Kardinals Caetani wies seltsame Ähnlichkeiten mit dem Manne auf, dessen sie sich vor zwei Jahren bedient hatten, um Guillaume de Nogaret zu vergiften.

»Es wäre zu sonderbar, wenn es zwei ehemalige Templer gleichen Namens gäbe, die beide in der Zauberei erfahren sind. Nogarets Tod diente ihm bei Bonifaz' Neffen als gute Empfehlung. Er hat sich von dieser Seite bezahlen lassen! Eine üble Sache . . .«, dachte Mahaut.

»Wie sah er denn aus, dieser Evrard?« fragte sie.

»Mager, schwarz, ein wenig verrückt«, antwortete Poitiers; »und er hinkte.«

Mahaut beobachtete Béatrice, die mit einem Senken der Lider den Verdacht bestätigte; es war der gleiche Mann. Gräfin Mahaut fühlte, wie das Unheil sie am Kragen packte; bestimmt würde man Evrard noch weiter ausfragen und Mittel anwenden, die dem Gedächtnis der Leute trefflich nachhalfen. Wenn das Verhör nicht zu dieser Stunde schon im Gange war. Und wenn er sprechen würde . . . Nicht, daß man in Ludwigs Umgebung Nogarets Tod sehr bedauerte. Aber man würde mit Freuden diesen Mord zum Anlaß nehmen, um ihr, Mahaut, einen Prozeß anzuhängen! Welchen Vorteil würde ihr Neffe Robert daraus ziehen! . . . Ihre ungewöhnlich rasch arbeitende Phantasie schmiedete bereits Pläne. »Einen Gefangenen in den Tiefen eines königlichen Gefängnisses umbringen zu lassen, ist keine leichte Sache . . . Wer wird mir dabei helfen, wenn überhaupt noch Zeit bleibt? Philipp, nur Philipp kann mir helfen; ich muß ihm alles gestehen. Aber wie wird er es aufnehmen? Wenn er sich weigert, mir zu Hilfe zu kommen, ist es um mich geschehen . . .«

Auch Béatrices Kehle war trocken geworden.

»Ist er gefoltert worden?« fragte Mahaut.

»Es war keine Zeit dazu . . .«, erwiderte Poitiers, der sich gebückt hatte, um seine Schuhschnalle festzumachen; »aber . . .«

»Gott sei gelobt«, dachte Mahaut, »noch ist nichts verloren. Also, stürzen wir uns ins Wasser!«

»Mein Sohn«, begann sie.

». . . aber das ist sehr schade«, fuhr Poitiers noch immer in gebückter Haltung fort, »denn jetzt werden wir nichts mehr erfahren. Evrard hat sich heute nacht in seinem Kerker im Petit Châtelet erhängt. Aus Furcht, ohne Zweifel, noch einmal peinlich verhört zu werden.«

Er hörte zwei tiefe Seufzer; er richtete sich auf, erstaunt darüber, daß diese beiden Frauen so viel Mitleid mit einem Unbekannten, und noch dazu mit einem Verbrecher, bezeugten.

»Ihr hattet mir etwas sagen wollen, Mutter, und ich habe Euch unterbrochen . . .«

Mahaut berührte instinktiv durch ihr Kleid hindurch die Reliquie, die sie auf der Brust trug.

»Ich wollte Euch sagen . . . Was wollte ich Euch nur sagen?« erwiderte Mahaut. »Ach ja! Ich wollte mit Euch über Johanna sprechen. Also . . . Zunächst, nehmt Ihr sie mit auf die Reise?«

Sie hatte ihren Gleichmut und ihren natürlichen Tonfall wiedergefunden. Aber, Herr im Himmel! Welchen Schrecken hatte sie erlebt!

»Nein, ihr Zustand verbietet es wohl«, antwortete Philipp, »eben wollte ich mit Euch darüber sprechen. Sie wird in drei Monaten niederkommen; und ich will sie nicht den Strapazen einer langen Reise auf schlechten Straßen aussetzen. Ich werde sehr viel unterwegs sein müssen . . .«

Während dieses Gespräches schwebte Béatrice d'Hirson in der Welt ihrer Erinnerungen. Noch einmal sah sie die Hinterstube des Ladens in der Rue des Bourdonnais vor sich; sie roch noch einmal den Duft von Wachs, Ruß und Kerzen; sie spürte noch einmal Evrards harte Hände auf ihrer Haut und jenes wunderliche Gefühl, das sie durchströmt hatte, als sie sich dem Teufel hingab.

»Warum lächelt Ihr, Béatrice?«, fragte der Graf von Poitiers.

»Ohne besonderen Grund, Monseigneur . . . nur weil ich immer große Freude daran habe, Euch zu sehen und Euch zuzuhören.«

»Während meiner Abwesenheit, Mutter«, fuhr Philipp fort, »möchte ich gern, daß Johanna hier bei Euch bleiben könnte. Ihr könntet ihr alle notwendige Sorge angedeihen lassen und könntet sie auch am besten beschützen. Um aufrichtig zu sein, ich mißtraue den Vorhaben unseres Vetters Robert, der sich, wenn er mit den Männern nicht fertig wird, an die Frauen hält.«

»Was bedeutet, mein Sohn«, erwiderte Mahaut, »daß Ihr mich unter die Männer einreiht. Wenn das ein Kompliment sein soll, so mißfällt es mir keineswegs.«

»Gewiß ist das ein Kompliment«, sagte Philipp.

»Aber zu Johannas Entbindung werdet Ihr doch zurück sein?« fragte Mahaut.

»Ich hoffe sehr und werde mir alle Mühe geben; ich kann jedoch nichts versprechen, denn dieses Konklave kommt mir vor wie ein heillos verwickeltes Knäuel, dessen Fäden ich wohl nicht in ein paar Tagen entwirren kann.«

»Ach! Es beunruhigt mich sehr, daß Ihr so lange fort sein werdet, Philipp; meine Feinde werden es sich bestimmt zunutze machen, was das Artois betrifft.«

»Nun gut! Macht es Euch eben auch zunutze; schützt meine Abwesenheit vor und geht auf keinen Kompromiß ein«, sagte Philipp und verabschiedete sich.

Zwei Tage später reiste Poitiers nach Süden ab, und Johanna siedelte nach Conflans über.

Genau wie Mahaut vorhergesehen hatte, spitzte sich die Lage im Artois unverzüglich weiter zu. Die schöne Jahreszeit war wieder angebrochen, und die Barone hatten das Bedürfnis, ihrem Tatendrang freien Lauf zu lassen. Unter dem Einfluß Roberts von Artois hatten sie beschlossen, die Provinz selbst zu verwalten, da sie wußten, daß Mahaut auf sich allein gestellt war, und sie verwalteten sie sehr schlecht. Der Zustand der Anarchie kam ihnen sehr gelegen, und es stand zu befürchten, daß das schlechte Beispiel in den Nachbarprovinzen Schule machen würde.

Ludwig X., der wieder nach Vincennes gezogen war, beschloß, ein für allemal Ordnung zu schaffen. Er wurde darin von seinem Schatzmeister lebhaft bestärkt, denn aus dem Artois gingen überhaupt keine Steuern mehr ein. Mahaut konnte mit Leichtigkeit behaupten, man habe ihr die Möglichkeit genommen, die Abgaben einzutreiben; und die Barone gaben die gleiche Antwort. Dies war übrigens der einzige Punkt, in dem sich beide Parteien einig waren.

»Ich will keine großen Ratssitzungen und keine Behandlung der Frage durch Unterhändler mehr, wobei jeder jeden belügt und nichts vorwärtsgeht«, hatte Ludwig X. erklärt. »Diesmal werde ich selbst die Verhandlung führen, und ich werde die Gräfin Mahaut zum Nachgeben zwingen.«

Der Eindruck, den der Anschlag Caetanis auf das Gemüt des Königs gemacht hatte, war zwar heftig, aber nur von kurzer Dauer gewesen. Während der Wochen, die dem Geständnis des ehemaligen Templers folgten, fühlte Ludwig X. sich besser als seit langer Zeit. Nur ganz selten wurde er von den Leibschmerzen befallen, die ihn so oft heimgesucht hatten; die frommen Fasten, die Klementia ihm auferlegte, hatten zweifellos auf ihn eine heilsame Wirkung. Er kam daher zu der Überzeugung, daß er nicht behext worden war. Dennoch kommunizierte er vorsichtshalber mehrmals wöchentlich.

Er hatte die Königin nicht nur mit den berühmtesten Hebammen des Reiches umgeben, sondern auch mit allen zuständigen Heiligen des Paradieses: dem heiligen Leo, dem heiligen Norbert, der heiligen Colette, der heiligen Uliana, Margarete und Felizitas, mit dieser letzteren, weil sie selbst nur männliche Kinder gehabt hatte. Täglich trafen neue Reliquien ein; Schienbeine und Backenzähne häuften sich in der königlichen Kapelle. Die Aussicht auf Nachkommenschaft, bei der er sicher sein konnte, daß sie von ihm stammte, übte auf den Zänker einen günstigen Einfluß aus; Klementia hatte, indem sie ihn zum Vater machte, seine Umwandlung vollendet. Er war nicht intelligent geworden, das wäre ein Ding der Unmöglichkeit gewesen; aber sie hatte aus ihm wieder einen normalen Menschen gemacht. Von besseren Ratgebern umgeben, wäre er vielleicht im Laufe der Jahre ein mittelmäßiger König geworden.

An dem Tag, an dem er die Gräfin Mahaut zu sich beordert hatte, wirkte er ruhig, höflich und entspannt. Von Charenton nach Vincennes war nur ein Katzensprung. Um der Besprechung einen familiären Anstrich zu verleihen, empfing er Mahaut im Gemach der Königin. Klementia stickte. Es herrschte eine Atmosphäre verwandtschaftlicher Vertraulichkeit. Ludwig sprach in versöhnlichem Ton.

»Besiegelt der Form wegen den Schiedsspruch, den ich gefällt habe, liebe Cousine«, sagte er, »denn es scheint, daß wir nur um diesen Preis den Frieden erlangen können. Und dann werden wir weitersehen! Diese Gewohnheitsrechte des heiligen Ludwig sind doch nicht so genau definiert, und Ihr fändet immer eine Möglichkeit, mit der einen Hand wieder wegzunehmen, was Ihr vorgabt, mit der anderen zu verschenken. Ich habe das gleiche selbst mit den Adeligen der Champagne gemacht, als der Graf der Champagne und der Herr de Saint-Phalle zu mir kamen und ihre Ansprüche reklamierten. Man hat der

Urkunde hinzugefügt: ›mit Ausnahme solcher Fälle, die unsere königliche Majestät berühren‹; und so oft jetzt ein Streitfall vorliegt, erweist sich stets, daß die königliche Majestät davon betroffen ist.«
Dabei schob er ihr mit freundschaftlicher Bewegung die Schale zu, aus der er beim Sprechen Dragées naschte.
»Hat nicht Euer Bruder Philipp diese geschickte Anordnung getroffen?« fragte Mahaut.
»Gewiß, gewiß, Philipp hat sie in der Tat formuliert; aber ich habe ebenfalls daran gedacht, und er hat in dieser Sache nur meine Gedanken erraten.«
»Aber bedenkt, Sire, für mich liegt der Fall anders«, sagte Mahaut ruhig. »Ich habe keine königliche Majestät; ich bin Lehensherrin, aber keineswegs Königin.«
»Das macht nichts! Schreibt dennoch ›die königliche Majestät‹, denn ich übe sie über Euch hinweg aus! Wenn es Unstimmigkeiten gibt, so wird der Fall vor mich gebracht, und ich werde entscheiden.«
Mahaut nahm eine Handvoll Dragées aus der Schale, da sich sonst nichts Eßbares in Reichweite befand.
»Ausgezeichnet, ausgezeichnet«, sagte sie mit vollem Mund, und bemühte sich, Zeit zu gewinnen. »Ich bin nicht sehr erpicht auf Süßigkeiten, aber ich muß sagen, sie sind ausgezeichnet.«
»Meine liebste Klementia weiß, daß ich zu jeder Zeit gern etwas knabbere, und sie sieht darauf, daß ich in ihrem Zimmer stets etwas finde«, sagte Ludwig und wandte sich zur Königin mit der Miene eines Gatten, der zeigen will, daß er überglücklich ist.
Klementia hob die Augen von ihrer Stickarbeit und gab Ludwigs Lächeln zurück.
»Nun, liebe Cousine«, begann Ludwig wieder, »Ihr unterschreibt doch?«
Mahaut knackte eine überzuckerte Mandel.
»Nein, Sire und lieber Cousin, ich kann nicht unterschreiben«, sagte sie. »Denn heute haben wir in Euch den besten König; ich zweifle nicht, daß Ihr stets so handeln würdet, wie Ihr mir jetzt zusichert, und die königliche Majestät zu meinen Gunsten spielen ließet. Aber Ihr werdet nicht ewig dasein, und ich noch viel weniger lang. Nach Euch – so spät wie möglich, das walte Gott! –«, fügte sie hinzu und bekreuzigte sich, »können Könige folgen, die nicht mit der gleichen Billigkeit Recht sprechen. Ich muß an meine Erben denken und darf sie nicht dem Belieben der königlichen Macht unterwerfen in Dingen, in denen wir keine Unterwerfung schuldig sind.«
So wohl abgewogen die Formulierung auch war, die Weigerung war darum nicht weniger kategorisch. Ludwig, der seiner Umgebung ver-

sichert hatte, daß seine persönliche Diplomatie besser mit der Gräfin fertig würde als große öffentliche Ratssitzungen, verlor rasch die Geduld; seine Eitelkeit stand auf dem Spiel. Er fing an, das Zimmer mit eiligen Schritten zu durchmessen, sprach mit erhobener Stimme, schlug auf ein Möbelstück; als er Klementias Blick begegnete, errötete er und zwang sich zu einer königlichen Haltung.

Im Wortstreit war Mahaut ihm überlegen; auf diese Weise würde er nie mit ihr fertig werden.

»Versetzt Euch an meine Stelle, mein Cousin«, sagte sie. »Ihr werdet einen Erben haben; würdet Ihr den Gedanken ertragen, ihm eine geschwächte Macht zu hinterlassen?«

»Eben deshalb, Madame! Ich werde ihm keine geschwächte Macht hinterlassen, sowenig wie die Erinnerung an einen schwachen Vater. Jetzt habt Ihr es zu weit getrieben! Da Ihr darauf besteht, mir die Stirn zu bieten, unterstelle ich das Artois der Krone! Dabei bleibt es! Und Ihr könnt ruhig Eure Ärmel hochkrempeln. Ihr macht mir nicht angst. Von nun an wird Eure Grafschaft unmittelbar in meinem Namen durch einen meiner Adeligen verwaltet, den ich dazu ernennen werde. Was Euch betrifft, so werdet Ihr Euch nicht weiter als zwei Meilen von den Aufenthaltsorten entfernen dürfen, die ich Euch zugewiesen habe. Und laßt Euch nicht mehr vor mir blicken, denn Euer Anblick würde mir keine Freude bereiten. Ihr könnt Euch zurückziehen.«

Auf diesen Hieb war Mahaut nicht gefaßt gewesen. Der Zänker hatte sich entschieden sehr verändert.

Ein Unglück kommt selten allein. Mahaut war so unvermittelt verabschiedet worden, daß sie beim Hinausgehen noch immer ein Dragée in der Hand hielt. Mechanisch steckte sie es in den Mund und biß mit solcher Heftigkeit darauf, daß sie sich einen Zahn abbrach.

Eine Woche lang lebte Mahaut in Conflans wie ein Raubtier im Käfig. Mit ihren großen Männerschritten wanderte sie von den Wohnräumen, die auf die Seine hinausgingen, zum Haupthof, von dessen Galerie aus sie über das Laubwerk des Waldes von Vincennes hinweg die Windfähnchen des königlichen Schlosses sehen konnte. Ihre Wut kannte keine Grenzen mehr, als Ludwig genau am 15. Mai in Ausführung seiner Pläne den Marschall der Champagne, Hugues de Conflans, zum Gouverneur des Artois ernannte. In der Wahl dieses Gouverneurs, der den gleichen Namen trug wie ihr Schloß, erblickte Mahaut eine absichtliche Verhöhnung und äußerste Schmach.

»Conflans! Conflans!« wiederholte sie. »Ich werde in Conflans eingesperrt, und man ernennt einen Conflans, um mir mein Eigentum zu stehlen.«

Zu alledem verursachte ihr der abgebrochene Zahn, an dem sich ein Abszeß gebildet hatte, entsetzliche Schmerzen. Sie konnte sich nicht beherrschen, dauernd mit der Zunge daran herumzubohren, wodurch sich der Schmerz nur verschärfte. Sie entlud ihren Zorn über ihre Umgebung; sie hatte Meister Renier, den Vorsänger, in ihrer Kapelle geohrfeigt, weil sie gefunden hatte, er habe während der Messe falsch gesungen; Jeannot le Follet, ihr Zwerg, verkroch sich in die entferntesten Winkel, wenn er ihrer ansichtig wurde; sie erboste sich gegen Thierry d'Hirson und warf ihm vor, er und seine zahllose Familie seien die Ursache ihrer augenblicklichen Schwierigkeiten; sie warf sogar ihrer Tochter Johanna vor, sie habe nicht verstanden, ihren Gemahl von der Reise zum Konklave abzuhalten.

»Was hilft uns ein Papst«, schrie sie, »wenn man drauf und dran ist, uns das Letzte zu stehlen! Der Papst wird uns das Artois nicht zurückgeben.«

Dann fuhr sie auf Béatrice los:

»Und du, du kannst überhaupt nichts tun, was? Du bist nur auf der Welt, um mir mein Geld abzuknöpfen, dich herauszuputzen und vor dem erstbesten Salonpinscher mit dem Hintern zu wackeln. Du bist wohl fest entschlossen, mir nicht zu helfen?«

»Wie, Madame«, erwiderte Béatrice sanft, »haben die Gewürznelken, die ich Euch gebracht habe, Eure Schmerzen nicht gelindert?«

»Ja, gewiß, meine Schmerzen. Ich habe noch viel schlimmere, und du kennst sie ganz genau! Ah! Wenn es gilt, Liebestränke zu brauen, dann tummelst du dich, dann bemühst du dich, dann machst du Zauberinnen ausfindig! Aber wenn ich einmal einen wirklichen Dienst brauchte . . .«

»Ihr seid ungerecht, Madame; Ihr habt schnell vergessen, wie ich Messire de Nogaret eingeräuchert und was ich dabei für Euch riskiert habe.«

»Ich habe es nicht vergessen, ich habe es nicht vergessen. Aber heute kommt mir Nogaret wie ein kleiner Fisch vor . . .«

Obgleich Mahaut kaum vor dem Gedanken an ein Verbrechen zurückschreckte, so war es ihr doch sehr unangenehm, darüber sprechen zu müssen. Béatrice, die ihre Herrin genau kannte, machte sich ein boshaftes Vergnügen daraus, sie dazu zu zwingen.

»Wirklich, Madame?« heuchelte sie und sah Mahaut durch die langen schwarzen Wimpern an. »Wünscht Ihr denn einer so bedeutenden Persönlichkeit den Tod?«

»Und an wen glaubst du, daß ich seit einer Woche denke, du blöde Person? Was bleibt mir denn anderes übrig, als von morgens bis abends und von abends bis morgens Gott zu bitten, Ludwig möge sich bei einem Sturz vom Pferde den Hals brechen oder an einer trockenen Nuß ersticken?«

»Es gibt vielleicht Mittel, Madame, die rascher wirken . . .«

»Mach doch eines ausfindig, wenn du so gescheit bist! Oh! Der König wird wohl ohnehin nicht steinalt werden; man braucht ihn nur husten zu hören, um das zu wissen. Aber jetzt und augenblicklich käme es mir zupaß, wenn er verreckte . . . Ich werde erst wieder Frieden finden, wenn ich ihm das letzte Geleit nach Saint-Denis gegeben habe.«

»Denn dann wird Monseigneur von Poitiers womöglich Regent von Frankreich . . .«

»Nun ja!«

». . . und er wird Euch das Artois zurückgeben.«

»Eben! Meine kleine Béatrice, du verstehst mich vortrefflich; aber du verstehst auch, daß dies nicht leicht ist. Ah! Wer mir ein wirksames Mittelchen verschaffte, ihn loszuwerden, mit dem würde ich nicht um ein paar Goldstücke markten, das schwöre ich dir.«

»Dame Isabelle de Fériennes kennt treffliche Mittel, um jemanden ins Jenseits zu befördern.«

»Pah! Durch Magie, durch Wachs und Beschwörungsformeln! Ludwig ist schon einmal verhext worden, wie es scheint, und schau ihn dir an. Er war nie gesünder als in diesem Frühling. Man könnte glauben, er stehe mit dem Teufel im Bunde.«

Béatrice schien nachzudenken.

»Wenn er mit dem Teufel verbündet ist, so ist es vielleicht keine schwere Sünde, ihn mittels entsprechend präparierter Speisen in die Hölle zu schicken.«

»Und wie willst du das anfangen? Du gehst zu ihm hin und sagst: ›Ich bringe eine schöne Torte von Eurer Cousine Mahaut, die Euch so sehr liebt.‹ Und dann beißt er mit geschlossenen Augen hinein . . . Weißt du nicht, daß er seit dem Winter aus einer plötzlichen Anwandlung von Furcht heraus alle Gerichte, die man ihm serviert, dreimal vorkosten läßt. Zwei bewaffnete Knappen begleiten jede Schüssel vom Herd bis auf den Tisch. Oh! Er ist genauso furchtsam, wie er schlecht ist. Du kannst dir denken, daß ich mich eingehend erkundigt habe!«

Béatrice starrte in die Luft und streichelte sich den Hals.

»Er soll häufig kommunizieren, und die Hostie verschluckt man ohne Mißtrauen . . .«

»Glaubst du, ich hätte nicht daran gedacht? Dieser Gedanke drängt sich einem von selbst auf«, erwiderte Mahaut. »Aber sogar der Kaplan wird überwacht, und Mathieu de Trye, der Erste Kämmerer, trägt den Schlüssel zum Tabernakel stets in seiner Börse. Willst du ihn dort herausholen?«

»Pah! Was kann man sagen?« meinte Béatrice. »Die Börse hängt unterm Gürtel . . . aber es ist und bleibt ein gewagtes Unternehmen.«

»Wenn wir zuschlagen, liebes Kind, dann muß der Hieb sitzen, und niemand darf erfahren, daß wir die Hand im Spiel gehabt haben . . . oder doch erst, wenn es zu spät ist«, fügte Mahaut hinzu und wedelte mit der Hand über ihrem Kopf.

Sie verharrten eine Zeitlang in Schweigen; jede suchte für sich nach einer Lösung.

»Ihr habt Euch unlängst beklagt«, sagte Béatrice plötzlich, »daß die Hirsche Eure Wälder beschädigen, daß sie die jungen Bäume abfressen. Ich könnte ohne weiteres von Isabelle de Fériennes ein Gift verlangen, worin man die Jagdpfeile eintauchen kann . . . der König ißt sehr gern Wildbret.«

»Allerdings, und der ganze Hof würde ebenfalls krepieren! Oh! Ich für mein Teil habe nichts zu befürchten, ich werde nicht mehr eingeladen. Aber ich wiederhole es dir: jedes Gericht wird von Dienern vorgekostet und mit dem Horn eines Einhorns berührt[15]. Es würde schnell herauskommen, aus welchem Wald der Hirsch stammte . . . Schließlich . . . das Gift zur Hand haben und es anwenden, sind zwei Paar Stiefel. Bestelle es jedenfalls sofort; und es soll schnell wirken und keine Spuren hinterlassen. A propos, Béatrice, dieser Mantel aus marmoriertem Stoff, den ich bei der Krönung getragen habe, hat dir, glaube ich, gut gefallen? Nun gut! Er gehört dir.«

»Oh! Madame, Madame! Was habt Ihr für ein gutes Herz!« rief Béatrice und warf sich Mahaut an den Hals.

»Au! Mein Zahn!« schrie die Gräfin auf und legte die Hand an die Wange. »Und weißt du auch, wie ich ihn mir abgebrochen habe? An einem dieser dreckigen Dragées, die Ludwig mir angeboten hat . . .«

Sie hielt plötzlich inne, und ein Leuchten trat in die grauen Augen.

»Die Dragées«, murmelte sie. »Großartig, so geht's. Béatrice, laß dieses Gift bereiten und gib vor, es sei gegen meine Hirsche. Zu irgend etwas wird es auf jeden Fall gut sein.«

In Abwesenheit des Königs

Es war an einem der letzten Maitage – der König befand sich auf der Reiherbeize –, als Königin Klementia der Besuch ihrer Schwägerin Johanna gemeldet wurde. Das Verbot, das auf Gräfin Mahaut lastete, erstreckte sich nicht auf ihre Tochter; die Königin und die Gräfin von Poitiers sahen einander ziemlich häufig, und Johanna versäumte niemals, ihrer königlichen Schwägerin die Dankbarkeit zu bezeigen, die sie ihr für ihre Begnadigung schuldete. Klementia ihrerseits fühlte sich der Gräfin von Poitiers mit jener Zärtlichkeit verbunden, die man so gerne gegen Menschen empfindet, denen man Gutes getan hat. Wenn die Königin eine Anwandlung von Eifersucht gehabt hatte oder, besser gesagt, das Gefühl, vom Schicksal benachteiligt zu sein, als sie von Johannas Schwangerschaft erfahren hatte, so war diese Seelenregung sofort verflogen, als sie selbst sich in dem gleichen Zustand wußte. Noch mehr, ihre Schwangerschaft schien die beiden Schwägerinnen einander näherzubringen. Sie führten lange Gespräche über ihre Gesundheit, die Diät, die sie einhielten, die besonderen Vorsichtsmaßnahmen, die zu treffen waren; und Johanna, die vor ihrer Verurteilung bereits zwei Mädchen zur Welt gebracht hatte, ließ Klementia an ihrer Erfahrung teilhaben.

Die Eleganz, mit der Madame von Poitiers, obschon im achten Monat, ihre Bürde trug, wurde allgemein bewundert. Erhobenen Hauptes betrat sie das Gemach der Königin; ihr Gang war sicher, ihre Gesichtsfarbe frisch und ihre ganze Haltung so natürlich wie immer; das weite Gewand umfloß ihre Gestalt.

Die Königin erhob sich, um sie zu begrüßen, das Lächeln auf ihren Lippen erstarb jedoch, als sie sah, daß Johanna von Poitiers nicht allein war; hinter ihr näherte sich die Gräfin von Artois.

»Liebste Schwester«, sagte Johanna, »ich möchte Euch bitten, meiner Mutter die schön gewirkten Teppiche zu zeigen, die Ihr aufhängen ließet, um Euer Gemach neu abzuteilen.«

»Wahrhaftig«, sagte Mahaut, »meine Tochter hat so rühmend von ihnen gesprochen, daß ich Lust bekam, sie selbst zu bewundern. Ihr wißt, daß ich eine ganz gute Kennerin derartiger Arbeiten bin.«

Klementia war ratlos. Es war ihr unangenehm, wider ihren Willen gegen die Entscheidung ihres Gemahls zu verstoßen, der Mahaut verboten hatte, bei Hofe zu erscheinen; andererseits jedoch erschien es ihr unklug, sie abzuweisen, nun, da sie schon einmal da war und sich hinter dem gesegneten Leib ihrer Tochter versteckte wie hinter einem Schild. »Ihr Besuch muß einen ernsteren Grund haben«, dachte Klementia. »Vielleicht ist sie gekommen, um einzulenken, und sucht einen Weg, wieder in Gnaden aufgenommen zu werden, der ihrem Stolz nicht gar zu weh tut. Daß sie meine Teppiche anschauen will, ist bestimmt nur ein Vorwand.«

Sie tat jedoch, als glaube sie den angegebenen Grund, und führte ihre Besucherinnen in ihr Gemach, das vor kurzem neu eingerichtet worden war.

Die Bildteppiche dienten nicht nur als Wandschmuck, sie hingen auch von der Decke herunter und teilten so das sehr geräumige Gemach in intimere, gemütlichere Zimmerchen, die leichter zu heizen waren und dem Herrscherpaar erlaubten, sich von seiner Umgebung abzusondern und sich zu unterhalten, ohne daß Neugierige es belauschen konnten. Die ganze Anordnung sah aus, als habe ein Nomadenfürst seine Zelte im Inneren eines Gebäudes aufgeschlagen.

Die Garnitur von Wandteppichen, die Klementia besaß, stellte Jagdszenen in exotischen Landschaften vor, wo kleine Löwen unter Orangenbäumen umherliefen und Vögel mit fremdartigem Federschmuck sich zwischen Blumen tummelten. Die Jäger und ihre Waffen erschienen nur im Hintergrund der Darstellungen, halb verdeckt vom Blattwerk, als habe der Künstler sich geschämt, die Raubtierinstinkte des Menschen darzustellen.

»Ach! Wie schön!« rief Mahaut aus. »Eine wahre Augenweide, ein so vorzüglich gearbeitetes Hautelisse-Gewebe zu sehen.«

Sie trat näher heran, befühlte das Gewebe, liebkoste es.

»Seht doch, Johanna«, begann sie von neuem, »wie gleichmäßig und sanft sich das Gewebe anfühlt, seht den hübschen Gegensatz zwischen dem Geranke im Hintergrund, den indigoblau gestickten Blümchen und dem schönen Rotbraun, in dem die Federn dieser Papageien gearbeitet sind. Es ist wirklich eine große Kunst, die Webfäden so zu führen!«

Klementia beobachtete sie leicht erstaunt. Die grauen Augen der Gräfin Mahaut glänzten vor Freude, ihre Hand glitt sanft über den Stoff; mit geneigtem Kopf betrachtete sie lange die Zartheit der Konturen, die Abstimmung der Farbtöne. Diese sonderbare Frau, die stämmig war wie ein Krieger, listig wie ein Kanonikus, unbändig in ihren Gelüsten und in ihrem Haß, überließ sich plötzlich völlig wehrlos dem Entzücken über einen Hautelisse-Teppich. Und tatsächlich war sie ohne Zweifel die beste Kennerin, die man im ganzen Königreich finden konnte.

»Ihr habt hier wirklich wundervolle Stücke, liebe Cousine«, sagte sie schließlich, »und ich beglückwünsche Euch herzlich dazu. Dieses Gewebe ließe noch das häßlichste Gemäuer festlich erscheinen. Es ist in der Technik von Arras gearbeitet, aber die Farben sind im Schuß noch leuchtender. Die Leute, die Euch das gemacht haben, verstehen ihr Handwerk.«

»Es sind Teppichweber, die in meiner Heimat arbeiten«, erklärte Klementia, »die jedoch, wie ich gestehen muß, aus Eurem Lande stammen, zumindest die Meister des Gewerbes[16]. Sie sind dazu Leute, die viel herumkommen. Meine Großmutter, die mir diese Bildteppiche als Ersatz für meine ins Meer gefallenen Hochzeitsgeschenke schicken ließ, hat mir auch Weber hierhergeschickt. Ich habe sie vorübergehend hier in der Nähe untergebracht, wo sie für mich und den Hof arbeiten werden. Und wenn Ihr oder Johanna ihnen gerne einen Auftrag geben würdet, so könnt Ihr über sie verfügen. Ihr braucht nur das gewünschte Dessin zu bestellen, dann fertigen sie mit ihren Fingern und ihren Nadeln das Gemälde, genau wie Ihr es Euch vorgestellt habt.«

»Gut! Abgemacht, liebe Cousine, ich nehme Euer Angebot gerne an«, erklärte Mahaut. »Ich habe das Bedürfnis, meine Behausung, in der ich mich langweile, ein wenig auszuschmücken ... und da Messire de Conflans über meine Weber von Arras gebietet, wird mir der König verzeihen, wenn ich Eure Weber aus Neapel heranziehe.«

Klementia nahm diese Spitze genauso hin, wie sie ausgesprochen worden war, mit einem halben Lächeln. Zwischen ihr und der Gräfin von Artois war einen Augenblick lang ein Funke von stillschweigendem Einverständnis aufgeglommen, der ihrer gemeinsamen Vorliebe für den Luxus und die Werke menschlicher Kunstfertigkeit entsprang.

Während die Königin fortfuhr, Johanna die Wandbehänge zu zeigen, wandte Mahaut sich den Bildteppichen zu, die das königliche Lager vom übrigen Gemach abtrennten; sie hatte neben dem Bett eine Schale voll Dragées entdeckt.

»Hat sich auch der König mit Bildteppichen umgeben?« wollte sie von Klementia wissen.

»Nein, Ludwig hat noch keine Wandbehänge in seinem Gemach. Ich muß gestehen, daß er sehr selten dort schläft.«

Sie hielt inne, leicht errötend ob dieser unbeabsichtigten Vertraulichkeit.

»Das beweist, daß er Eure Gesellschaft sehr zu schätzen weiß, liebe Cousine«, gab Mahaut in neckendem Ton zurück. »Und welchem Mann könnte auch ein so wohlgestaltetes Geschöpf nicht gefallen!«

»Ich fürchtete«, fuhr Klementia mit der Unbefangenheit der reinen Seelen fort, »daß Ludwig sich von mir fernhalten könnte, weil ich in anderen Umständen bin. Keineswegs! Oh! Wir schlafen wie christliche Eheleute!«

»Das freut mich, das freut mich wirklich«, sagte Mahaut. »Er schläft auch weiterhin bei Euch; ach! Der Gute! ... der Meinige, Gott hab ihn selig, strengte sich nicht so an. Ihr habt wahrlich einen guten Gatten.«

Sie stand jetzt neben dem Nachttisch.

»Darf ich, liebe Cousine?« fragte sie und wies auf die Schale. »Wißt Ihr, daß ich bei Euch das Naschen gelernt habe?«

Heroisch nahm sie trotz ihres zermürbenden Zahnschmerzes ein Dragée und knabberte es auf der gesunden Seite ihres Kiefers.

»Oh! Ich habe eine bittere Mandel erwischt«, sagte sie, »ich nehme ein anderes.«

Sie hatte der Königin und Johanna, die mindestens fünf Schritt von ihr entfernt waren, den Rücken zugekehrt, nahm ein eigens hergestelltes Dragée aus ihrem Täschchen und ließ es in die Schale fallen.

»Nichts sieht einem Dragée so ähnlich wie ein Dragée«, sagte sie sich, »und wenn ihm dieses da ein wenig bitter vorkommt, so wird er denken, er habe ebenfalls eine bittere Mandel erwischt.«

Sie trat zu den beiden Frauen.

»Also, Johanna«, sagte sie, »gesteht jetzt Eurer Schwägerin, was Ihr auf dem Herzen habt und ihr so dringend mitteilen wolltet.«

»Ja, es ist wahr, liebe Schwester«, sagte Johanna ein wenig zögernd, »ich wollte Euch einen Kummer anvertrauen.«

»Jetzt sind wir also soweit«, dachte Klementia, »jetzt werde ich erfahren, weswegen sie gekommen sind.«

»Ihr wißt, daß mein Gemahl weit weg ist von hier, und diese Abwesenheit beunruhigt mich sehr. Könnt Ihr nicht beim König durchsetzen, daß Philipp bis zu meiner Entbindung wieder zurück ist? Zu einem solchen Zeitpunkt weiß man seinen Gemahl nicht gerne in der Fremde. Es ist vielleicht eine Schwachheit, aber man fühlt sich doch beschützt und fürchtet sich weniger vor den Schmerzen der Niederkunft, wenn man den Vater des Kindes in der Nähe weiß. Ihr werdet dieses Gefühl auch bald kennenlernen, liebe Schwester.«

Mahaut hatte sich wohl gehütet, Johanna in ihre Pläne einzuweihen; sie bediente sich jedoch ihrer Tochter, um ihr Vorhaben Zug um Zug auszuführen. »Wenn der Schlag gelingt«, hatte sie überlegt, »wäre es gut, wenn Philipp so bald wie möglich nach Paris käme, um die Regentschaft zu übernehmen.«

Johannas Bitte war solcher Art, daß Klementia sich ihr nicht verschließen konnte. Sie hatte gefürchtet, daß es sich um das Artois handeln werde, und fühlte sich von diesem Appell an ihre Güte beinahe erleichtert. Sie würde alles in Bewegung setzen, damit Johannas Wunsch sich erfüllte.

Johanna küßte ihr die Hände, und Mahaut tat es ihrer Tochter nach und rief aus:

»Ach! Was seid Ihr doch für eine gütige Dame! Ich habe Johanna sogleich gesagt, daß nur von Euch Hilfe kommen könne!«

Dann verabschiedeten sie sich. Mahaut schien nicht mehr länger bleiben zu wollen.

Als sie Vincennes verließen und sich auf den Rückweg nach Conflans machten, dachte sie: »Ich habe das Meinige getan . . . Nun muß ich nur noch abwarten. Wann wird er es essen? Vorausgesetzt, daß nicht Klementia . . . Aber sie ist nicht genäschig; es sei denn, sie würde dem Gelüst einer Schwangeren nachgeben und ausgerechnet dieses Dragée erwischen! Pah! Es würde Ludwig genauso treffen, wenn ihm auf einen Schlag Frau und Kind geraubt würden. Und dann würde man ihn verdächtigen, auch seine zweite Gemahlin umgebracht zu haben; nach dem sich einer hält, nach dem redet man ihm nach.«

»Ihr seid so schweigsam, Mutter«, wunderte sich Johanna. »Der Besuch ist doch äußerst freundschaftlich verlaufen. Hat Euch etwas mißfallen?«

»Durchaus nicht, meine Tochter, durchaus nicht«, erwiderte Mahaut. »Wir sind einen guten Schritt vorwärtsgekommen.«

Der Mönch ist tot

Das gleiche Ereignis, das am Hofe von Frankreich die Königin und die Gräfin von Poitiers so glücklich machte, sollte in einem kleinen Herrenhaus, zehn Meilen von Paris entfernt, Unheil und Verzweiflung stiften.

Seit einigen Wochen waren Maries Züge von Angst und Kummer gezeichnet. Sie antwortete kaum auf die Fragen, die man ihr stellte. Dunkle Schatten ließen die tiefblauen Augen noch größer erscheinen; eine kleine Ader zeichnete sich auf der durchsichtigen Schläfe ab. Ihr ganzes Wesen verriet ihre Verstörtheit.

»Wird sie uns wieder liebeskrank werden wie im vergangenen Jahr?« sagte ihr Bruder Pierre.

»Aber nein, sie magert nicht ab«, erwiderte Dame Eliabel. »Eine verliebte Unruhe, das ist alles. Dieser Guccio spukt ihr wohl ein wenig zu sehr im Kopf herum. Es ist höchste Zeit, sie zu verheiraten.«

Aber der Vetter von Saint-Venant, bei dem die Cressay vorfühlten, hatte geantwortet, im Augenblick sei er vollauf damit beschäftigt, mit seinen Anhängern aus der Umgebung im Artois Krieg zu führen; sobald wieder Frieden herrsche, wolle er jedoch daran denken.

»Er muß sich über unsere Vermögensverhältnisse erkundigt haben«, sagte Pierre de Cressay. »Ihr werdet sehen, Mutter, Ihr werdet sehen, daß es uns eines Tages noch leid tun wird, Guccio abgewiesen zu haben.«

Der junge Lombarde wurde auch weiterhin von Zeit zu Zeit im Schloß empfangen, wo man ihn mit geheuchelter Freundschaft behandelte wie früher. Noch immer lief die Schuld von dreihundert Livres und ihre Zinsen. Andererseits war die Lebensmittelknappheit noch nicht zu Ende, und es war aufgefallen, daß im Kontor von Neauphle nur an solchen Tagen Vorräte vorhanden waren, an denen Marie dorthin kam. Jean de Cressay hatte, um die Würde des Hauses besorgt, Guccio gebeten, für alles, was sie an Lebensmitteln seit mehr als einem Jahr bezogen hatten, eine Rechnung auszustellen; sobald er das Papier jedoch in der Hand hatte, war vom Bezahlen nicht mehr die Rede. Und Dame Eliabel ließ ihre Tochter auch weiterhin einmal in der Woche nach Neauphle gehen; sie gab ihr jedoch eine Dienerin zur Begleitung mit und maß ihr die Zeit des Ausbleibens sorgfältig zu.

Die Zusammenkünfte des heimlichen Ehepaares waren daher selten. Die junge Dienerin zeigte sich jedoch Guccios Freigebigkeit zugänglich, und überdies war ihr Ricard, der Erste Gehilfe, nicht gleichgültig. Sie träumte von einer bürgerlichen Zukunft, verspätete sich nur zu gerne zwischen den Truhen und Registern und horchte auf das angenehme Klingeln des Goldes auf den Waagschalen, während das erste Stockwerk die eiligen Liebkosungen barg.

Diese Minuten, die sie der Wachsamkeit der Familie Cressay und den Tabus der Welt abstehlen konnten, bedeuteten Lichtblicke für dieses merkwürdige Ehepaar, das noch keine zehn Stunden gemeinsam verbracht hatte. Eine ganze Woche lang lebten Guccio und Marie von der Erinnerung an diese Augenblicke; die Verzückung ihrer Hochzeitsnacht war um nichts abgeschwächt. Bei ihren letzten Zusammenkünften hatte Guccio jedoch eine Veränderung in Maries Wesen gespürt. Auch er hatte, genau wie Dame Eliabel, den seltsamen Augenausdruck der jungen Frau bemerkt, die Schatten unter ihren Lidern und die kleine blaue Ader an der Schläfe, die er rührend fand und auf die er gern seine Lippen drückte.

Er hatte diesen Wechsel dem Umstand zugeschrieben, daß Marie diese unwürdige Situation allmählich unerträglich wurde. Ein Glück, das in kleiner Münze zugemessen wird und sich stets in das Lumpengewand der Lüge hüllen muß, wird bald zur Qual. »Aber sie selbst will es nicht, daß wir das Schweigen brechen!« dachte er. »Sie behauptet, ihre Familie würde unsere Ehe niemals als gültig anerkennen und mich gerichtlich verfolgen lassen. Und auch mein Onkel ist dieser Meinung. Was bleibt also anderes übrig?«

»Worüber beunruhigt Ihr Euch, Herzliebste?« fragte er sie am dritten Tag des Monats Juni. »Nun haben wir uns schon öfters hier getroffen, und jedesmal finde ich Euch weniger glücklich. Was fürchtet Ihr? Ihr wißt doch, daß ich da bin, um Euch gegen alles zu schützen.«

Vor dem Fenster streckte ein blühender Kirschbaum seine Zweige aus, in denen es von Vögeln und Wespen summte. Marie wandte sich um; ihre Augen waren feucht.

»Vor dem, was mir geschieht, Liebster«, sagte sie, »könnt selbst Ihr mich nicht schützen.«

»Was habt Ihr denn?«

»Nur, was mir nach Gottes Willen von Euch geschehen soll«, erwiderte Marie sanft und senkte den Kopf.

Er wollte sichergehen, daß er richtig verstanden hatte.

»Ein Kind?« murmelte er.

»Ich hatte Angst, es Euch zu gestehen. Ich fürchtete, daß Ihr mich darum weniger lieben würdet.«

Sekundenlang brachte er kein Wort heraus. Dann nahm er ihr Gesicht in seine Hände und zwang sie, ihn anzusehen.

»Marie, seid Ihr nicht glücklich darüber?« fragte Guccio.

»O gewiß! Wenn Ihr glücklich seid, bin ich es auch.«

»Aber Marie, es ist wunderbar!« rief er aus. »Das Glück meint es gut mit uns; nun darf unsere Ehe nicht mehr länger geheimgehalten werden. Jetzt wird Eure Familie wohl oder übel nachgeben müssen. Ein Kind! Ein Kind! Wie wunderbar!«

Und glückstrahlend betrachtete er sie von Kopf bis Fuß, sprachlos, als ob es sich in ihrem Fall um etwas ganz Außergewöhnliches und nicht um ein höchst natürliches Ereignis handelte. Er fühlte sich als Mann, er fühlte sich stark. Er war in Versuchung, sich zum Fenster hinauszubeugen und die Neuigkeit dem ganzen Städtchen zuzurufen.

An allem, was ihm zustieß, sah Guccio zunächst nur die guten Seiten, nur eine Gelegenheit, sein Ansehen zu erhöhen. Er hatte heimlich die Tochter eines Ritters geheiratet, und nun schenkte sie ihm ein Kind! Er wurde stets erst am nächsten Tag der Schwierigkeiten gewahr, die seine Handlungen nach sich ziehen konnten.

Aus dem Erdgeschoß hörten sie die Stimme der Dienerin, die mahnte, daß die Zeit um sei.

»Was soll ich tun? Was soll ich tun?« sagte Marie. »Ich werde nie den Mut aufbringen, es meiner Mutter zu offenbaren.«

»Das ist auch nicht nötig, ich werde es ihr sagen«, erwiderte Guccio. »Wartet noch eine Woche.«

Er ging vor ihr die Holztreppe hinunter, reichte ihr die Hand und half ihr behutsam Stufe für Stufe abwärts, als sei sie äußerst zerbrechlich geworden und müsse bei jedem ihrer Schritte gestützt werden.

»Aber ich bin noch keineswegs unbeholfen«, sagte sie.

Er sah selbst ein, daß seine übertriebene Besorgnis lächerlich wirkte, und brach in lautes, glückliches Lachen aus. Dann nahm er sie in seine Arme, und sie küßten sich, bis ihr der Atem ausging.

»Ich muß gehen, ich muß gehen«, sagte sie.

Aber Guccios Freude hatte sie angesteckt, und sie machte sich getröstet auf den Weg. Obgleich die Lage unverändert war, hatte Marie wieder Zuversicht gefaßt, nur weil Guccio ihr Geheimnis teilte.

»Ihr werdet sehen, Ihr werdet schon sehen, wie schön das Leben für uns wird!« versicherte er ihr, als er sie zum Gartenpförtchen geleitete.

Welch großer Akt der Weisheit und Gnade ist es doch, daß unser Schöpfer uns das Wissen um die Zukunft vorenthält und uns statt dessen die Freuden der Erinnerung und den Zauber der Hoffnung gewährt. Wenige würden eine Vorhersage dessen, was ihnen bevorsteht, überleben. Hätten dies beide Eheleute, diese beiden Liebenden, gewußt, daß sie einander nur noch ein einziges Mal im Leben wiedersehen sollten, und dies erst nach Ablauf von zehn Jahren, so hätten sie sich wohl auf der Stelle umgebracht.

Marie sang auf dem ganzen Rückweg über die goldgesprenkelten Wiesen und unter den blühenden Bäumen. Am Ufer der Mauldre wollte sie stehenbleiben, um Iris zu pflücken.

»Ich will unsere Kapelle damit schmücken«, sagte sie.

»Madame, beeilt Euch«, erwiderte die Dienerin, »Ihr werdet Vorwürfe bekommen.«

Marie kehrte ins Schloß zurück, ging sogleich auf ihr Zimmer, öffnete die Tür – und fühlte den Boden unter ihren Füßen versinken. Dame Eliabel stand mitten im Zimmer und maß mit den Augen ein in Taillenhöhe aufgetrenntes Überkleid, an dem Marie am Morgen gearbeitet hatte. Maries gesamte Garderobe, von der jedes Stück auf die gleiche Weise weiter gemacht worden war, lag auf dem Bett ausgebreitet.

»Wo bist du so lange geblieben?« fragte Dame Eliabel barsch.

Marie sagte kein Wort, die Iris, die sie noch immer in ihrer Hand hielt, fielen zu Boden.

»Du brauchst es mir gar nicht erst zu erzählen«, fuhr Dame Eliabel fort, »zieh dich aus!«

»Mutter!« stammelte Marie mit erstickter Stimme.

»Zieh deine Kleider aus, ich befehle es dir«, schrie Dame Eliabel.

»Niemals«, erwiderte Marie.

Eine schallende Ohrfeige beantwortete ihre Weigerung.

»Wirst du jetzt gehorchen? Wirst du deinen Fehltritt eingestehen?«

»Ich habe nicht gesündigt!« erwiderte Marie mit gleicher Heftigkeit.

»Und diese neue Fülligkeit? Woher kommt die?« fragte Dame Eliabel und wies auf die Kleidungsstücke.

Ihr Zorn wuchs, als sie sah, daß ihr nicht mehr ein Kind gegenüberstand, das sich dem mütterlichen Willen unterordnete, sondern eine Frau, die ihr Widerpart hielt.

»Ja, es stimmt, ich bekomme ein Kind; ja, von Guccio«, rief Marie, »und ich brauche mich dessen nicht zu schämen, denn ich habe keine Sünde begangen. Guccio und ich sind verheiratet.«

Dame Eliabel schenkte der Erzählung von der mitternächtlichen Trauung keinen Glauben. Außerdem hätte das in ihren Augen gar nichts geändert. Marie hatte gegen den elterlichen Willen gehandelt, den Dame Eliabel und ihr ältester Sohn verkörperten. Auch konnte dieser italienische Mönch sehr wohl ein falscher Mönch sein. Nein, sie glaubte ganz entschieden nicht an diese Trauung.

»Auf dem Sterbebett, hört Ihr, Mutter, auf dem Sterbebett würde ich nichts anderes beichten können!« wiederholte Marie.

Der Sturm wütete eine gute Stunde lang, dann sperrte Dame Eliabel ihre Tochter in ihr Zimmer ein und drehte den Schlüssel zweimal im Schloß.

»Ins Kloster! Du kommst ins Kloster der gefallenen Mädchen!« rief sie ihr noch durch die Tür zu.

Und Marie warf sich schluchzend über ihre verstreuten Kleider.

Dame Eliabel mußte warten, bis ihre Söhne am Abend von der Jagd zurückkehrten; dann erst konnte sie ihnen die Neuigkeit mitteilen. Der Familienrat war kurz. Beide jungen Männer waren wütend, und Pierre, der sich beinahe mitschuldig fühlte, weil er bislang Guccio verteidigt hatte, regte sich am meisten auf und ging mit seinen Rachevorschlägen am weitesten. Ihre Schwester war entehrt worden, sie waren aufs verabscheuungswürdigste unter ihrem eigenen Dach betrogen worden! Ein Lombarde! Ein Wucherer! Sie würden ihn mit einem Nagel durch den Bauch an die Tür seines Kontors heften.

Sie bewaffneten sich mit ihren Jagdspießen, bestiegen wieder die Pferde, die sie kurz vorher in den Stall geführt hatten, und ritten nach Neauphle. Guccio, der in dieser Nacht zu erregt war, um Schlaf zu finden, ging in seinem Garten auf und ab. Die Nacht war sternklar, von Düften durchtränkt; der Frühling in der Ile de France war auf seinem Höhepunkt; die Luft war von würziger Frische, schwer vom Tau und vom Saft der Pflanzen.

In der ländlichen Stille vernahm Guccio vergnügt das Knirschen seiner Sohlen – ein fester Schritt, ein schwächerer Schritt – auf dem Kies, und die Freude drohte seine Brust zu sprengen.

»Und wenn ich bedenke, daß ich vor einem halben Jahr auf diesem elenden Spitalbett in Marseille lag . . . Wie schön ist doch das Leben!«

Er träumte. Schon waren die Würfel über sein Geschick gefallen, er jedoch träumte von seinem künftigen Glück. Schon sah er um sich eine zahlreiche Nachkommenschaft heranwachsen, die einer wunderbaren Liebe entsprungen war und in der sich das freie Blut des Sienesers mit dem edlen Blute Frankreichs mischte. Er würde der Große Baglioni sein, das Oberhaupt einer mächtigen Dynastie. Er dachte daran, seinen Namen zu französisieren, Baglion de Neauphle zu werden; der König würde ihm mit Freuden eine Adelsherrschaft zu Lehen geben, und der Sohn, den Marie trug – denn es bestand kein Zweifel, daß es ein Sohn war –, würde eines Tages zum Ritter geschlagen werden.

Er erwachte erst aus seinen Träumereien, als er galoppierende Pferdehufe über das Pflaster von Neauphle heranklappern und vor der Tür des Kontors haltmachen hörte. Dann schlug der Türklopfer heftig an.

»Wo ist er, dieser Schuft, dieser Galgenvogel, dieser Jude?« schrie eine Stimme, die Guccio alsbald als die Stimme Pierre de Cressays erkannte.

Und da nicht schnell genug geöffnet wurde, begannen die beiden Brüder, mit den Schäften ihrer Speere gegen den eichenen Türflügel zu donnern. Guccios Hand fuhr zum Gürtel. Er hatte seinen Dolch nicht bei sich. Er hörte, wie Ricard mit schweren Schritten die Treppe herunterkam.

»Ja doch, ja doch! Ich komme schon!« sagte der Erste Gehilfe mit der unwirschen Stimme eines Mannes, der aus dem Schlaf gerissen wurde.

Dann hörte er, wie die Riegel zurückgezogen wurden, die Querbalken weggeschoben und gleich darauf den Ausbruch eines wütenden Wortwechsels, von dem Guccio nur einige Fetzen verstehen konnte.

»Wo ist dein Herr? Wir wollen auf der Stelle zu ihm!«

Guccio hörte Ricards Antwort nicht, die Brüder Cressay begannen jedoch mit noch lauterer Stimme von neuem.

»Er hat unsere Schwester entehrt! Dieser Hund! Dieser Wucherer! Wir gehen nicht eher weg, als bis wir ihm das Fell über die Ohren gezogen haben!«

Der Streit endete mit einem lauten Schrei. Sicherlich war Ricard geschlagen worden.

»Mach uns Licht!« schrie Jean de Cressay.

Und Guccio unterschied wiederum Jeans Stimme, die durch das Haus brüllte:

»Guccio, wo versteckst du dich? Du hast wohl nur bei den Mädchen Mut? Trau dich doch heraus, stinkender Feigling!«

Auf dem Marktplatz wurden Fensterläden geöffnet. Man hörte die flüsternden Stimmen von Dorfbewohnern, aber niemand zeigte sich. Im Grunde war ihnen dieser Spektakel ganz recht; sie würden für lange Zeit einen Gesprächsstoff haben. Und außerdem freute es sie diebisch, daß ihren jungen Herren ein so wohlgelungener Streich gespielt worden war, diesen beiden jungen Männern, die sie so von oben herab behandelten und sie dauernd zu Frondiensten einspannten. Da war ihnen der Lombarde schon lieber, allerdings nicht so lieb, daß sie Stockschläge riskieren wollten, weil sie seine Partei ergriffen hatten.

Guccio fehlte es nicht an Mut; aber es war ihm auch ein Funke Verstand geblieben; ohne auch nur einen Dolch zur Hand zu haben, hätte es ihm wenig genützt, wenn er sich diesen beiden bewaffneten Wüterichen gestellt hätte.

Während die Brüder Cressay das Haus durchsuchten und ihren Zorn an den Möbelstücken ausließen, rannte Guccio in den Stall. Durch die Nacht hörte er Ricards jammernde Stimme:

»Meine Bücher! Meine Bücher!«

»Schlimm«, dachte Guccio, »aber die Truhen werden sie nicht aufbringen!«

Im Mondlicht sah er gerade genug, um eilends sein Pferd zu zäumen und ihm einen Sattel aufschnallen zu können; tastend befestigte er die Gurte, ergriff die Mähne, um sich aufzuschwingen, und entwischte durch die Gartenpforte. So verließ er sein Bankkontor.

Als die Brüder Cressay ihn fortgaloppieren hörten, stürzten sie an die Fenster.

»Er flieht, der Feigling, er flieht! Er schlägt die Straße nach Paris ein, ihm nach! Holla! Leute, schneidet ihm den Weg ab!«

Wohlweislich rührte sich niemand.

Also stürzten die beiden Brüder wieder aus der Bank und galoppierten hinter Guccio her.

Aber das Reittier des jungen Lombarden war ein Rassepferd und eben erst aus dem Stall gekommen. Die Pferde der Cressay dagegen waren armselige Bauernklepper, die bereits einen Jagdtag in den Knochen hatten. Bei Rennemoulins fing der eine so schwer zu lahmen an, daß er zurückbleiben mußte, und die beiden Brüder mußten ihren Weg zu zweit auf einem Pferd fortsetzen, das zu allem Überfluß am »Dampf« litt, das heißt, es brachte beim Atmen ein rasselndes Geräusch hervor.

So gelang es Guccio, einen reichlichen Vorsprung zu erlangen. Er kam bei Tagesanbruch in der Rue des Lombards an und fand seinen Onkel noch im Bett.

»Der Mönch? Wo ist der Mönch?« fragte er nur.

»Welcher Mönch, mein Junge? Was ist denn mit dir los? Willst du jetzt in ein Kloster eintreten?«

»Aber nein, Onkel Spinello, macht Euch nicht über mich lustig. Ich muß den Mönch wiederfinden, der mich getraut hat. Sie sind hinter mir her, mein Leben ist in Gefahr.«

In einem Zug erzählte er, was vorgefallen war; er mußte den Mönch wiederfinden, um zu beweisen, daß er wirklich mit Marie verheiratet war.

Tolomei hörte ihm zu, ein Auge hatte er geöffnet, das andere war geschlossen. Er gähnte zweimal, was Guccio zur Verzweiflung brachte.

»Rege dich nicht so auf. Dein Mönch ist tot«, äußerte sich Tolomei endlich.

»Tot? . . .« stammelte Guccio.

»Ja! Diese törichte Heirat hat dir wenigstens erspart, an seiner Stelle das gleiche Schicksal zu erleiden; denn wenn du, wie Robert von Artois gewünscht hatte, seine Botschaft überbracht hättest, brauchtest du dich jetzt bestimmt nicht mehr wegen der Großneffen zu beunruhigen, die du mir bescherst, ohne daß ich dich dazu aufgefordert habe. Bruder Vincento wurde in der Nähe von Saint-Pol von Leuten Thierry d'Hirsons getötet, denen er in die Hände gefallen war. Er trug hundert Livres bei sich, die von mir stammten. Ah! Monseigneur von Artois kommt mich teuer zu stehen!«

»*Questo è un colpo tremendo!*« [»Das ist ein furchtbarer Schlag!«] jammerte Guccio.

Tolomei klingelte seinem Kammerdiener und befahl, eine Schüssel mit warmem Wasser und seine Kleider zu bringen.

»Aber was soll ich tun, Onkel Spinello? Wie kann ich beweisen, daß ich wirklich mit Marie verheiratet bin?«

»Das ist nicht das Wichtigste daran«, sagte Tolomei. »Selbst wenn dein Name und der deiner Donna ordnungsgemäß in einem Register eingetragen wären, so änderte das gar nichts. Du hättest auf jeden Fall ein adeliges Mädchen ohne Einverständnis ihrer Eltern geehelicht. Die Burschen, die hinter dir her sind, könnten dich genauso abmurksen, sie hätten nichts zu befürchten. Sie sind von Adel, und solche Leute dürfen ungestraft töten. Schlimmstenfalls müßten sie die Buße bezahlen, die auf das Leben eines Lombarden steht, ein paar Livres mehr als für das Leben eines Juden und weniger als für die Knochen des geringsten Bauernlümmels, vorausgesetzt, daß es ein französischer Bauernlümmel ist. Man würde sie eher noch dafür loben.«

»Nun, da habe ich mich schön in die Tinte gesetzt!«

»Das kann man wohl sagen«, meinte Tolomei und tauchte sein dickes Gesicht ins Wasser.

Er planschte ein wenig herum und trocknete sich dann mit einem Tuch ab.

»Ich habe nicht den Eindruck, daß ich heute noch Zeit finden werde, mich rasieren zu lassen . . . Ah! *Per Bacco!* Ich war genauso dumm wie du.«

Zum erstenmal machte er sich sichtlich Sorgen.

»Das Wichtigste ist, daß wir ein Versteck für dich finden«, fuhr er fort. »Unter keinen Umständen kannst du dich bei einem Lombarden verbergen. Wenn deine Verfolger nicht davor zurückschrecken, ein ganzes Dorf in Aufruhr zu versetzen, dann werden sie auch, wenn sie dich hier nicht finden, ohne weiteres zum Profos eilen und von den Wachen die Häuser aller unserer Brüder durchsuchen lassen. Vor Ablauf von zwei Tagen würdest du ergriffen werden. Du läßt mich vor unserer Kompanie schön dastehen! Es gibt Klöster, gewiß . . .«

»Nein, nein, ich will nichts mehr von Mönchen wissen!« sagte Guccio.

»Du hast recht, man kann sich nicht auf sie verlassen. Laß mich nachdenken . . . Und Boccaccio?«

»Boccaccio?«

»Ja, dein guter Freund Boccaccio, der Reisende der Bardi.«

»Aber Onkel, er ist Lombarde genau wie wir, und zudem ist er im Augenblick außer Landes.«

»Ja, aber er besitzt die Gunst einer Dame, die Bürgerin von Paris ist und von der er ein außereheliches Kind hat.«

»Das stimmt, das hat er mir erzählt.«

»Sie ist eine gute Frau, ich weiß es; und sie wird wenigstens dein Anliegen verstehen können. Du wirst sie um Asyl bitten . . . Und ich werde deine reizenden Schwäger empfangen; ich werde schon mit ihnen fertig . . . vorausgesetzt, daß sie nicht mich fertigmachen, dann hast du bis heute abend keinen Onkel mehr.«

»O nein, Onkel! Ich weiß, daß Ihr nichts zu fürchten habt. Sie sind zwar gewalttätig, aber sie sind Edelleute. Sie werden Euer Alter achten.«

»Was sind zittrige Beine doch für eine schöne Waffe!«

»Womöglich sind sie es unterwegs überdrüssig geworden und kommen gar nicht mehr.«

Tolomei tauchte aus dem Gewand auf, das er gerade über sein Taghemd gezogen hatte.

»Das würde mich sehr wundern«, erwiderte er. »Auf jeden Fall werden sie Klage erheben und uns den Prozeß machen . . . Ich muß eine hochgestellte Persönlichkeit unterrichten, die den Fall unterdrückt, ehe es einen Skandal gibt . . . Valois? Valois verspricht und hält nicht.

Robert? Man könnte ebensogut die Herolde der Stadt beauftragen, die Neuigkeit auszutrompeten.«

»Königin Klementia!« sagte Guccio. »Sie war mir auf der Reise sehr zugetan . . .«

»Ich habe es dir doch schon einmal gesagt! Die Königin wird sich an den König wenden und der König an den Kanzler . . . der das ganze Parlament auf die Beine bringen wird. Da haben wir eine schöne Geschichte durchzufechten!«

»Und warum nicht Bouville?«

»Ah! Das ist ein guter Gedanke!« rief Tolomei. »Der erste, den du seit einem halben Jahr gehabt hast. Bouville . . . aber ja . . . er glänzt nicht gerade durch Geist, aber er steht als ehemaliger Kämmerer König Philipps noch immer in hohem Ansehen. Er ist in keine Intrigen verstrickt und gilt als ehrlicher Mann . . .«

»Und er hat mich sehr gern«, warf Guccio ein.

»Ja, das wissen wir! Ganz entschieden, alle Welt liebt dich! Ach! Mit ein bißchen weniger Liebe wäre uns mehr gedient! Los, geh und versteck dich bei der Herzensdame deines Freundes Boccaccio, und . . . daß sie sich um Gottes willen nicht auch noch einfallen läßt, dich liebzugewinnen! Ich will nach Vincennes eilen, um mit Bouville zu reden. Ach! Wie unangenehm für mich! Bouville ist wahrscheinlich der einzige Mensch, der mir nichts schuldet, und ausgerechnet ihn muß ich um eine Gefälligkeit bitten!«

Trauer herrscht in Vincennes

Als Messer Tolomei auf seinem grauen Maultier, gefolgt von seinem Diener, in den ersten Hof des Schlosses von Vincennes einritt, fand er dort zu seiner Überraschung eine buntgemischte Gesellschaft; Bewaffnete, Diener, Knappen, Edelleute, Legisten und Bürger drängten sich in Scharen; dennoch lag über dem ganzen Hin und Her völlige Stille, es schien, als würde weder Mensch noch Tier auch nur den geringsten Laut von sich geben.

Das Pflaster war mit einer dicken Strohschicht belegt, die das Rumpeln der Wagen und das Geräusch der Schritte erstickte. Niemand sprach ein lautes Wort.

»Der König liegt im Sterben . . .«, flüsterte Tolomei ein Adeliger zu, der ihm bekannt war und an den er sich gewandt hatte.

Im Inneren des Schlosses schienen keinerlei Verbote mehr zu herrschen. Die königliche Wache ließ jedermann ungehindert eintreten. Mörder oder Diebe hätten sich in diesem Durcheinander einschlei-

chen können, ohne daß jemand daran gedacht hätte, sie aufzuhalten.
Man hörte ein Murmeln:
»Der Apotheker, laßt den Apotheker herein.«
Schloßbeamte kamen und gingen durch Tapetentüren, trugen Schüsseln, die mit Tüchern bedeckt waren und die den Ärzten zur Prüfung übergeben wurden.
Tolomei erkundigte sich genauer. Seit dem vorgestrigen Tage hatte der König an Leibschmerzen gelitten, jedoch nicht sonderlich darauf geachtet, da er häufig von diesem Übel befallen wurde; noch am Vortag hatte er nachmittags Ball gespielt; dabei hatte er sich stark erhitzt und einen Trunk Wasser verlangt. Wenig später sah man ihn sich krümmen und übergeben, er hatte sich zu Bett legen müssen. Sein Zustand hatte sich während der Nacht so sehr verschlechtert, daß er von sich aus die Sterbesakramente verlangt hatte.
Die Ärzte waren sich über die Natur seiner Krankheit nicht einig; die einen versicherten auf Grund der Erstickungsanfälle, die den König heimsuchten, das kalte Wasser, das er nach der Hitze des Spiels getrunken hatte, habe diesen Anfall ausgelöst; die anderen behaupteten, das Wasser könne seine Eingeweide nicht so angegriffen haben, »daß er das Blut unter sich ließ«.
Der geheimnisvolle Ursprung des Übels verwirrte sie; auch waren sie ein wenig gelähmt in ihrer Tätigkeit, wie es oft der Fall ist, wenn zu viele Ärzte an das Krankenlager eines hochgestellten Patienten gerufen werden; so verordneten sie nur harmlose Mittel, denn keiner wagte die Verantwortung für eine durchgreifende Behandlung zu übernehmen, jeder fürchtete, man würde ihn gegebenenfalls beschuldigen, den Kranken umgebracht zu haben.
Die Kavaliere des Hofes vertrauten einander in versteckten Worten die Geschichte von der Behexung an, und alle taten, als wüßten sie viel mehr darüber, als sie sagten. Und schon hatte man andere Sorgen. Wer würde die Regentschaft übernehmen? Manche bedauerten, daß Monseigneur de Poitiers abwesend war, andere dagegen waren es sehr zufrieden. Hatte der König eine formelle Willenserklärung in bezug auf diese Frage niedergelegt? Man wußte es nicht. Aber er hatte seinen Kanzler gerufen und ihm einen Nachsatz zu seinem Testament diktiert.
Tolomei bahnte sich seinen Weg durch diese gedämpfte Aufregung und gelangte bis in das Zimmer, wo der Herrscher im Todeskampf lag. Dort hielten die Kämmerer die Ankömmlinge zurück, nur die Mitglieder der Familie und der engsten Umgebung des Königs durften sich dem Lager nähern; sie bildeten bereits eine stattliche Anzahl.
Das Oberhaupt der lombardischen Banken stellte sich auf die Zehen-

spitzen und erblickte über einen Wall von Schultern hinweg Ludwig
X., dessen Oberkörper von Kissen gestützt wurde. Sein eingefallenes,
auf die halbe Größe geschrumpftes Gesicht trug die Zeichen des
Todes. Er hatte eine Hand auf die Brust gedrückt, die andere auf den
Leib, die Kiefer fest aufeinandergepreßt, und schien die Schmerzens-
schreie unterdrücken zu wollen.
Irgend jemand ging durch die Reihen und flüsterte:
»Die Königin, die Königin, der König verlangt nach der Königin . . .«
Klementia befand sich im anstoßenden Gemach; sie war umgeben von
ihren Hofdamen, dem dicken Bouville, der gegen die Tränen ankämp-
fen mußte, und von Eudeline. Die Königin hatte seit vierundzwanzig
Stunden nicht geschlafen und war kaum zum Sitzen gekommen.
Noch immer hielt sie sich aufrecht, unbeweglich, mit starrem Blick;
sie ähnelte den Heiligenbildnissen in den Kirchen ihrer Heimat.
Monseigneur von Valois, ganz dunkel gekleidet, als trage er bereits
Trauer, redete auf sie ein:
»Meine liebe, meine gute Nichte, Ihr müßt Euch auf das Schlimmste
gefaßt machen.«
»Aber ich bin darauf gefaßt«, dachte Klementia, »ich weiß es auch
ohne seinen Hinweis. Zehn Monate des Glücks, das war also alles,
worauf ich Anspruch hatte? Und vielleicht ist das schon sehr viel, und
Gott ist gütig, weil er sie mir gewährt hat; und ich habe ihm nicht
genügend dafür gedankt. Der Tod ist nicht das Schlimmste, denn im
ewigen Leben werden wir uns wiedersehen. Schlimmer ist es für dieses Kind, das in fünf Monaten zur Welt kommen wird. Ludwig wird
es nicht mehr sehen, und das Kind wird seinen Vater erst kennenlernen, wenn es selbst im Jenseits anlangen wird. Warum läßt Gott das
zu?«
»Ihr könnt auf mich zählen, liebe Nichte«, fuhr Valois fort; »ich
werde Euch allezeit beschützen, Ihr werdet keinen Unterschied zu
früheren Zeiten bemerken. Ihr könnt alles mir überlassen und nur
daran denken, daß Ihr unsere Hoffnung in Eurem Leibe tragt. Wenn
es nur ein Knabe wird! Euer Zustand erlaubt natürlich kaum, daß Ihr
selbst die Regentschaft übernehmt; auch würden es die Franzosen nur
schwer ertragen, von einer fremden Frau regiert zu werden. Blanca
von Kastilien, sagt Ihr? . . . Gewiß, gewiß, aber sie war damals schon
seit zehn Jahren Königin. Die Franzosen haben Euch noch nicht gut
genug kennengelernt. Ich muß Euch die Regierungsgeschäfte abneh-
men, was für mich im Grunde keine Änderung bedeutet . . .«
In diesem Augenblick trat der Kämmerer ein, um der Königin zu sagen, daß der Sterbende sie zu sehen wünsche; Valois winkte ihm jedoch ab und fuhr fort:

»Ich habe es wohl kaum nötig, mein Verdienst besonders hervorzu-
heben; schließlich bin ich der einzige, der die Regentschaft zum Nutzen aller führen kann; ich werde einen Weg finden, Euch daran teilhaben zu lassen, denn ich will den Franzosen die Liebe einflößen, die
sie der Mutter ihres künftigen Königs schulden.«

»Onkel«, rief Klementia plötzlich, »Ludwig atmet noch. Ihr solltet
lieber um ein Wunder beten, das ihn retten kann, und wenn das nicht
möglich ist, so wartet mit Euren Plänen wenigstens bis zu seinem
Hinscheiden. Und anstatt mich hier zurückzuhalten, laßt mich meinen Platz einnehmen, der an seinem Lager ist.«

»Gewiß, liebe Nichte, gewiß, aber dennoch gibt es Dinge, an die man
denken muß, wenn man Königin ist. Wir können uns nicht unserem
Schmerz überlassen wie gewöhnliche Sterbliche. Es ist unerläßlich,
daß Ludwig in seinem Testament den Regenten namentlich be-
nennt.«

»Eudeline, verlaß mich nicht«, murmelte die Königin.

Und zu Bouville, während sie auf das Sterbezimmer zuschritt:

»Freund Hugues, Freund Hugues, ich kann es nicht glauben, sagt
doch, daß es nicht wahr sein kann!«

Das war zu viel für den wackeren Bouville, und er brach in Schluchzen
aus.

»Wenn ich daran denke, wenn ich daran denke, daß ich Euch aus Neapel hierhergeholt habe!«

Am seltsamsten hatte Eudelines Verhalten sich seit der Erkrankung
des Königs gewandelt. Sie wich nicht von der Seite der Königin, die
sich in allem an sie wandte, so daß die Hofdamen bereits ungehalten
wurden. Der Todeskampf dieses Mannes, dieses Herrschers, dessen
erste Geliebte sie gewesen war, den sie erst unterwürfig liebte und
später mit Ausdauer gehaßt hatte, ließ Eudeline völlig kalt. Sie dachte
weder an ihn noch an sich selbst. Es schien, als seien ihre Erinnerungen schon vor demjenigen gestorben, der ihre Ursache gewesen war.
Alle Gefühlskräfte Eudelines hatten sich auf die Königin, ihre Freundin, konzentriert. Und wenn sie in diesem Augenblick etwas
schmerzte, so war es das Leid, das Klementia tragen mußte.

Die Königin durchschritt das Gemach, auf einer Seite auf Eudelines
Arm, auf der anderen Seite auf den Arm Bouvilles gestützt.

Als Tolomei, der noch immer auf der Türschwelle stand, den ehemaligen Kämmerer erblickte, fiel ihm plötzlich wieder ein, weswegen er
hergekommen war.

»Die Zeit ist schlecht gewählt, um mit Bouville zu sprechen. Und die
beiden Cressay sind zweifellos schon in meinem Hause. Ach! Dieser
Tod kommt äußerst ungelegen«, dachte er.

Da wurde er von einer ungeheuren Masse beiseite geschoben: Gräfin Mahaut bahnte sich mit hochgekrempelten Ärmeln den Weg ins Sterbezimmer. Obgleich sie in Ungnade war, wunderte sich niemand über ihr Erscheinen; es war ihre Pflicht als nahe Verwandte und Pair von Frankreich, bei einem derartigen Ereignis zugegen zu sein.

Sie hatte eine Miene aufgesetzt, in der sich äußerste Bestürzung mit größter Betrübnis mischte.

Als sie das Zimmer betrat, murmelte sie, jedoch so deutlich, daß mindestens zehn Personen sie hören mußten:

»Zwei in so kurzer Zeit! Das ist wahrlich zuviel. Armes Frankreich!«

Mit ihren langen, martialischen Schritten marschierte sie auf die Familie zu. Karl de la Marche stand mit verschränkten Armen da, sein schönes Gesicht war leicht verkrampft. Neben ihm standen seine Vettern Philipp von Valois und Robert von Artois.

Mahaut streckte Robert beide Hände hin und bedeutete ihm durch einen Blick, daß sie zu bewegt zum Sprechen sei und daß an einem solchen Tag aller Hader vergessen sein müsse. Dann sank sie neben dem Lager des Königs zu Boden und sagte mit gebrochener Stimme:

»Sire, ich bitte Euch inständig um Verzeihung für alles, was ich Euch jemals angetan habe.«

Ludwig sah sie an; um seine großen, graugrünen Augen lagen tiefe Todesschatten. Soeben wurde vor aller Augen seine Leibschüssel gewechselt; in dieser unbequemen Haltung versuchte er noch, die Herrschaft über sich zu bewahren, und zum erstenmal ging von ihm etwas Majestätisches, etwas wahrhaft Königliches aus, etwas, das ihm sein ganzes Leben lang abgegangen war.

»Ich verzeihe Euch, liebe Cousine, wenn Ihr Euch dem Willen des Königs unterwerft«, erwiderte er, als man ihm eine neue Schüssel untergeschoben hatte.

»Sire, ich schwöre es Euch!« antwortete Mahaut.

Und mehr als einer der Anwesenden geriet völlig außer Fassung beim Anblick der schrecklichen Gräfin, die nun endlich den Rücken beugte und sich unterwarf.

Die Augen Roberts von Artois zogen sich zusammen, und er flüsterte Philipp von Valois ins Ohr:

»Sie könnte nicht besser schauspielern, wenn sie selbst ihn umgebracht hätte.«

Der erste Keim eines Verdachtes regte sich in ihm.

Der Zänker wurde von einem neuen Kolikanfall ergriffen und hielt mit beiden Händen seinen Leib. Die Lippen waren von den zusammengebissenen Zähnen zurückgezogen; der Schweiß rann ihm von den Schläfen und verklebte sein Haar. Nach einigen Sekunden schien er sich zu entspannen und sagte:

»So ist es also, wenn man leidet? So ist es also . . . Ach! Möge Gott mir vergeben, daß ich so viele Leiden verursacht habe.«

Sein Kopf sank auf die Kissen, und lange ruhte sein Blick auf Klementia.

»Meine Süße, meine Liebste, wie weh tut es, Euch verlassen zu müssen! Ich will, daß Ihr dieses Haus behaltet, da wir einander hier geliebt haben. Etienne! Etienne!« sagte er und winkte dem Kanzler mit den Fingern. Etienne de Mornay saß am Bettrand und hielt Papier in der Hand, um den Letzten Willen des Königs niederzuschreiben.

»Schreibt, daß ich der Königin dieses Schloß im Wald von Vincennes vermache . . . und außerdem setze ich ihr fünfundzwanzigtausend Livres Rente aus.«

»Ludwig, mein liebster Herr«, sagte Klementia, »denkt nicht mehr an mich, Ihr habt mir bereits zuviel gegeben. Denkt jedoch, um Gottes willen, an diejenigen, denen Ihr Schaden zufügtet; Ihr hattet mir versprochen . . .«

»Sagt es, sagt es, Liebste, und es soll geschehen, wie Ihr wünscht.«

Klementia legte die Hand auf Eudelines Arm.

»Ihre Tochter«, murmelte sie.

Die Brauen des Sterbenden runzelten sich, als rufe er sich die bereits verschwimmenden Erinnerungen mühsam ins Gedächtnis zurück.

»So wißt Ihr also, Klementia?« sagte er. ». . . Nun gut! Eudelines Tochter soll Äbtissin eines königlichen Klosters werden; es ist mein Wille.«

Eudeline verneigte sich.

»Gott soll es Euch lohnen, Monseigneur Ludwig«, sagte sie.

»Und wer noch? Wem habe ich noch Schaden zugefügt? Ach ja! Meinem Patensohn, Louis de Marigny. Ich will, daß er erfährt, wie sehr ich bereue, seinem Vater diese Schmach angetan zu haben.«

Und er ließ niederschreiben, daß er ihm zehntausend Livres Rente vermache.

»Nicht jeder hat das Glück, daß sein Vater gehenkt wurde«, sagte Robert von Artois zu seinen Nachbarn. »Es bringt weniger ein, wenn man ihn, wie ich, in der Schlacht verloren hat.«

Karl von Valois, der sich der Gruppe genähert hatte, erwiderte ihm:

»Es ist leicht, Legate auszusetzen, aber woher soll ich das Geld dafür nehmen?«

Und er gab Etienne de Mornay ein Zeichen, daß die Liste lang genug und es an der Zeit sei, das Kodizill unterzeichnen zu lassen. Der Kanzler verstand sogleich und gehorchte. Ludwig kratzte mit der Feder, die man ihm reichte, über das Blatt. Dann schweifte sein Blick über die ganze Versammlung hin, als quäle ihn eine Sorge, als suche er jemanden, der eigentlich hätte hier sein sollen.

»Wen sucht Ihr, Ludwig?« fragte Klementia.

»Meinen Vater«, murmelte er.

Und die Anwesenden glaubten, das Delirium habe ihn ergriffen. In Wahrheit suchte er jedoch sich zu erinnern, was sein Vater während seines Todeskampfes vor achtzehn Monaten getan hatte. Er wandte sich an seinen Beichtvater, einen Dominikaner aus Poissy, und fragte ihn:

»Das Wunder . . . Mein Vater hat das Wunder der Könige an mich weitergegeben . . . An wen kann ich es weitergeben?«

Karl von Valois trat heran; wie immer war er bereit, jedes Stäubchen Macht zu sammeln, das vom Throne fiel. Wie gern hätte er die Fähigkeit besessen, die Hände aufzulegen und die Skrofeln zu heilen.

Aber der Dominikaner hatte sich bereits zu Ludwigs Ohr geneigt, um ihn zu beruhigen. Die Könige konnten mit geschlossenen Lippen sterben; die Kirche würde sich erinnern. Wenn Ludwig einen Sohn bekommen sollte, so würde ihm das Geheimnis des Wunders zur rechten Zeit enthüllt werden.

Nun glitt der Blick des Königs zu Klementias Gesicht und von da auf ihre Brust, auf ihren Leib und verharrte dort lange Zeit, als raffe der Sterbende seine letzten Willenskräfte zusammen, um alles weiterzugeben, was er selbst von einer drei Jahrhunderte zurückreichenden königlichen Ahnenreihe mitbekommen hatte.

Dies geschah am 4. Juni 1316.

Tolomei betet für den König

Als Tolomei am Nachmittag nach Hause zurückkam, meldete ihm sein Erster Gehilfe sogleich, daß zwei Herren vom Lande im Vorzimmer seines Kabinettes auf ihn warteten.

»Sie sehen sehr wütend aus«, fügte er hinzu. »Seit dem Dreiuhrläuten sind sie hier, haben nichts gegessen und erklären, daß sie sich nicht von der Stelle rühren werden, ehe sie Euch gesehen haben.«

»Ja, ich weiß, wer sie sind«, antwortete Tolomei. »Schließt die Türen und versammelt alle Leute im Hause, die Gehilfen, Knechte, Stallburschen und Dienerinnen, in meinem Gemach. Und zwar schleunigst! Alle ins obere Stockwerk.«

Dann stieg er mit dem Schritt eines Greises, den das Unglück heimgesucht hat, die Treppe hinauf. Einen Augenblick blieb er auf dem Treppenpodest stehen und horchte auf das eilige Hin und Her im Hause, das seine Befehle ausgelöst hatten. Er wartete, bis die ersten Köpfe am Fuß der Treppe auftauchten, dann erst betrat er sein Vorzimmer. Er hielt eine Hand vor die Stirn.

Die Brüder Cressay standen auf, und Jean schritt auf ihn zu und rief:

»Messer Tolomei, wir sind . . .«

Tolomei unterbrach ihn mit einer Armbewegung.

»Ja, ich weiß!« sagte er mit betrübter Stimme: »Ich weiß, wer Ihr seid, und ich weiß auch, was Ihr mir sagen wollt. Aber all das bedeutet nichts im Vergleich zu dem großen Schmerz, der uns betroffen hat.«

Da der andere sich anschickte weiterzusprechen, wandte er sich zur Tür und sagte zu dem Hausgesinde, das sich dort versammelt hatte:

»Kommt herein, Freunde, kommt alle herein; vernehmt die schmerzliche Nachricht aus dem Munde Eures Herrn! Kommt nur herein, Kinder.«

Das Zimmer war bald voller Leute. Hätten die Brüder Cressay versucht, die geringste verdächtige Bewegung zu machen, so wären sie im Nu entwaffnet worden.

»Was soll das alles, Messer?« fragte Pierre, der immer ungeduldiger wurde.

»Einen Augenblick, einen Augenblick«, erwiderte Tolomei. »Alle sollen es hören.«

Und die Brüder Cressay dachten beunruhigt, daß der Bankier in aller Öffentlichkeit ihre Schande enthüllen wolle. Das war mehr, als sie beabsichtigt hatten.

»Sind alle da?« fragte Tolomei. »Also Freunde, hört zu!«

Und dann kam nichts mehr. Lange Zeit herrschte Schweigen. Tolomei hatte das Gesicht in die Hände vergraben, er schien zu weinen. Als er das Gesicht wieder hob, war sein geöffnetes Auge tatsächlich voller Tränen.

»Meine lieben Freunde, meine Kinder«, sagte er endlich, »es ist zu schrecklich. Unser König . . . ja, unser vielgeliebter König ist soeben verschieden.«

Die Stimme versagte ihm; er schlug sich auf die Brust, als sei er für den Tod des Herrschers verantwortlich. Er nützte die allgemeine Überraschung aus und befahl:

»Kniet nieder, alle zusammen, laßt uns für seine Seele beten.«

Er ließ sich schwerfällig zu Boden nieder, und seine Leute taten es ihm nach.

»Aber, Messeigneurs, kniet doch nieder!« sagte er vorwurfsvoll zu den Brüdern Cressay, die, überrascht von der Nachricht und völlig verwirrt durch dieses Schauspiel, als einzige stehen geblieben waren.

»In nomine patris . . .«, begann Tolomei.

Nun setzte ein Konzert schriller Jammerlaute ein. Die Dienerinnen des Hauses, lauter Italienerinnen, hatten nach bester Tradition ihres Landes den Chor der Klageweiber angestimmt.

»Requiescat . . .«, murmelte die Schar der Männer.

»Oh! Wie gut er war! Wie rein er war! Wie fromm!« heulte die Köchin.

Und alle Dienstmägde und Wäscherinnen begannen aufs heftigste zu schluchzen und zogen die Röcke über den Kopf, um das Gesicht zu verhüllen.

Tolomei hatte sich wieder erhoben und ging zwischen seinen Leuten umher:

»Los, betet, betet nur tüchtig! Ja, er war rein, ja, er war ein Heiliger! Wir dagegen, wir sind alle Sünder, unverbesserliche Sünder! Betet auch Ihr, junge Herren«, sagte er und drückte die Köpfe der Brüder Cressay mit beiden Händen nach unten. »Auch nach Euch wird der Tod eines Tages die Hand ausstrecken! Geht in Euch! Geht in Euch!«

Die Vorstellung dauerte gute zwanzig Minuten. Dann befahl Tolomei:

»Schließt die Türen, schließt die Schalter. Heute ist Trauertag; heute werden keine Geschäfte mehr gemacht.«

Die Diener trockneten ihre Tränen und verließen das Gemach. Als der Erste Gehilfe an ihm vorüberkam, flüsterte Tolomei ihm zu:

»Vor allem keine Auszahlungen mehr. Der Wechselkurs des Goldes kann sich bis morgen ändern . . .«

Tolomei zog die Portiere vor der Tür seines Arbeitszimmers wieder zu.

»So geht es«, sagte er, »so geht es! *Sic transit gloria mundi.*«

Die beiden Cressay waren völlig matt gesetzt. Ihr persönliches Drama war in dem Unglück, das Frankreich heimgesucht hatte, untergegangen.

Überdies waren sie wahrscheinlich müde. Den ganzen gestrigen Tag waren sie auf der Hasenjagd gewesen, die ganze Nacht geritten, und wie unbequem!

Ihre Ankunft am frühen Morgen in Paris, zu zweit auf ihrem dämpfigen Klepper hockend, in alten Kleidern ihres Vaters, die sie auf der Jagd trugen, hatte überall Gelächter ausgelöst. Ein Schwarm schreiender Gassenjungen war neben ihnen hergelaufen. Natürlich hatten sie sich im Straßengewirr der Hauptstadt verirrt. Ihre Mägen knurrten vor Hunger, was man mit zwanzig Jahren besonders schlecht erträgt. Beim Anblick von Tolomeis prächtiger Behausung war zwar nicht ihre Erbitterung, jedoch ihre Sicherheit wesentlich zusammen-

geschmolzen. Dieser augenfällige Reichtum, die zahlreichen Angestellten, die besser gekleidet waren als sie, die Wandteppiche, die ge-
schnitzten Möbel, die Emailarbeiten, die Elfenbeingegenstände, von
denen der geringste bereits genügt hätte, um mit seinem Erlös Cressay wiederaufzubauen . . . »Im Grunde«, überlegte jeder für sich,
ohne zu wagen, es dem anderen anzuvertrauen, »haben wir vielleicht
unrecht gehabt, uns wegen der nichtadeligen Herkunft so empfindlich
zu zeigen. Ein Besitz wie dieser wiegt gut und gern einen Adelstitel
auf.«

»Also, meine Lieben«, sagte Tolomei mit einer Vertraulichkeit, die
jetzt durch ihr gemeinsames Gebet gerechtfertigt wurde, »nun zu dieser peinlichen Geschichte! Das Leben geht schließlich weiter, und die
Welt besteht trotz derer, die sie für immer verlassen haben. Ihr wollt
sicher mit mir über meinen Neffen sprechen. Dieser Bandit! Dieser
Verbrecher! Mir so etwas anzutun, mir, der ich ihn mit Güte überhäuft habe! Dieser elende, schamlose Bursche! Muß auch dieser
Schmerz mich heute noch treffen . . . Ich weiß, ich weiß alles; er hat
mir heute morgen eine Botschaft zukommen lassen. Ihr seht einen
schwergeprüften Mann vor Euch.«
Leicht gebeugt, mit gesenktem Blick stand er vor ihnen, seine Haltung
drückte äußerste Niedergeschlagenheit aus.
»Und feige obendrein«, fing er wieder an. »Feige! Ich schäme mich,
es einzugestehen, Messeigneurs. Er hat es nicht gewagt, sich meinem
Zorn auszusetzen. Er ist ohne Aufenthalt nach Siena gereist. Er muß
jetzt schon weit sein. Was sollen wir nun machen?«
Es sah aus, als wolle er die Entscheidung Ihnen überlassen, ja, sie um
Rat fragen. Die beiden Brüder sahen einander an. Nichts verlief so,
wie sie es sich vorgestellt hatten.
Tolomei beobachtete sie mit seinem fast geschlossenen rechten
Auge.
»Ausgezeichnet«, dachte er, »jetzt, da ich sie in der Hand habe, sind
sie nicht mehr gefährlich; jetzt handelt es sich noch darum, ein Mittel
ausfindig zu machen, um sie unverrichteterdinge nach Hause zu
schicken.«
Er stand unvermittelt auf.
»Ich enterbe ihn! Hört Ihr, ich enterbe ihn. – Du bekommst keinen
Sou von mir, du Schuft!« schrie er und fuchtelte mit der Hand in die
Richtung, in der Siena liegen mochte. »Nichts! Niemals! Ich werde
alles den Armen und den Klöstern hinterlassen! – Und wenn ich ihn
jemals wieder zu fassen bekomme, so übergebe ich ihn den Gerichten
des Königs! Doch leider! leider!« fing er von neuem zu stöhnen an.
»Der König ist tot!«

Es fehlte nicht viel, und die beiden anderen hätten ihn trösten müssen.

Tolomei glaubte, sie nun so weit zu haben, daß er ihnen Vernunft predigen konnte. Alle Vorwürfe, alle Klagen, die sie vorzubringen hatten, fanden sein Verständnis, sogar seine Billigung; ja, er ging darin sogar noch weiter als sie. Aber was war nun zu tun? Was würde bei einem Prozeß herauskommen? Nichts als hohe Kosten, für Leute, die ohnehin nichts besaßen, während der Schuldige sich außer Reichweite befand und vor Ablauf einer Woche die Landesgrenze überschritten haben würde. Würde die Ehre ihrer Schwester dadurch wiederhergestellt? Der Skandal konnte der Familie nur schaden. Wieder einmal wolle er, Tolomei, sich opfern. Er würde sich bemühen, das begangene Unrecht wiedergutzumachen; er habe mächtige und einflußreiche Beziehungen; er sei ein Freund von Monseigneur von Valois, der aller Wahrscheinlichkeit nach Regent werden würde; er sei befreundet mit Monseigneur von Artois und mit Messire de Bouville ... Man würde für Marie einen Ort ausfindig machen, wo sie in größter Heimlichkeit das Kind ihrer Sünde zur Welt bringen könne, und für ein standesgemäßes Auskommen sorgen. Zunächst würde sie vielleicht in einem Kloster Unterschlupf finden und Buße tun können. Man solle sich nur auf ihn, Tolomei, verlassen! Hatte er den Cressay nicht bewiesen, daß er ein hochherziger Mann war, als er ihnen die dreihundert Livres, die sie ihm schuldeten, gestundet hatte ...

»Wenn ich gewollt hätte, so gehörte Euer Schloß seit zwei Jahren mir. Habe ich es gewollt? Nein. Na also!«

Die beiden Brüder, die ohnehin schon stark mitgenommen waren, begriffen unschwer, welche Drohung sich hinter Tolomeis väterlichem Tonfall verbarg.

»Wohlverstanden, ich stelle keine Forderungen an Euch«, fügte er hinzu.

Bei einer Gerichtsverhandlung jedoch würde er nicht umhin können, darüber auszusagen, und die Richter könnten die Tatsache, daß sie von Guccio so viele Geschenke angenommen hatten, sehr zu ihren Ungunsten auslegen ...

Sie seien doch zwei wackere junge Edelleute; sie würden sich jetzt in eine gute Herberge begeben, dort auf seine Kosten eine tüchtige Mahlzeit einnehmen und die Nacht verbringen, und im übrigen warten, bis Tolomei die Angelegenheit für sie zu einem guten Ende geführt habe. Er hoffe, ihnen morgen schon gute Nachrichten bringen zu können.

Pierre und Jean de Cressay fügten sich seinen Vorschlägen, ja, sie drückten ihm sogar beim Abschied mit überströmender Herzlichkeit die Hände.

Nach ihrem Abzug ließ Tolomei sich in einen Sessel sinken. Er fühlte sich ein wenig müde.

»Und nun wollen wir hoffen, daß der König wirklich stirbt«, murmelte er vor sich hin. Denn als er Vincennes verlassen hatte, war Ludwig X. noch am Leben gewesen; aber es war jedermann klar, daß seine Stunden gezählt waren.

Wer soll Regent werden?

Ludwig X., der Zänker, verschied kurz nach Mitternacht.

Zum erstenmal seit dreihundertneunundzwanzig Jahren starb ein König von Frankreich, ohne einen männlichen Erben zu hinterlassen, dem der Tradition gemäß die Krone zugefallen wäre.

Monseigneur Karl von Valois, der sonst mit so viel Eifer die Staatsfeierlichkeiten arrangierte, seien es nun Hochzeiten oder Leichenbegräbnisse, zeigte keinerlei Interesse an den letzten Ehren, die es seinem Neffen zu erweisen galt.

Er rief den Ersten Kämmerer Mathieu de Trye und erteilte ihm die einzige Anweisung:

»Macht alles wie beim letztenmal!«

Er hatte andere Sorgen im Kopf. In aller Eile berief er am Morgen eine Ratssitzung zusammen, und zwar nicht in Vincennes, wo er Königin Klementia hätte mit einladen müssen, sondern in Paris, im Stadtschloß.

»Überlassen wir unsere teure Nichte ihrem Schmerz«, hatte er erklärt, »und muten wir ihr nichts mehr zu, was dem Leben ihrer kostbaren Bürde schaden könnte.«

Man kam überein, daß Bouville die Königin vertreten sollte. Er war als fügsamer, wenig wendiger Verhandlungspartner bekannt, so daß man glaubte, von seiner Seite keine Schwierigkeiten befürchten zu müssen.

Die von Valois einberufene Versammlung war eine Mischung aus Familienrat und Staatsrat. Außer Bouville nahmen Karl de la Marche, der Bruder des Verstorbenen, Ludwig von Clermont, Robert von Artois und Philipp von Valois teil, der auf Betreiben seines Vaters anwesend war; ferner der Kanzler de Mornay und der Erzbischof von Sens und Paris, Jean de Marigny, da die Teilnahme eines hohen kirchlichen Würdenträgers wünschenswert erschien und Jean de Marigny mit der Clique um Valois im Bunde stand.

Es war unvermeidlich gewesen, auch Gräfin Mahaut einzuladen, die, außer Karl von Valois, als einziger Pair von Frankreich in Paris weilte.

Der Graf Ludwig von Evreux, den Valois so spät wie irgend möglich von der Krankheit seines Neffen hatte benachrichtigen lassen, war erst an diesem Morgen aus der Normandie eingetroffen; seine Züge waren abgespannt, und er fuhr sich häufig mit der Hand über die Augen.

Mahaut vertraute er an:

»Es ist höchst bedauerlich, daß Philipp nicht hier ist.«

Karl von Valois hatte am Kopfende des Tisches, auf dem Lehnsessel des Königs, Platz genommen. Obgleich er sich bemühte, eine kummervolle Miene zur Schau zu tragen, konnte man ihm ansehen, wie gern er auf diesem Sitz thronte.

»Lieber Bruder, liebe Neffen, Madame, Messeigneurs«, begann er, »wir sind versammelt in der Trauer, die uns betroffen hat, um über unaufschiebbare Dinge zu entscheiden: die Ernennung der Vormünder für das ungeborene Kind des Königs, die in unserem Namen über Königin Klementia wachen müssen, und die Wahl eines Reichsregenten, die wir vornehmen müssen, da keine Unterbrechung in der Ausübung der königlichen Gewalt eintreten darf. Ich bitte um Euren Rat.«

Er bediente sich bereits der Formulierungen eines Herrschers. Diese Anmaßung mißfiel dem Grafen von Evreux höchlichst.

»Diesem armen Karl wird es wohl sein Leben lang an Taktgefühl und Urteilskraft ermangeln«, dachte er. »Noch in seinem Alter glaubt er unbeirrbar daran, daß die Autorität von der Krone komme, während es doch nur auf den Kopf ankommt, der sie trägt.«

Er konnte ihm den unglückseligen Flandernfeldzug nicht verzeihen, sowenig wie seine sonstigen unheilbringenden Einfälle, mit denen er Ludwigs kurzer Regierungszeit zu zweifelhaftem Ruhm verholfen hatte.

Valois beantwortete seine Frage gleich selbst und schlug vor, die Ernennung der Vormünder solle dem Ermessen des Regenten anheimgestellt werden. Das hätte jedoch bedeutet, die beiden Fragen miteinander zu verknüpfen, und Ludwig von Evreux unterbrach ihn:

»Wenn Ihr uns nur zusammengerufen habt, mein Bruder, damit wir Euren Selbstgesprächen zuhören, so hätten wir ebensogut zu Hause bleiben können. Erlaubt, daß wir auch sprechen, soweit wir eigene Gedanken beizutragen haben! . . . Die Wahl des Regenten ist eine Sache, für die es Präzedenzfälle gibt und die der Rat der Pairs vorzunehmen hat. Die Wahl der Vormünder der Leibesfrucht ist eine andere Sache, die wir sogleich erledigen können.«

»Habt Ihr einen Namen vorzuschlagen?« fragte Valois.

Evreux strich sich mit den Fingern über die Lider.

»Nein, Messeigneurs, ich habe niemanden vorzuschlagen. Ich meine nur, daß wir gereifte Männer mit untadeliger Vergangenheit wählen müssen, auf deren Wachsamkeit wir vertrauen können und die bereits hinlänglich ihre Loyalität und Ergebenheit gegen unsere Familie bewiesen haben.«

Während er sprach, richteten alle Blicke sich auf Bouville, der am unteren Ende des Tisches saß.

»Ich würde sagen, einen Mann wie den Seneschall de Joinville«, fuhr Ludwig von Evreux fort, »wenn sein hohes Alter – er ist wohl bald hundert Jahre – ihn nicht schon zu gebrechlich machte . . . Aber ich sehe aller Augen auf Messire de Bouville gerichtet, der unserem Bruder Philipp als Erster Kämmerer zu jeder Zeit mit löblichster Treue diente. Heute vertritt er hier die junge Königin Klementia. Nach meiner Meinung könnten wir keine bessere Wahl treffen . . .«

Der dicke Bouville hatte in heller Verwirrung den Kopf gesenkt.

Die Mittelmäßigkeit hat den Vorteil, daß sie die einstimmige Billigung findet. Niemand fürchtete Bouville; und dem Amt des Vormunds, einem Amt von vorwiegend juristischem Charakter, kam nach Ansicht Karls von Valois nur eine sehr zweitrangige Bedeutung zu. Der Vorschlag Ludwigs von Evreux fand allgemeine Zustimmung.

Bouville erhob sich; er war völlig außer Fassung.

»Es ist mir eine große Ehre; es ist mir eine große Ehre, Messeigneurs«, erklärte er. »Ich schwöre, über Madame Klementia und ihr ungeborenes Kind zu wachen und sie gegen jeden Angriff und jeden Anschlag mit meinem Leben zu verteidigen. Aber da Monseigneur von Valois Messire de Joinville erwähnte, so möchte ich bitten, den Seneschall mit mir zusammen zu ernennen oder, wenn er nicht kann, seinen Sohn, auf daß der Geist des heiligen Ludwig . . . auf daß sein Geist in dieser Schutzwehr vertreten sei in seinem Diener . . . wie der Geist König Philipps, meines Herrn . . . durch mich, seinen Diener.«

Nie zuvor hatte Bouville in der Ratssitzung eine so lange Rede gehalten, und dazu hatte es sich bei dem, was er ausdrücken wollte, um recht heikle Dinge gehandelt. Der Schluß seiner Ausführungen war nicht sehr klar; dennoch verstanden alle seine Absicht und hießen sie gut, und der Graf von Evreux dankte ihm herzlich.

»Und nun«, sagte Valois, »können wir zur Wahl des Regenten schreiten . . .«

Wieder wurde er unterbrochen, diesmal jedoch von Bouville, der neu-
erlich aufgestanden war.

»Zuvor, Monseigneur . . .«

»Was gibt es, Bouville?« fragte Valois wohlwollend.

»Zuvor, Monseigneur, muß ich Euch untertänigst bitten, den Platz
zu verlassen, auf dem Ihr jetzt sitzt, denn es ist der Platz des Königs,
und zur Stunde kann es nur einen König geben, und zwar den, den
Königin Klementia unter ihrem Herzen trägt.«

In der Stille, die sich über die Versammlung legte, hörte man das
Totengeläute der Glocken von Paris.

Valois schleuderte Bouville einen wütenden Blick zu, aber er begriff,
daß er nachgeben und sogar gute Miene zum bösen Spiel machen
mußte.

»Das kommt davon«, dachte er und wechselte den Platz, »wenn man
Dummköpfen sein Vertrauen schenkt. Sie haben Einfälle, auf die
sonst niemand kommen würde.«

Bouville marschierte um den Tisch, zog ein Taburett heran und setzte
sich mit verschränkten Armen in der Haltung eines treuen Wächters
zur Rechten des leeren Thrones nieder, der das Ziel so vieler ehrgeizi-
ger Gelüste werden sollte.

Valois flüsterte Robert von Artois etwas ins Ohr, und dieser erhob
sich, um den Plan auszuführen, den sie abgesprochen hatten.

Robert sprach einige wenig höfliche Worte, die besagen wollten:
»Schluß jetzt mit den Albernheiten, gehen wir zu ernsthaften Dingen
über!« Dann schlug er vor, so als spreche er nur etwas aus, was ohnehin auf der Hand lag, Karl von Valois mit der Regentschaft zu be-
trauen.

»Man wechselt nicht den Pflüger mitten in der Furche«, sagte er. »Wir
wissen wohl, daß unser Vetter Karl während der ganzen Regierungszeit des armen Ludwig die Zügel führte. Und zuvor war er stets im
Rate König Philipps, dem er mehr als einen Fehler ersparte und mehr
als eine Schlacht gewann. Er ist der Älteste der Familie; seit beinahe
dreißig Jahren ist er daran gewöhnt, das Tagewerk eines Königs zu
verrichten . . .«

Nur zwei Personen an dem langen Tisch schienen seinen Worten
nicht beizupflichten: Ludwig von Evreux dachte an Frankreich;
Mahaut von Artois dachte an sich selbst.

»Wenn Karl Regent wird, so wird er dem Marschall Conflans meine
Grafschaft nicht wieder wegnehmen«, überlegte Mahaut. »Ich habe
vielleicht übereilt gehandelt; ich hätte die Rückkehr meines Schwie-
gersohns abwarten sollen. Wenn ich für ihn spreche, werde ich dann
nicht den Verdacht auf mich lenken?«

»Karl«, fragte Ludwig von Evreux, »wenn unser Bruder, König Philipp, gestorben wäre, solange unser Neffe Ludwig noch ein Kind war, wer wäre dann Rechtens Regent geworden?«

»Ohne Frage ich, mein Bruder«, erwiderte Valois, der glaubte, daß man Wasser auf seine Mühle goß.

»Weil Ihr der älteste Bruder wart! Steht es diesmal demnach nicht unserem Neffen, dem Grafen von Poitiers, zu, die Regentschaft zu übernehmen?«

Eine lebhafte Kontroverse entspann sich. Philipp von Valois hatte eingewendet, der Graf von Poitiers könne nicht überall zu gleicher Zeit sein, beim Konklave und in Paris, und Ludwig von Evreux rief:

»Lyon ist nicht im Lande des Großmoguls! Er kann in wenigen Tagen zurück sein . . . Wir sind nicht vollzählig und können daher heute in einer so ernsten Sache keine Entscheidung fällen. Von den zwölf Pairs von Frankreich sehe ich nur zwei unter uns . . .«

». . . und die, zudem noch, nicht einer Meinung sind«, warf Mahaut ein; »denn ich stimme Euren Argumenten zu, Vetter Ludwig, und nicht denen Karls.«

»Allein von der Familie«, begann Evreux von neuem, »fehlt nicht nur Philipp, sondern auch unsere Nichte Isabella von England, unsere Tante Agnes von Frankreich und ihr Sohn, der Herzog von Burgund. Wenn das Alter ausschlaggebend wäre, so hätte Agnes' Stimme, als der Tochter des heiligen Ludwig, mehr Gewicht als die unsrigen zusammen genommen.«

Man stürzte sich auf diesen Namen, um Ludwig von Evreux Widerpart zu halten; Robert von Artois eilte den Valois zu Hilfe. Agnes von Frankreich und ihr Sohn Eudes von Burgund, von denen drohte die meiste Gefahr! Klementias Kind war noch nicht geboren, vorausgesetzt, daß es überhaupt geboren würde, und erst dann würde sich herausstellen, ob es ein Sohn oder eine Tochter sei. Eudes von Burgund könne durch seine Nichte, die kleine Johanna von Navarra, Margaretes Tochter, sehr wohl Anspruch auf die Regentschaft erheben. Gerade das aber müsse um jeden Preis vermieden werden, da man wisse, daß das Kind ein Bastard sei.

»Aber Ihr wißt es doch gar nicht, Robert!« rief Ludwig von Evreux. »Vermutungen sind keine Gewißheit, und Margarete hat ihr Geheimnis mit ins Grab genommen, wohin Ihr sie befördert habt.«

Evreux hatte dieses »Ihr« als allgemeine Anrede in die Versammlung geschleudert; es bezog sich sowohl auf den verstorbenen Ludwig als auch auf die Valois und Robert von Artois. Aber dieser, der mit gutem Grund annahm, daß die Anschuldigung gegen ihn allein gerichtet war, reagierte sehr heftig.

Einen Augenblick lang sah es aus, als wollten die beiden Schwäger (Ludwig von Evreux' verstorbene Frau war eine Schwester Roberts gewesen) handgemein werden.

Wieder einmal spaltete die Affäre vom Turm von Nesle diese Familie, ehe sie sie teilweise vernichtete und mit ihr das Reich.

Man schleuderte einander Fragen ins Gesicht, die alle eine Bosheit oder eine Beleidigung enthielten. Warum war Johanna von Poitiers freigelassen worden und Blanche de la Marche nicht?

»Ah, jetzt begreife ich«, rief Karl von Valois. »Der Rat ist zahlreich genug, um die Vormünder zu bestimmen, aber nicht zahlreich genug, um den Reichsregenten zu ernennen. Demnach richtet sich die Abneigung gegen meine Person!«

In diesem Augenblick trat Mathieu de Trye ein und meldete, daß er eine schwerwiegende Mitteilung zu machen habe. Er wurde aufgefordert zu sprechen.

»Während der Leichnam des Königs einbalsamiert wurde«, sagte Mathieu de Trye, »hat sich ein Hund unbemerkt ins Zimmer geschlichen und an den blutigen Leinentüchern geleckt, mit denen die Eingeweide herausgenommen worden waren.«

»Und?« fragte Valois. »Ist das Eure große Neuigkeit?«

»Nein, Monseigneur, aber der Hund wurde sogleich von Krämpfen befallen, er fing an zu winseln und sich zu krümmen; es zeigten sich also dieselben Symptome, wie sie beim König auftraten; vielleicht ist der Hund jetzt sogar schon tot.«

Und wieder vernahm man eine Zeitlang keinen anderen Ton im Gemach als das Totengeläute der Pariser Kirchen. Gräfin Mahaut hatte nicht mit der Wimper gezuckt, aber eine furchtbare Angst hatte sich ihrer bemächtigt. »Wird mich die Gefräßigkeit eines Hundes verraten?« dachte sie.

»Ihr glaubt also, Mathieu, daß Gift im Spiele war?« fragte schließlich Karl de la Marche.

»Man wird eine Untersuchung einleiten und sorgfältig durchführen müssen«, sagte Robert von Artois und faßte seine Tante scharf ins Auge.

»Gewiß, lieber Neffe, man wird eine Untersuchung einleiten müssen«, erwiderte Mahaut, als ob sie ihn verdächtige.

Bouville, der während des ganzen Wortwechsels schweigend neben dem Platz des Königs gesessen hatte, erhob sich.

»Messeigneurs, wenn man auf den König ein Attentat hat verüben wollen, so spricht nichts dagegen, daß nicht auch auf das ungeborene Kind ein Anschlag geplant ist. Ich bitte um eine Wache von sechs bewaffneten Knappen und Edelknechten, die unter meinem Befehl ste-

hen und Tag und Nacht vor der Tür der Königin wachen, um jeden
verbrecherischen Anschlag abzuwehren.«

Man bedeutete ihm, er möge handeln, wie er es für richtig halte; kurz
darauf löste sich die Versammlung auf, ohne einen endgültigen
Beschluß gefaßt zu haben außer dem, daß man am nächsten Tag wieder zusammenkommen wolle. Die laufenden Staatsgeschäfte würden
wie üblich von Karl von Valois und dem Kanzler erledigt werden.

»Werdet Ihr Philipp einen Boten schicken?« fragte Mahaut leise den
Grafen Evreux.

»Gewiß, liebe Cousine, einen an Philipp und einen an Agnes«, erwiderte er.

»Nun, so werde ich lieber alles Weitere Euch überlassen, da wir in allem einig sind.«

Als Bouville aus der Sitzung kam, traf er im Schloßhof Spinello Tolomei, der auf ihn wartete und ihn um Schutz für seinen Neffen bat.

»Ah! Der liebe Junge, der gute Guccio!« erwiderte Bouville. »Hört,
Tolomei! Er ist genau der richtige Mann, um vor der Tür der Königin
zu wachen. Geistesgegenwärtig, beweglich . . . Madame Klementia
hatte ihn gern um sich gehabt. Schade, daß er kein Amt bei Hofe bekleidet. Aber schließlich gibt es Situationen, in denen die Tugenden
des Herzens mehr wert sind als eine adelige Abkunft . . .«

»Genauso dachte auch das Fräulein, das ihn hat heiraten wollen«,
sagte Tolomei.

»Ah! So ist er also verheiratet!«

Der Bankier versuchte, Guccios Abenteuer mit möglichst kurzen
Worten zu umreißen. Aber Bouville hörte ihm kaum zu. Er war in
Eile, er mußte unverzüglich nach Vincennes zurück und hielt an seiner Idee fest, Guccio in die Leibwache der Königin aufzunehmen.
Tolomei hätte seinen Neffen lieber auf einem weniger auffälligen und
weiter entfernten Posten gesehen. Wenn man für ihn bei einem hohen kirchlichen Würdenträger einen Unterschlupf hätte finden können, bei einem Kardinal zum Beispiel . . .

»Nun gut, mein Freund! Schicken wir ihn zu Monseigneur Duèze!
Sagt Guccio, er soll mich in Vincennes aufsuchen, denn ich bin von
jetzt an dort unabkömmlich. Er kann mir dann die ganze Geschichte
genau erzählen . . . Halt, da fällt mir eben etwas ein! Er könnte mir
einen großen Dienst erweisen . . . Sagt ihm, er soll sich beeilen; ich
erwarte ihn.«

Einige Stunden später galoppierten drei Kuriere auf drei verschiedenen Straßen nach Lyon.

Der erste ritt auf der »großen Straße«, wie sie damals hieß, das heißt
über Essonnes, Montargis und Nevers. Er trug das Wappen von

Frankreich auf seinem Waffenhemd und beförderte einen Brief des Grafen von Valois, in dem dieser dem Grafen von Poitiers zum einen den Tod des Königs und zum anderen den Wunsch des Staatsrats mitteilte, ihn, Valois, zum Regenten zu ernennen.

Der zweite Kurier trug die Embleme des Grafen von Evreux; er ritt auf der »lieblichen Straße« über Provins und Troyes und sollte in Dijon den Herzog von Burgund aufsuchen; seine Botschaft hatte einen anderen Wortlaut.

Der dritte Bote schließlich, der die Livree des Grafen de Bouville trug, schlug die »kurze Straße« über Orléans, Bourges und Roanne ein. Dieser dritte war Guccio Baglioni. Offiziell war er an den Kardinal Duèze abgesandt. Er hatte jedoch eine mündliche Botschaft an den Grafen von Poitiers zu bestellen, daß der Verdacht eines Giftmordes an seinem Bruder vorliege und daß man für den Schutz der Königin sorgen müsse.

Drei Straßen, drei Reiter, drei Botschaften – das Schicksal Frankreichs war ihnen anvertraut.

Personenverzeichnis

Die Hauptlinie der Kapetinger:

Ludwig, König von Navarra, ältester Sohn des Königs von Frankreich Philipp IV., des Schönen, und Johannas von Navarra, später König *Ludwig X., der Zänker*.

Philipp, Graf von Poitiers, jüngerer Bruder des vorigen, Pfalzgraf von Burgund, Herr de Salins, Pair des Königreichs, später Regent von Frankreich und dann König *Philipp V., der Lange*.

Karl, Graf de la Marche, jüngerer Bruder des vorigen, später König *Karl IV., der Schöne*.

Isabella, Königin von England, Tochter Philipps IV., Gemahlin Eduards II. von England.

Johann I., der Posthume, König von Frankreich, Sohn Ludwigs X., des Zänkers, und Klementias von Ungarn.

Die Linie Valois:

Karl, Graf von Valois, jüngerer Bruder Philipps IV., Titularkaiser von Konstantinopel, Graf der Romagna, von Maine, von Anjou, von Alençon, von Chartres, von Perche, Pair von Frankreich.

Philipp von Valois, Sohn des vorigen und Margaretes von Anjou-Sizilien, später König *Philipp VI.*

Die Linie Evreux:

Ludwig von Frankreich, Graf von Evreux und Etampes, Sohn Philipps III. und Marias von Brabant, Halbbruder Philipps des Schönen und Karls von Valois.

Die Linie Clermont-Bourbon:

Robert, Graf von Clermont, sechster Sohn Ludwigs des Heiligen.

Ludwig von Bourbon, Sohn des vorigen.

Die Linie Artois (von einem Bruder Ludwigs des Heiligen abstammend):

Robert III. von Artois, Graf von Beaumont-le-Roger, Herr von Conches.

Mahaut, Gräfin von Artois, Tante des vorigen, Witwe des Pfalzgrafen Othon IV. von Burgund, Pair von Frankreich, Mutter von Johanna und Blanche von Burgund, Schwiegermutter Philipps von Poitiers und Karls de la Marche, Cousine Margaretes von Burgund.

Die Linie Anjou-Sizilien (von einem anderen Bruder Ludwigs des Heiligen abstammend):

Maria von Ungarn, Königin von Neapel, Witwe des Königs Karl II., des Lahmen, von Neapel, Mutter der Könige Robert von Neapel und Karl Martell von Ungarn.

Klementia von Ungarn, Enkelin der vorigen und Karls II., des Lahmen, Tochter von Karl Martell von Ungarn und Schwester Karl Roberts, König von Ungarn, Nichte König Roberts von Neapel, zweite Gemahlin Ludwigs X., des Zänkers.

Die herzogliche Linie Burgund:

Eudes IV., Herzog von Burgund, Onkel Johannas von Navarra.

Margarete von Burgund, Schwester des vorigen, erste Gemahlin Ludwigs von Navarra, des späteren Königs Ludwig X., des Zänkers, Enkelin des heiligen Ludwig.

Johanna von Frankreich und von Navarra, Tochter der vorigen und Ludwigs X.

Die gräfliche Linie Burgund:

Johanna von Burgund, Tochter des Pfalzgrafen von Burgund und der Gräfin Mahaut von Artois, Erbin der Grafschaft Burgund, Gemahlin Philipps von Poitiers, des späteren Königs Philipp V., des Langen.

Isabella, jüngere Tochter Philipps von Poitiers und Johannas von Burgund.

Die Grafen von Vienne:

Dauphin Johann II. de la Tour du Pin, Schwager Klementias von Ungarn.

Dauphiniet Guigues, Sohn des vorigen.

Die hohen Beamten der Krone, Hofwürdenträger und Legisten:

Hugues de Bouville, Großkämmerer Philipps des Schönen, später außerordentlicher Gesandter an den Hof des Königs von Neapel.

Etienne de Mornay, Kanzler des Königreichs.

Gaucher de Châtillon, Konnetabel.

Mathieu de Trye, Großkämmerer Ludwigs X.

Mille de Noyers, Legist, Ratgeber des Parlaments, Bannerherr des Grafen von Poitiers, Marschall des königlichen Kriegsheers, Schwager des Konnetabels.

Raoul de Presles, Legist, Berater Philipps des Schönen.

Seneschall de Joinville, Waffenkamerad Ludwigs des Heiligen, Chronist.

Anseau de Joinville, Sohn des vorigen, Regenten Philipp von Poitiers, des späteren Philipp V.

Adam Héron, Großkämmerer des Regenten Philipp von Poitiers und späteren Königs Philipp V.

Robert de Gamaches und *Guillaume de Seriz*, Kämmerer.

Geoffroy de Fleury, Finanzverwalter.

Graf Jean de Forez, Jean de Corbeil und *Jean de Beaumont*, gen. le Deramé, Marschälle.

Pierre de Galard, Großmeister der Armbrustschützen.

Die Familie d'Hirson:

Thierry d'Hirson, Kanonikus, Profos von Ayré, Kanzler der Gräfin Mahaut.

Denis d'Hirson, Bruder des vorigen, Schatzmeister der Gräfin Mahaut.

Béatrice d'Hirson, Erstes Hoffräulein der Gräfin Mahaut, Nichte der vorigen.

Die Templer:

Jean de Longwy, Neffe des letzten Großmeisters.

Evrard, Kleriker, ehemaliger Tempelherr.

Die Lombarden:

Spinello Tolomei, sienesischer Bankier, in Paris ansässig.

Guccio Baglioni, Neffe des vorigen.

Signor Boccaccio, Reisender der Kompanie Bardi, Vater des Dichters Boccaccio.

Die Familie Cressay:

Dame Eliabel, Witwe des Herrn de Cressay.

Jean de Cressay, ältester Sohn der vorigen.

Pierre de Cressay, jüngerer Bruder des vorigen.

Marie de Cressay, jüngere Schwester des vorigen.

Die aufständischen Barone des Artois:

De Beauval, de Caumont, de Fiennes, de Guigny, de Haut-Ponlieu, de Journy, de Kenty, de Kierez, de Liques, de Longvillers, de Loos, de Mendonchel, de Piquigny, de Souastre, de Saint-Venant und *de Varennes*.

Kardinäle:

Jacques Duèze, Bischof von Porto, Kurienkardinal, später Papst *Johann XXII*.

Francesco Caetani, Neffe des Papstes Bonifaz VIII.

Arnaud d'Auch, Kardinalkämmerer, *Napolione Orsini, Giacomo* und *Pietro Colonna, Bérenger Frédol*, der Ältere und der Jüngere, *Arnaud de Pélagrue, Stefaneschi, Mandagout* usw.

Robert de Courtenay, Erzbischof von Reims.

Messire Varay, Konsul von Lyon.

Geoffroy Coquatrix, Bürger von Paris, Heereslieferant.

Roberto Oderisi, neapolitanischer Maler, Schüler Giottos.

Eudeline, Geliebte Ludwigs X., des Zänkers.

Madame de Bouville, Frau Hugues de Bouvilles.

Alle hier genannten Personen entstammen der Historie

Anmerkungen

1 Der heilige Ludwig von Anjou, zweitgeborener Sohn König Karls II. von Anjou
– des Lahmen oder Hinkenden – und der Königin Maria von Ungarn, wurde
im Februar 1275 geboren. Er verzichtete auf die Krone von Neapel und alle Erb-
rechte, um sich ganz der Religion zu widmen. Er wurde Bischof von Toulouse
und starb im Schloß Brignoles in der Provence am 19. August 1298. Am Donnerstag nach Pfingsten des Jahres 1317 wurde er von Papst Johann XXII., dem
vormaligen Kardinal Duèze, heiliggesprochen.

Die Linie Anjou stammt ebenso wie die Linie Artois von einem Bruder Ludwigs
VIII. von Frankreich ab. Solange sie existierte, hatte sie zweihundertneunund-
neunzig Kronen inne und zwölf Seligsprechungen erfahren.

Karl von Valois hatte in erster Ehe Margarete von Anjou-Sizilien geheiratet,
das elfte von den dreizehn Kindern Karls des Lahmen und Marias von Ungarn.
Damit war er in der bevorzugten Lage, zugleich Enkel eines Heiligen und
Schwager eines zweiten zu sein.

Die Ansprüche des Hauses Anjou auf das Königreich Ungarn, die sie schließlich
durchsetzten, leiteten sich aus der Ehe Karls des Lahmen mit Maria von Ungarn
her, der Tochter von Etienne V. und Enkelin von Bela IV., und zugleich aus
der Ehe der Isabella von Anjou, Schwester des Lahmen, mit Ladislaus IV., dem
Bruder Marias. Da Ladislaus IV. im Jahre 1290 kinderlos starb, beanspruchte
Königin Maria den Thron von Ungarn für ihren ältesten Sohn Karl Martell,
der zwar den Titel trug, jedoch nicht regierte und 1295 starb, während die ungarischen Magnaten König Wenzel von Böhmen, einen anderen Enkel von
König Bela IV., ihm vorzogen.

Es erforderte weitere fünfzehn Jahre der Kämpfe und Intrigen zwischen Neapel,
Buda und dem Heiligen Stuhl, bis die ungarischen Magnaten den Sohn von Karl
Martell, Karl Robert, anerkannten, dessen Schwester Klementia die zweite
Gattin Ludwigs X. von Frankreich wurde.

Es ist noch zu bemerken, daß die zweite Gattin Karls von Valois, Cathérine de
Courtenay, die Titularkaiserin von Konstantinopel, ebenfalls zur Familie der
Anjou gehörte.

2 Die Organisation und die Statuten der mittelalterlichen Hospitäler waren nach
dem Muster des Hôtel-Dieu in Paris eingerichtet.

In der Regel wurde das Spital von einem oder zwei Vorstehern geleitet, die der
Geistlichkeit der Stadtpfarrkirche angehörten. Das Pflegepersonal bestand aus

freiwilligen Helfern, die einer strengen Prüfung durch die Vorsteher unterworfen wurden. Zum Hôtel-Dieu gehörten vier Priester, vier Schreiber, dreißig Brüder und fünfundzwanzig Schwestern. Ehepaare durften in den Spitälern nicht Dienst tun. Die Brüder trugen die gleiche Tonsur wie die Templer. Das Haar der Schwestern war kurz geschnitten wie das der Nonnen.

Das Pflegepersonal unterstand strengen Regeln. Brüder und Schwestern mußten die Gelübde der Keuschheit und der Armut ablegen. Brüder und Schwestern durften nicht ohne Genehmigung des Hospitalmeisters oder der »Oberin« miteinander sprechen. Diese Oberen wurden von den Vorstehern ernannt. Es war den Schwestern verboten, den Brüdern die Köpfe oder Füße zu waschen; solche Dienste wurden nur den bettlägerigen Kranken erwiesen. Der Hospitalmeister und die Oberin konnten über Brüder oder Schwestern körperliche Züchtigungen verhängen. Kein Bruder durfte allein ausgehen, nur mit einem eigens vom Meister bestimmten Begleiter; die gleiche Vorschrift galt für die Schwestern. Die Pflegepersonen durften keine Besuche empfangen. Sie durften täglich nur zwei Mahlzeiten zu sich nehmen, mußten jedoch den Kranken so oft zu essen geben, wie es zu ihrer Genesung notwendig war. Jeder Bruder und jede Schwester schlief allein, mit einem langen Leinen- oder Wollhemd und einer Unterhose bekleidet. Wurde bei einem Bruder oder einer Schwester nach dem Tode irgendein Besitztum entdeckt oder ein Gegenstand, der nicht vorher dem Hospitalmeister oder der Oberin vorgewiesen worden war, so wurden sie ohne jedes religiöse Zeremoniell wie Exkommunizierte begraben. Hunde oder Vögel durften nicht in das Spital mitgebracht werden.

Jeder Kranke wurde bei seinem Eintreffen im Spital vom »Chirurgus an der Pforte« untersucht und registriert. Dann wurde ihm ein Zettelchen mit seinem Namen und dem Ankunftsdatum an den Arm gehängt. Er mußte sogleich die Kommunion empfangen. Dann wurde er ins Bett gebracht und behandelt »wie der Herr des Hauses«.

Im Spital mußten immer einige pelzgefütterte Schlafröcke und mehrere Paare ebenfalls pelzgefütterter Schuhe zum »Aufwärmen« der Kranken zur Verfügung stehen.

Bei Schwerkranken wechselten Tag- und Nachtpfleger einander ab. Um einem Rückfall vorzubeugen, mußte der Patient nach seiner Genesung noch sieben Tage im Spital bleiben. Die Ärzte trugen, ebenso wie die Chirurgen, eine vorgeschriebene Tracht. Im Spital fanden nicht nur kranke Leute bis zu ihrer Genesung Aufnahme, sondern auch Bresthafte eine dauernde Unterkunft.

Die Gräfin Mahaut von Artois, die in unserer Erzählung eine so große Rolle spielt, stiftete dem Spital von Arras zehn Betten nebst Matratzen, Kopfkissen, Leintüchern und Decken. Im Inventarverzeichnis dieses Spitals finden sich mehrere große Holzbütten, die als Badewannen dienten, flache Schüsseln, »um sie den armen Kranken im Bett unterzuschieben«, zahlreiche Waschschüsseln und Barbierbecken usw. Die Gräfin von Artois gründete das Spital von Hesdin und ihr Kanzler Thierry d'Hirson das von Gasnay.

Die Medikamente wurden in den Apotheken der Spitäler nach der Vorschrift der Ärzte und Chirurgen zubereitet.

3 In den ersten Julitagen des Jahres 1315 erließ Ludwig X. zwei Verordnungen, die die Lombarden betrafen. Die erste besagte, daß die italienischen »Stubenhocker« einen Sou pro Livre Verdienst an jeder gehandelten Ware abführen müßten, um welchen Preis sie vom Kriegsdienst, Kurierdienst und allen sonsti-

gen militärischen Hilfsdiensten befreit würden. Das bedeutete also eine Sondersteuer von fünf Prozent.

Die zweite Verordnung regelte das Wohn- und Gewerberecht der Lombarden. Alle großen und kleinen Gold- und Geldgeschäfte, jeder Kauf, Verkauf oder Tausch von Waren wurden mit einer Abgabe belegt, die zwischen einem Sou und vier Sous pro Livre schwankte, je nachdem, ob der Handel auf den Märkten oder außerhalb der Märkte abgeschlossen worden war. Die Italiener konnten nur noch in vier Städten einen dauernden Wohnsitz unterhalten: in Paris, Saint-Omer, Nîmes und La Rochelle. Diese letztere Bestimmung scheint nie sehr streng durchgeführt worden zu sein, die Besteuerung jedoch dürfte den Städten bzw. dem Kronschatz große Summen eingebracht haben. Von der königlichen Administration wurden besondere Sensalen eingesetzt, die alle Geschäftsabschlüsse der Lombarden überwachten.

4 Karl von Valois hatte in dritter Ehe Mahaut de Châtillon, eine nahe Verwandte des Konnetabels, geheiratet.

5 Verschiedene Studien und Zeugnisse legen den Gedanken nahe, daß der Templerorden in unterirdischer und verstreuter Form noch mehrere Jahrhunderte lang bestand. Es scheint zumindest sicherzustehen, daß die Templer in den Jahren unmittelbar nach der Zerschlagung ihres Ordens sich heimlich wieder zusammenzuschließen suchten. Jean de Longwy, der Neffe Jacques de Molays, der geschworen hatte, sich an Philipp von Poitiers zu rächen, kann mit großer Wahrscheinlichkeit als Anführer dieser Organisation angesehen werden.

6 Die Legende, nach der die Kapetinger von einem reichen Pariser Metzger abstammten, wurde in Frankreich durch das *Chanson de Geste de Hugues Capet* verbreitet, das zu Anfang des 14. Jahrhunderts entstanden und schnell wieder in Vergessenheit geraten war. Nur Dante und François Villon griffen es wieder auf. Tatsächlich stammte Hugo Capet aus dem Hause der Herzöge von Frankreich.

Dante bezichtigt Hugo Capet, den rechtmäßigen Erben enteignet und in ein Kloster gesperrt zu haben. Dabei handelt es sich um eine Verwechslung zwischen dem Ende der Merowinger und dem der Karolinger; der letzte Merowingerkönig, Chilperich III., war in ein Kloster gesperrt worden. Der letzte legitime Nachkomme Karls des Großen war nach dem Tode Ludwigs V., des »Faulen«, Herzog Karl von Lothringen, der Hugo Capet den Thron streitig machen wollte. Und dieser Herzog von Lothringen endete nicht in einem Kloster, sondern im Kerker, wo ihn sein Rivale gefangengesetzt hatte.

Als im 16. Jahrhundert Franz I. von Frankreich sich auf Anraten seiner Schwester die Göttliche Komödie vorlesen ließ und die Stelle über die Kapetinger hörte, unterbrach er den Vorleser brüsk und rief aus: »Ah! Was für ein boshafter Dichter, er entehrt meine Familie!«, und er weigerte sich, weiter zuzuhören.

7 Karl von Valois war in die Toskana entsandt worden, um Florenz zu »befrieden«, das von den Streitigkeiten zwischen Guelfen und Ghibellinen zerrissen war. Am 1. November 1301 war Valois in die Stadt eingezogen und hatte sie der Rache der päpstlichen Partei ausgeliefert. Massaker und Plünderungen dauerten fünf Tage lang. Danach folgten die Verhängungen des Kirchenbanns. Dante, als Anhänger der Ghibellinen und geistiges Haupt der Widerstandsbewegung bekannt, hatte im vorhergegangenen Sommer der Signoria angehört; dann war er, als Gesandter nach Rom geschickt, als Geisel festgehalten worden. Am 27. Januar 1302 wurde er von einem Florentiner Gerichtshof unter der fal-

schen Anklage der Untreue im Amt zu zwei Jahren Verbannung und zu einer Geldstrafe von 5000 Livres verurteilt. Am 10. März 1302 wurde ihm erneut der Prozeß gemacht, und diesmal wurde er zum Feuertod verurteilt. Glücklicherweise war er weder in Florenz noch in Rom, sondern hatte fliehen können; aber er sollte seine Heimatstadt niemals wiedersehen. Es ist verständlich, daß er gegen Karl von Valois und über ihn hinaus gegen alle französischen Fürsten bitteren Groll hegte. Interessant ist die Ähnlichkeit zwischen dem Prozeß gegen Dante und dem gegen Enguerrand de Marigny, den Karl von Valois dreizehn Jahre später in Szene setzte. In beiden finden sich die gleichen lügenhaften Anschuldigungen über Veruntreuungen, die gleichen überstürzt durchgeführten Voruntersuchungen, die in den Verurteilungen gipfelten, die gleichen Verfahren, in denen man die Hand Karls von Valois zu erkennen vermag.

8 Der heilige Druon wurde 1118 im Weiler Epinoy bei Tournali geboren. Er kam mit Hilfe eines Kaiserschnittes zur Welt, der an seiner bereits toten Mutter ausgeführt wurde. Schon von Kindheit an neigte er sehr zur Frömmigkeit und wurde die Zielscheibe der Grausamkeit seiner gleichaltrigen Gespielen, die ihn als Mörder seiner Mutter bezeichneten. Er glaubte sich schuldig und unterwarf sich allen möglichen Bußübungen, um sein Verbrechen zu sühnen. Mit siebzehn Jahren verteilte er sein beträchtliches Erbe und verdingte sich als Hirte bei der Witwe Elisabeth Lehaire in der Nähe von Valençiennes. Er liebte die Tiere so sehr und verstand so gut mit ihnen umzugehen, daß alle Dorfbewohner ihm die Herden anvertrauten. Damals kamen zum erstenmal die Engel vom Himmel, um seine Schafe zu hüten, während er die Messe hörte . . .
Dann pilgerte er nach Rom, und er fand solchen Gefallen daran, daß er diese Wallfahrt neunmal nacheinander zu Fuß unternahm. Er mußte jedoch seine Reisen einstellen, da er an einem »Bruch der Eingeweide« litt. Dieses Übel ertrug er, wie es scheint, vierzig Jahre hindurch und weigerte sich, sich behandeln zu lassen. Obgleich er ziemlich üble Gerüche ausströmte, zog seine Frömmigkeit viele Pilger aus der Umgebung an. Er bat, man möge ihm an der Kirche von Sebourg eine Klause errichten, von wo aus er das Tabernakel sehen könne, und gelobte, diese Klause bis zum Ende seiner Tage nicht mehr zu verlassen. Er hielt dieses Gelübde getreulich, sogar als die Kirche und die Klause brannten; und jetzt war offensichtlich, daß er ein Heiliger war, denn die Flammen verschonten ihn. Er starb am 16. April 1189. Als man seine Leiche in sein Heimatdorf überführen wollte, bewegte sich der Wagen mit der sterblichen Hülle des Heiligen nicht von der Stelle, und man mußte sich damit begnügen, ihn dort zu belassen, wo er verstorben war, und ihm in Carvin-Epinoy eine Kapelle zu errichten.
Der heilige Druon wird vor allem bei Knochen- und Gewebebrüchen angerufen und »um eine glückliche Entbindung der Mütter«. Zu ihm betet man auch um Schutz der Herden vor ansteckenden Krankheiten.

9 Der Sohn Mahauts, mit Vornamen Robert wie sein Vetter, spielte in der Geschichte dieser Epoche nur eine sehr untergeordnete Rolle, denn er starb noch vor Erreichung seines achtzehnten Lebensjahres 1317. Sein Leichnam wurde später nach Saint-Denis überführt, wo man noch heute seine Grabstätte sehen kann. Daß man einem so jung verstorbenen und so unbedeutenden Mann diese große Ehre erwies, kann wohl nur auf eine Entscheidung seines Schwagers, des Königs Philipp V., zurückzuführen sein.

10 Das genaue Datum von Ludwigs X. zweiter Eheschließung ist umstritten.
Manche Geschichtsschreiber legen es auf den 3. August, andere auf den 13. fest,
wieder andere auf den 19. Auch das Datum der Krönung schwankt zwischen
dem 19., 21. und 24. August.
Übereinstimmend berichten zeitgenössische Chroniken, daß die Eheschließung
in Saint-Lyé, einem kleinen Dorf neun Kilometer von Troyes, stattfand. Ein
Turm des alten Schlosses steht noch heute. Die Hochzeit wurde in großer Eile
und äußerster Einfachheit gefeiert, weil die Staatskasse leer war und der König
möglichst schnell zu seiner Krönung nach Reims kommen wollte. Wir haben
als Datum den 13. August festgehalten, der uns von Pater Ansèlme überliefert
ist und wahrscheinlich stimmt, denn da die Krönung damals immer an einem
Sonntag oder hohen kirchlichen Feiertag stattfand, ist anzunehmen, daß Ludwig X. entweder am 15. oder am 18. August gekrönt wurde. Wir wissen, daß
die Festlichkeiten bei derartigen Anlässen sich über mehrere Tage erstreckten,
woraus sich die Schwankungen bei den Zeitangaben erklären.

11 Viele Inventarverzeichnisse aus jener Zeit sind uns heute noch erhalten, unter
anderen dasjenige, das Mahaut hat aufstellen lassen und das in gewissenhafte-
ster Beschreibung alle Gegenstände, die der Plünderung des Schlosses Hesdin
zum Opfer gefallen waren, mit genauer Wertangabe aufführt, da Mahaut
Schadenersatz forderte.

12 Klementias ungeheures Vermögen an Ländereien und Juwelen bestand haupt-
sächlich aus Schenkungen Ludwigs X. Er schenkte Klementia während ihrer
kurzen Ehe nicht weniger als vierzehn Schlösser, darunter bedeutende königliche Residenzen.
Nach dem Tode Klementias im Jahre 1328, also zu Beginn der Regierungszeit
Philipps VI. von Valois, ließ ihr Universalerbe, der Dauphin von Vienne, der
ihr Neffe war, ihren gesamten Schmuck und ihr Gold- und Silbergerät verstei-
gern. Die Auktion dauerte mehrere Tage. Die Liste der Gegenstände, die da unter den Hammer kamen, klingt wie ein Märchen: drei Kronen mit insgesamt
vierunddreißig Rubinen, zweiundachtzig Smaragden und einhundertundsech-
zig Perlen; vierzehn Ringe, vierundfünfzig Broschen und Agraffen, und dies
alles stellt nur einen kleinen Teil dieses Schatzes dar. So schwierig sich der Wert
in heutiger Währung ausdrücken läßt, so wird man doch nicht fehlgehen, wenn
man den Gesamterlös dieser Versteigerung auf eine halbe Milliarde Francs
schätzt.
Die Hauptkäufer waren König Philipp VI. – der unter anderem das große Reli-
quiar mit dem Splitter des Wahren Kreuzes und eine Gabel, von der später noch
die Rede sein wird, erwarb – und der Graf von Beaumont, also Robert von
Artois.

13 Im September des folgenden Jahres konnten die Barone des Artois diesen Plan
erfolgreich zur Ausführung bringen. Damals kam es zu der Plünderung, die
in Anmerkung 11 erwähnt ist.

14 Wir entschuldigen uns wegen des unverblümten Ausdrucks, aber er findet sich
wörtlich in der Niederschrift der Aussage des ehemaligen Templers
Evrard.

15 Das Einhorn ist ein Fabeltier, das nur auf Wappenschildern existiert. Dennoch
schrieb man seinem einzigen Horn die Wirkung eines Gegenmittels gegen alle
Gifte zu. Was zu hohen Preisen unter der Bezeichnung »Horn des Einhorns«
verkauft wurde, war in Wahrheit der Stoßzahn eines Narwals.

16 Alle Teppichwebereien, die es im ausgehenden Mittelalter in Europa, besonders in Ungarn und Italien gab, waren von Webern aus Flandern oder dem Artois gegründet worden. Die Stadt Arras war der Mittelpunkt dieses Gewerbes, das seinen Ursprung im Anfang des 14. Jahrhunderts hat. Sein Aufschwung wird ausdrücklich der Initiative der Gräfin Mahaut zugeschrieben und der Förderung, die sie den Handwerkszweigen angedeihen ließ, die den Reichtum ihrer Grafschaft bildeten.

Als die Pariser Teppichweber begannen, den Meistern des Artois Konkurrenz zu machen, bevorzugte Mahaut weder die einen noch die anderen. Sie kaufte genausogut in den Werkstätten von Paris. Die Quellen aus dieser Zeit verraten allerdings wenige Einzelheiten; wir erfahren nur die Namen einiger Teppichweber, aber nichts Näheres über ihre Arbeiten. Das Vermögensverzeichnis Königin Klementias ist eines der ersten Dokumente, in dem Wollteppiche erwähnt werden, »in die Papageien und Kompasse eingewebt sind«, und ferner »acht Bildteppiche mit Bäumen und Jagdmotiven«.